Library

ディーヴァ｜妄想と夢

Gradiva: Ein pompejanisches Phantasiestück
Der Wahn und die Träume in W. Jensens »Gradiva«

平凡社ライブラリー

Heibonsha Library

グラディーヴァ／妄想と夢

Gradiva: Ein pompejanisches Phantasiestück
Der Wahn und die Träume in W. Jensens »Gradiva«

W.イェンゼン
S.フロイト 著
種村季弘 訳

平凡社

本著作は一九九六年八月、作品社より刊行されたものです。

目次

グラディーヴァ……ヴィルヘルム・イェンゼン　7

妄想と夢……ジークムント・フロイト　137

フロイトと文芸批評……種村季弘　275

巻末論考——白昼夢、あるいは活路……森元庸介　325

グラディーヴァ——あるポンペイの幻想小説

W・イェンゼン

Wilhelm Jensen, Gradiva: Ein pompejanisches Phantasiestück, Dresden und Leipzig Verlag von Carl Reißner 1913.

ローマのさる大古美術館を見物中、ノルベルト・ハーノルトは別して気を惹かれる一点の浮彫《レリーフ》をみつけ、ドイツへの帰国後、それをみごとな石膏複製に取ってもらうことができて大満足であった。浮彫像はすでに数年前から、そのほかはおおむね書棚に囲まれた書斎のお好みの壁際に懸けてあった。光線の射し加減もよく、つかのまにもせよ夕陽の当たるコーナーである。ほぼ三分の一等身大のその石膏像が表わしているのは、頭から爪先までまるごとの、いましも歩きだそうとしている一人の女性の姿だった。うら若い、といってももう子供の年頃ではなく、さりとて既婚婦人でもないらしく、さしずめ二十代の初めにさしかかったローマの処女《おとめ》かと思われた。彼女にはいろいろと保存されているウェヌスやらディアナやら、その他オリュンポス山の女神たちの浮彫像を思わせるところはまるでなかった。プシュケーやニンフを思わせる風情もなかった。卑俗な意味ではない人間的＝日常的なもの、いわば「現代的」なものにある何かが、そこには具体的に再現されていた。これを作った芸術家は今日のように紙に鉛筆でスケッチを取るのでなく、街頭の通りすがりを生身からじかにすばやく粘土モデルに定着したかのようだった。すくすく伸びてすらりとした容姿。かるく波うつ髪は襞のあるスカーフにほぼすっぽり包み込まれている。かなり細めの顔から発する効果はまぶしいというにはほど遠かった。そんな効果をねらうことなどまるで意に介さないという風情がありありと見えた。繊細な顔立ちには周囲の出来事への恬淡とした無関心が見て取られ、静かに前を見詰めている眼は、肉体的には完全無欠の視力とともの静かに内に籠《こも》った思念とを物語っていた。ことほどさようにこの若い娘が彫刻的形態美によって人を惹きつける点は皆無であった。かわりに、古代の石造物にはめったに見られない何かがあった。自然そのままの、質朴な、いかにも若い娘らしい優美さである。この優美さが、娘に生命が吹き込まれているという印象を喚起した。これは主として、動いているところを描かれている彼女の身ごなしからくるのであろう。頭部をほんのわずかに前傾させ、たっぷり襞のある、頸《うなじ》から踝《くるぶし》まで流れ下る衣裳を左手でかるくつまみ上げているので、サンダーレを履いた両足がむき出しになっていた。左足が前に出、右足はいましもその後を追おうとして親指の尖端でわずかにかるく地面にふれていたが、一方、足裏と踵《かかと》はほとんど垂直の角度で持ち上がっていた。以上の動きのために、このあゆみ行く女のかろやかな敏捷さと、同時に確としておのれにやすらう落ち着きという二重の感情が喚びさまされた。それが彼女に堅固な足取りと結びつく飛ぶような浮遊感、あの独特の優美の印象を授けていた。

　こうして彼女が歩いているのはどこなのか？　またどこをさして歩いているのか？　考古学の大学講師ノルベルト・ハーノルトは、もとよりくだんの浮彫像に彼の学問にとって特に注目に値するものがあるとは考えなかった。それは偉大な古典古代芸術の彫刻作品ではなく、所詮はローマ時代の風俗画にすぎなかった。それならどうしてそんなものに目を惹かれたのか、我ながら不可解であった。ただ何かに惹かれて、それ以来一目惚れの効力がすこしも変わることなく持続しているのだ、としか説明のしようがなかった。浮彫作品に名前をつけてやろうと、ノルベルト・ハーノルトはひそかに「グラディーヴァ」、すなわち「あゆみ行く女」と名づけた。それはほかでもない、古代の詩人たちが戦いにおもむく軍神マルス・グラディーヴスに授けた添え名である。だがノルベルトは、それがこの若い娘の、あるいは今日風のいい回しでいうなら、この若いレディーの、身ごなしや動きをすこぶるたくみにいい当てていると思った。若いレディーというのは、彼女は明らかに下層階級の女ではなく、どこかの貴族の、いずれにせよ土地名門《ホネスト・ロコ・オルトウス》の娘にちがいなかったからだ。もしかすると——

彼女の容姿はついそんな想像をかき立てた――彼女はケレス（五穀豊穣を司る女神。ローマではデメテルと同一視された）の名においてて公職に携わる都市名門貴族《パトリツィーア》一族の生まれで、なにかの用向きがあって女神の神殿に向かう道すがらなのかもしれない。

けれども若い考古学者の感情には、彼女を喧騒に満ちた大都市ローマの枠にはめ込むのではどうもしっくりしなかった。あの人となり、落ち着いた静かな物腰が、他人になど見向きもしないこの何千とない雑踏の場にはふさわしくないと思われた。むしろだれもが彼女を見知っていて、立ち止まって後ろ姿を見送りながら連れに、「あれがグラディーヴァだよ」――ノルベルトには彼女の本名は思いつかなかった――「……家の、あの娘《こ》の歩き方の美しさときたら最高だ、この都市《まち》の女の子が束になっても勝てやしない」と耳打ちするような、もっと小さな土地柄にこそふさわしいように思えたのである。

そんな会話が自分の耳で聞いたように頭にこびりつき、いくらほかに想像をめぐらしても納得が行かないほどだった。イタリア旅行中、ノルベルトは何週間も古い瓦礫の研究のためにポンペイに逗留したが、ドイツに帰国してから、ある日突然、浮彫像に象《かたど》られた娘はポンペイのどこかで発掘された風変わりな踏み石の上を歩いていたのだと気がついた。雨の日でも裾を濡らさずに道路をこちらから向こう側まで渡れ、それでいて馬車の轍《わだち》も通せる、そんな踏み石である。そこで彼女の片方の足が石と石とのすきまをまたぎ越し、応じてもう一方の足がいましも後を追おうとするさまをノルベルトはあざやかに思い浮かべた。こうしてあゆみ行く娘のことを考えるうちに、彼女を遠近《おちこち》から囲んでいるものがありありと想念に浮かんだ。古代の知識のおかげで彼の想像力は、左右の家並みの間に神殿建築や柱廊の入り混じるながながと延びた大通りの光景を見せてくれた。あたりには商売《あきない》やさまざまの職業も見えてきた。料理店《タベルナ》、事務所、宿屋、商店、仕事場、屋台の飲み屋などだ。パン屋はパンを陳列していた。大理石のカウンターに並べた陶製の甕には、家政や料理に必要な品々がなんでもござれとばかり供されていた。十字路の角には野菜や果物を籠に盛って商う女がいた。女は大粒の胡桃《くるみ》を六個ばかり、中の実がどれだけ新鮮でみごとなものか、なかばほどまで殻を剥いてみせて客の購買欲をそそっていた。どちらに顔を向けても、生きいきとした色彩、多彩な色に塗り上げた壁面、赤や黄色の柱頭を戴《いただ》く柱の列につき当たった。あらゆるものが真昼の太陽を照り返してまぶしくキラキラ輝いた。はるか向こうに高い台座に載せた純白にきらめく彫像がそびえ立ち、さらにかなたには熱い空気の陽炎《かげろう》のいたずらになかばヴェールを被されて、ヴェスヴィオ山が遠望された。ヴェスヴィオ山はまだ今日見るような円錐形でもなければ、褐色に焼け焦げた荒廃も呈しておらず、ぎざぎざに皺だらけの切り立った頂上まで緑の微光にさざなみ立つ植物にびっしり覆われていた。日射しを避ける場所をもとめてか、街頭にはほとんど動く人影はなく、夏の真昼刻《まひるどき》の炎熱がいつもは活気のあるにぎわいを麻痺させていた。そのあいだをグラディーヴァは踏み石を渡ってあゆみ、緑金にきらめく蜥蜴《とかげ》を踏み石から払いのけた。

ノルベルト・ハーノルトはそんな光景をまざまざと思い浮かべた。だが彼女の顔を毎日ながめているうちに、徐々にまた新たな推測が生じてきた。顔立ちの彫りからしてローマ人系でもラティウム（イタリア中部ティレニア海沿いのローマ帝国発祥の地［の人］）人系でもなく、ギリシア人系のように思われてき、ヘレニズム系の血統にちがいないという思いがしだいに高まってきたのだ。ギリシア本土から南イタリア全土への往古の植民移住が裏付けの充分な根拠を提供してくれたし、それが基になって、そこからさらにいろいろと気楽な表象がとびだしてきた。ヘレニズム系だとすれば、この若き「斎女《ドミナ》（いつきめ）」は生家ではおそらくギリシア語を話し、ギリシア的教養に培われて育ったのであろう、といった類《たぐい》である。さらに立ち入って観察すると顔の表情にもそれを物語る証拠が見えてきた。控え目な外見の下には、まぎれもなく聡明さと明敏な知性のようなものが潜んでいたのである。

こうした推測ないし発見はしかし、くだんの小さな浮彫作品に対する現実の考古学的関心の根拠とはなり得なかった。ノルベルトも、自分にこれだけしきりに熱を上げさせるものがたしかに彼の学問とまるきり無縁でないとはいえ、学問とは別物であるのは分かっていた。これを作った芸術家がグラディーヴァの歩行の経過を生身に忠実になぞったのかどうか、その批判的判断を下すことがノルベルトには問題だった。それをはっきりさせることはできなかった。ノルベルトの豊富な古代彫刻作品の模造コレクションもその点では役に立たなかった。それというのも、ほとんど垂直に切り立った右足のたたずまいがいささか度を過ごしているように思えたのである。わが身を使ってあれこれ試してみたあげく、彼の足ではかならず、右足を後から引きずる動作がそれほど険しい角度は取らない格好になった。数学的に図式化すれば、彼の足では停止してややしばし持ち堪えている間、地面に対して四十五度角に立つのがせいぜいで、また歩行のメカニズムにとっては、それがもっとも目的に適うので自然体かと思われた。あるとき親しくしている若い解剖学者に会ったので質問してみたことがある。だが解剖学者もこの方面の観察をした経験がなくて確かな結論は下せなかった。解剖学者は友人のノルベルトが自分でやってみて得た経験と彼自身の経験が一致したことは確認したが、女性の歩き方が男性の歩き方とちがうかどうかは断言のかぎりではなく、問題は未解決のままに終わったのである。

それでも解剖学者に相談してみたのは無駄ではなかった。というのも話し合いのおかげで、ノルベルト・ハーノルトは思いもかけぬ活動に手を染めるはめになったからだ。すなわち問題究明のために生体観察をすること。いうまでもなくそのために、彼にしてみればすこぶる奇妙な行為《おこない》を余儀なくさせられた。これまで女性といえば、彼には大理石か鋳造ブロンズでこしらえたものという概念しかなかった。女という種族を代表する同時代人には一度も注意を払ったためしがなかった。それが認識衝動に駆られて学問的熱狂に陥り、是が非でも必要と目《もく》される珍妙な調査にのりだしたのである。この調査は大都市の人混みでは何かと面倒があることが分かった。比較的人通りのすくない街角に出たほうが成果が上がりそうだった。しかしここでも概して裾長のドレスが邪魔になって、歩き方はうまく判別がつかなかった。短いスカートをはいているのは主として小間使いの娘たちだけ。これとても少数の例外を除けば、ごつい履物だけからして問題究明のためにはお話にならなかった。それでも辛抱強く、晴れの日も雨の日も探究は続いた。そこで分かった。雨の日のほうが成功率は断然高かったのである。雨天だとご婦人方はドレスの裾をからげるからだ。探りを入れるように脚に向けたノルベルトの視線がどうしても相手の目を惹いた。見られる側が露骨に不快そうな顔をすることも一再ならなかった。ノルベルトのふるまいを厚かましく無作法と見たのである。ノルベルトは見るからに感じのいい好青年だったので、なかには逆にこちらの気を惹くような流し目を遣《つか》う女もなくはなかったが、それもこれも、彼には馬の耳に念仏であった。一方ではしかし観察のコレクションが相当数に達し、歩き方にもさまざまのちがいがあるのが分かった。ゆったりとした足取りのがあり、せかせかしたの、憂鬱そうなの、かろやかに活動的なのもあった。多くは足裏を地面すれすれに滑らせるだけだった。それ以上足裏の角度を上げてさまになるものも多少はあった。しかしグラディーヴァのような歩き方をしてみせるものは一人もいなかった。ノルベルトは満足した。浮彫像をめぐる彼の考古学的判断に間違いはなかったのである。一方ではしかし、この実地体験は彼を腹立たしい思いにさせた。あの静止した足の垂直の切り立ちは美しい、と思った。それが彫刻家のファンタジーもしくは気まぐれの産物にすぎなくて、生身のありのままと一致しないのがおもしろくなかったのである。

歩行観察のおかげでこうした認識が脳裡に登録されてからまもないある夜のこと、ノルベルト・ハーノルトは戦慄的な不安夢を見た。夢のなかで彼は古代ポンペイにきていた。あたかもその日は、ヴェスヴィオ山にすさまじい爆発を来らしめた七九年八月二十四日であった。天はこの絶滅に選ばれた都市をもうもうたる黒煙のマントに包み込み、そこここに黒煙の裂け目を通してクレーターからめらめらと立ち昇る炎のかたまりが血の赤光を浴びた光景を垣間見せた。住民たちは未曾有の恐怖にことごとく茫然自失、あるいはばらばらに、あるいはごちゃごちゃの一団となって、助けをもとめて逃げまどった。ノルベルトにも火山礫《れき》や灰の雨がばらばら降りそそいだ。しかし夢のなかでよくあるように、ふしぎなことにそれが痛くもかゆくもなく、また空気中にすさまじい硫黄の臭いが立ち込めているのに呼吸困難に陥ることもなかった。そうしてユピテル神殿横の市民広場（公共フォルム）の際《きわ》に立っていると、いきなり前方至近距離のところにグラディーヴァがいるのが目に留まった。それまではグラディーヴァがそんなところにいようとは夢にも思わなかったが、いまにして突然気がついたのである。ポンペイの女であるからには生地のこの都市《まち》に、しかも思いがけないことに同時代に生きていて当たり前ではないか。一目見て彼女と分かった。グラディーヴァの石造の模像は細部にいたるまでみごとに本物そっくりだった。歩くしぐさもやはりそっくりだった。そのしぐさを彼は思わず「悠揚として急ぎ足の人《レンテ・フェスティナンス》」と形容した。こうしてグラディーヴァは悠揚として＝急ぎ足に市民広場のタイル板の上をアポロ神殿に向かって、独特の、周囲に目もくれぬ無関心な面持《おももち》で歩いていった。グラディーヴァはひたすらおのれの思念に浸りきり、この都市を襲った運命に気がついていないようだった。それを見て彼はすくなくとも数瞬の間おそろしい出来事を忘れ、グラディーヴァの生きた現身《うつせみ》はたちまち消えてしまうだろうという気がして、彼女の姿をあくまでも正確に脳裡に刻み込もうとした。と、ハッと気がついた。早く逃げないとグラディーヴァは世界滅亡のまきぞえを食うにちがいない。はげしい驚愕のあまり彼の口は警告の叫びを発した。それはグラディーヴァの耳にも届いた。こちらにくるりと頭を向けたからである。グラディーヴァの顔はそのためにほんの一瞬ながらいまや全容をさらした。しかし素知らぬ顔でそれ以上気にとめることもなく、これまで通り行手をさして歩を進めた。それでいてグラディーヴァの面差しは、白色大理石に変身してゆくようにみるみる蒼ざめていった。ようやく神殿の柱廊玄関《ポルティコ》にさしかかると、彼女は柱列の間の階《きざはし》の一段に腰を下ろし、おもむろに段の上に頭《こうべ》を横たえた。おりしも火山礫がどっと落ちてきて火柱を立て、おかげですっかり目隠しのカーテンが張りめぐらされた。とっさに駆け寄ると、こちらの目から彼女の姿が消えた場所に通じる道がみつかり、グラディーヴァは庇《ひさし》を張り出した屋根に護られて幅のひろい階《きざはし》にさながら眠れる人のようにながながと手足を伸ばしていたが、明らかに硫黄の臭気に窒息して息切《こと》れていた。ヴェスヴィオ山からの赤い光が、まぶたを閉じて美しい石像の顔そっくりになった面《おもて》にめらめらと照り映えた。面持には恐怖や痙攣の跡がすこしも見られず、この世のものとも思えぬ、おだやかに不変のものに順応している無関心が見てとれた。けれどもいまや風が灰の雨を吹き寄せてきたので、その顔立ちもあっというまに輪郭が崩れた。灰の雨は最初は灰色の紗のヴェールのように彼女の顔にひろがり、次いでほのかに光る面差しの最後の輝きを消し、やがて北国の冬の吹雪のように身体をまるごと灰の覆いに埋めた。その場所からはアポロ神殿の列柱がそびえ立っていたが、するうちに、それもはや半分ほどの高さしかなくなった。そこにもみるみる灰色の灰の滝が堆積してきたのである。

夢からさめたときノルベルト・ハーノルトの耳底には、救いをもとめるポンペイ市民の阿鼻叫喚や、荒れ立ちさわぐ海のどうどうとにぶく磯に打ち寄せる波音がまだのこっていた。それからはっきり正気に返った。太陽がベッドの上に金色《こんじき》の光の帯を投げかけていた。四月の朝だった。戸外から物売りの呼び声や馬車の轍の音のような大都市のさまざまの物音が、彼のいる階まで立ち昇ってきた。しかし夢像は細部の隅々まで、ぱっちりと開いた目の前になおもまざまざと現前していた。やがて二千年前になろうとするあの夜のナポリ湾岸の滅亡に、自分は現実に立ち合っていたのではないか。夢とうつつの間のそんな強迫観念から解き放されるにはいましばらく時間がかかった。さすがに批評精神がはたらいて、服を着る段になってようやくおもむろに夢うつつの状態から解放された。それでもグラディーヴァがポンペイにいて、そこで西暦七九年に灰に埋もれたのだという観念からは逃れられなかった。かえってこの最初の思い込みが確信となるまで固定され、それにいまや第二の思い込みさえもが結びついた。悲しげな思いを込めて彼は部屋のなかの古い浮彫像に目を遣《や》った。浮彫像は新たな意味を帯びはじめていた。それは芸術家があまりにも早く逝《い》った女性《ひと》の肖像を後世のためにのこした、いわば墓碑だったのだ。だがそうと分かってあらためて見ると、彼女はその人となり全体の表情からして明らかに、先の夢に見たような平静さで死におもむいたのである。さる古い格言にもいうではないか。神々ニ愛《メ》デラレシ人ハ、花ノ盛リニ神々ノ手デ地上ヨリ奪イ取ラレシナリ。

ノルベルトは襟首にカラーもつけず、軽装の朝の室内着を着、足には室内靴を履いたなりで、開いた窓からのりだして外をながめた。外にはようやく北方にも張り出してきた春が訪れていた。春は空の青とおだやかな大気を通してわずかにこの都市の巨大な石窟に告知されただけだったが、ある予感が大気を通して感覚にふれ、陽光さんさんたる遠国の葉の緑と芳香と鳥の歌への欲求をめざめさせた。遠国のかすかな息吹《いぶ》きはここにも届いていた。街頭の物売り女は牧草地の色とりどりの花を何本も物売り籠に挿し、とある開け放した窓では鳥籠にカナリアが歌をさえずっていた。あわれな鳥を彼は気の毒に思った。歓喜の声音《こわね》にもかかわらず、その明るい歌声には自由への、遠国へのあこがれが聞き取れたからだ。

だが若い考古学者の思いがそこに留まったのはつかのまだった。それを押しのけて別の思いが浮かんできた。いまにしてようやく、現身《うつせみ》のグラディーヴァが彫刻に描かれているような、いずれにせよ今日の女たちとは似もつかぬ歩き方をほんとうにしていたのかどうか、それを夢のなかできちんと見届けていなかったのに気がついたのである。奇妙な話ではないか。浮彫像に対する彼の学問的関心はその点にこそあったのだから。むろん一方では、彼女の生命の危険にうろたえた興奮のあまりという弁明がないではない。彼はグラディーヴァの歩き方を記憶に喚び戻そうとした。しかしむなしかった。

と、このとき突然、衝撃のようなものが身内をはしった。衝撃がどこからきたのか、最初の瞬間は口にすべくもなかった。やがて分かった。階下《した》の街路にこちらに背を向けて女の人が一人、軽いしなやかな足取りで歩いている。容姿や着ているものからして、どうやら若い女性らしい。彼女は踝《くるぶし》までとどきそうなドレスの裾を左手でわずかにつまみ上げるようにしており、歩行運動の際に後に続くその細い脚の足裏が一瞬親指の尖端で地面から垂直に切り立つような印象が、彼の目を強く惹きつけた。そんなふうに思えた。遠ざかってゆくのと階上から見下ろす視角のために、正確な認識はできなかった。

ノルベルト・ハーノルトはいきなり街路の真ん中に出ていた。どうしてそこまできたのかさっぱり分からない。階段の手すりを滑り降りる男の子のように、電光石火の速度で階段をとび降り、下の街路の馬車や手押し車や人びとの間を走り抜けたのだ。人びとがいぶかしげな目を向け、大勢の唇から笑い声が、なかばあざけるような声がもれた。それがわが身に向けられたものだとも知らずに、ノルベルトはあの若い婦人をもとめて目をさまよわせた。目の前十数歩ほど先に彼女のドレスが見えたとさえ思った。それも上体だけで、下半身や足のほうは見て取れなかった。舗道にひしめく人びとの雑踏にすっかり覆い隠されていたのである。とこのとき、でぶでぶに肥った野菜売りの婆さんがこちらの袖に手をのばし、むずとばかり袖口をつかまえて、なかばうす笑いを浮かべながらいった。「ねえ、あんた、お坊っちゃまさんや、昨夜はちいっとばかし飲み物を頭に食らいすぎて、それでここの街頭がベッドだと間違えたんだっぺ？　とっとと家さ帰って、鏡でようくお顔を見てみるだな。」あたりにどっと哄笑が上がり、それで自分が公衆の面前にふさわしからぬ風体をさらしているのだとようやく気がついた。後先の考えなしに部屋をとび出してきてしまったのだ。品のいい身なりに気を遣《つか》っているだけに、ノルベルトはこれには愕然とした。そして当初のもくろみはどこへやら、あわてて住居に取って返したのである。意識はすこしく混乱し、しきりにあやかしをチラつかせた。明らかにまだ夢からさめきっていなかったのだ。彼は去り際に気がついた。笑われ野次られている間に、若い婦人は一瞬こちらをくるりとふり向いた。それは、見知らぬ顔ではなかった。グラディーヴァの顔がチラとのぞいた、と彼は思った。

＊

ノルベルト・ハーノルト博士は相当な資産のおかげでこれと思うことは何でもやれたし、何かしたいことが心に浮かんでも自分の決断以上の審級に審査されて事の是非を問われるということのない、まことに気楽な境遇に置かれていた。その点では幸いにも、陽光きらめく遠国に出て行きたがる、生まれついての衝動の歌をさえずりながら鳥籠を出て行けないカナリアとはちがった。しかしその他の点では、若い考古学者はいくらかあのカナリアに似ていないこともなかったのである。自然児として生まれ育ったのではなかった。生まれ落ちたときからもう格子部屋に囲われていた。家門の伝統が教育や将来の見込みによって囲っている格子部屋である。両親の家ではごく幼い時分から大学教授兼考古学研究者の一人息子として、同じ分野の研究活動を通じて父方の家名の栄光を維持し続け、できるものならさらに家名を高めるというのが至極当然の話だった。だからこの家業相続は、あらかじめゆくゆくの人生行路の自明の課題と思われていた。両親に早く先立たれて、身寄りもなくひとり取りのこされたが、この課題には忠実に取り組み、優秀な成績で文献学の試験にパスしてから規定通りのイタリア旅行に出ると、旅の先々でこれまで模写《コピー》でしかお目にかかれなかった古代彫刻芸術作品を原物《オリジナル》で見学してきた。とりわけフィレンツェ、ローマ、ナポリのコレクションに教えられるものが多く、これらの土地に滞在していたときほど知識を殖やすのに役立った時期はない、と公言してはばからなかった。そして大いに満足して帰国すると新たに獲得した成果を携えて学問に没入した。遠い過去に由来するこうした考古学の対象以外に、身のまわりには現在だって存在しているということが、彼にはごくおぼろげなものとしか感じられなかった。彼の感情にとって大理石やブロンズは生命のない鉱物ではなく、むしろそれのみが真に生きているもの、人間生活の目的と価値を表現するものなのだった。こうして書斎の壁と書物と彫像の間に埋もれて、それ以外のつきあいは一切必要とせず、むしろつきあいというつきあいを時間の空費としてしりぞけ、たまさか生家の昔ながらの義理に強いられて社交界に顔を出しはしても、それは避け難い災厄にいやいや順応しているだけのことであった。けれどもこうした集《つど》いに出ても周囲には目も耳もくれず、昼食会なり晩餐会なりが終わるときまって、急用を片付けなければならないのでと口実を作ってはさっさと退出してしまい、また食卓を共にした人に街頭で会ってもあいさつひとつしない、というのがノルベルト・ハーノルトにまつわるもっぱらの評判だった。おかげで特に若いご婦人方の評判は芳しくなかった。というのも例外的に二言三言ことばを交わしたレディーでも、どこかで出会うと、一度も会ったこともないまるで見知らぬ顔のように見向きもされなかったからである。

考古学それ自体が奇妙な学問なのか、それとも考古学とノルベルト・ハーノルトという人間を合金するとこんな特異なアマルガムが出来上がるのか。考古学は他の人びとにはさした る魅力を及ぼすことができず、彼自身には世の青年が欲しがる生の享楽を授けることがなかった。しかしおそらく自然の好意であろう、当人はその持前に気がつかなかったが、自然はおまけとしてすこぶる非科学的な類《たぐい》のいわば中和剤を彼の血に注入していた。ほかでもない、異常に活発なファンタジーである。ファンタジーは夢のなかだけでなく、ときには覚醒中にさえ活動し続けた。じつはこれが彼の頭を客観的かつ厳密な学問の方法論に向かなくしていたのである。しかしファンタジーというこの生まれながらの素質こそは、またしても彼とカナリアとが似ていることの遠因であった。カナリアは生まれながらにして囚われの身である。自分が閉じ込められている狭い鳥籠しか知らない。それでいて自分には何かが欠けているという感情を抱いている。この未知のものをもとめて喉も裂けよとばかり声を張り上げる。ノルベルト・ハーノルトにはそれが分かり、だから部屋に戻ってまた窓辺にもたれると、あらためてカナリアを気の毒に思った。同時に今日は、それがどんなものかはいえないが、いずれにせよ自分には何かが欠けているという感情に襲われた。そんなことをくよくよ考えても仕方がない。わけの分からない感情の昂ぶりは、おだやかな春の大気と太陽の光、かすかに匂う遠国の香りのせいだった。昂ぶりのあまりこんな譬喩《たとえ》を思いついた。ほんとうは自分だってこの格子部屋という鳥籠の囚われの身なのだ、と。だがそんな思いをなだめるように、すぐに思い直した。自分の境遇はカナリアとはくらべものにならない。ずっと恵まれている。こっちには翼がある。おかげで好きなように外に飛び立つのを邪魔するものは何もない。

これはしかしイメージの産物だった。そこから先に進むにはじっくり考えを凝らした。ノルベルトはしばらく身を入れて考え込み、ほどなくして春の旅に出る決意が固まった。決意はその日のうちに実行した。軽量トランクに荷物をまとめ、夕闇の迫る頃、最後の夕陽を浴びて足下の見えない踏み石の上をいつになく急ぎ足にあゆみ行くかに見えるグラディーヴァになごり惜しげなまなざしを投げかけると、南国行き夜行列車をつかまえて出立した。旅の衝動がいうにいえない感情に出たものにもせよ、後から考えてみれば、やはり学問的目的に役立つ旅行でなければならないのが当然だった。ローマでは相当数の彫像について重要な考古学的問題をいくつか確認するのをなおざりにしておいたな、と思い、途中下車もせずに一日半の列車旅行でローマに向かった。

*

若くて、資産家で、拘束するものが何もなくて、春先にドイツからイタリア旅行に出ることはこのうえなくすばらしい。ところが、そのすばらしさを身をもって味わえる人間はさほど多くはない。というのも、若くて、資産家で、拘束するものが何もない、という三つの特性を備えた人たちが、かならずしも審美的感性に恵まれているとはかぎらないからである。とりわけそういう人たちが、残念ながらそれが大多数を占めるのだが、結婚式に続く何日か何週間かを水入らずの二人きりになり、目にふれるものの一切に、大袈裟な、最大級の恍惚感を連発させ、とどのつまりは収穫物として家に持ち帰るのが、ご当地滞在時にひとしなみに発見し、感じ、楽しんだ、月並みな代物でしかないということになれば、そういうことになるのである。この種の二人連れはきまって渡り鳥とは逆の方向をたどって春先のアルプスの道をがやがやと南下して行く。ノルベルト・ハーノルトは列車旅行中ずっと車輪つきの鳩舎にでもいるように、こうした手合いのやかましい羽ばたきやさえずり声に悩まされ、そもそも生まれてはじめて周囲の隣人たちを多少とも正確に耳目で捉えることを余儀なくされた。言語からすれば彼らは皆ドイツ語を話す同国人だった。しかし彼らと同一民族に所属しているからといって、ノルベルト・ハーノルトにはいささかも誇らしい感情はめざめなかった。むしろ誇りとはかなり相反する感情ばかりがめざめた。理性的に考えれば、彼の相手にしているのはおそらくリンネの分類の「ホモ・サピエンス」の生きた標本と相へだたることとまことに遠い種族だった。主としてこの手合いの半数を占める女性軍がそうだった。こんなふうに交尾衝動から番《つがい》になった人間をごく身近に見るのははじめてでもあって、この手合いがおたがいにどういうきっかけでこんなふうになれたのか、彼にはさっぱり合点が行かなかった。女たちがどうしてこういう男たちを選んだのか、どうしても不可解だった。しかしそれよりも、なぜ男たちの選択がこの女たちに下ったのかが謎だった。頭を上げるたびに視線はこの手合いのだれかしらの顔にぶつからないわけにはいかなかった。けれども一人として外見の造作が見た目に好ましいとか、あるいは内的になにか精神的情緒的内容が注目を惹く人間にはぶつからなかった。むろんノルベルトにはその点で彼らを計る尺度はなかった。古代芸術作品の崇高美を現代女性と比較するなどはいうまでもなくもってのほかだったからだ。とはいえ心中漠然と感じてはいた。自分がこうした片手落ちな態度に出るのもこちらのせいではなくて、日常の生活が提供して当たり前の何かがこの連中には万事につけて欠けているのだ、と。こうして彼は何時間も何時間も人びとの奇妙なふるまいについて考え込み、次のような結論に達した。さよう、人びとのあらゆる愚行のなかでも、結婚こそはいずれにせよ最大にしてもっとも不可解なものとして最高のランクを占めており、なかでも彼らの無意味なイタリア旅行はいわば愚の骨頂なのだ、と。

しかし彼は、またしても囚われの身のまま置き去りにしてきたカナリアのことを思い出した。というのも彼もまたここで、恍惚として頭はからっぽの、若い新婚夫婦の顔、顔、顔にびっしり囲まれて鳥籠のなかにいたのである。それら新婚夫婦の顔、顔、顔をかすめて車窓の外に目をさまよわせる機会はほんのたまさかしかなかった。たぶんそのせいといえよう、車窓の外で目をかすめ過ぎてゆく風物は、何年か前に目にしたときとはまるで印象がちがっていた。オリーヴの葉むらははるかに強い銀の輝きにきらめき、そこここに空に向かって孤独にそびえ立つ糸杉や傘松は、はるかに美しい特有の輪郭でくっきりと浮かび上がり、山上に横たわる村落は、いわば人間が一人ひとりさまざまの種類の異なる表情をしているようにかつてなく魅力的に思われた。そしてトラジメーノ湖は、かつてどんな湖面にも見たことのない、やわらかい青をたたえているように見えた。列車の線路の左右が見たこともない自然に取り巻かれているという感じだった。前にきたときはいつまでも続く黄昏《たそがれ》の光や灰色の雨のなかを通らなければならなかったのが、いまはじめて太陽の金色《こんじき》に照らされた色彩の氾濫のさなかで自然を見るような気がした。彼はこれまでに味わったことのない願望に何度も襲われた。列車を降りて、ここもあそこも、道を探して足であるくことができさえしたら。というのもここもあそこも、何か奇妙なものを秘めているかのように謎めいた気配を隠し持っているかに見えたからだ。といってそんな無分別な気まぐれに乗せられたりはせず、「特急列車《ディレッツティシモ》」はまっしぐらにローマに彼を運んでいった。と、列車がローマ駅に入る前に早くも古代世界がミネルウァ・メディカ神殿（ローマのカエリウスの丘にあった神殿）の廃墟とともに彼を迎えてくれた。新婚夫婦がぎゅうづめの鳥籠からようやく解放され、彼はひとまず旧知のホテルに部屋をとって、そこからゆっくり自分の希望にかないそうな貸室を物色することにした。

そういう部屋が翌日いっぱい探し回ってもみつからず、夕方になってまた宿《アルベルゴ》に戻ると、慣れないイタリアの空気や太陽の強い作用、むやみにあるき回ったのや街頭の騒音のせいでかなりの疲労をきたしたので眠りについた。こうしてまもなくそろそろ意識がもうろうとしはじめて、いましも眠り込もうとする間際にまた目をさまされた。というのも彼の部屋は戸棚一つでふさいだだけのドアで隣室とつながっていて、そちらに今朝その部屋を占領した二人連れの客が入ってきたのである。うすい壁ごしに聞こえてくる声からするとまぎれもなく、昨日フィレンツェからここへくるまでの列車の相客の、あのドイツ春の渡り鳥組ご一行様中の男女一組だった。二人は上機嫌でホテルの料理にしきりに最高級品との太鼓印を押しまくっているらしく、またどうやらカステッリ・ロマーニのワインが品質上等だったおかげか、思想も感情もまるであけすけに聞き取れる北ドイツなまりでやりとりをしていた。

「あたしの大事なアウグスト――」

「ぼくの大好きなグレーテ――」

「やっと二人になれたのね。」

「そうとも、やっと二人っきりになれたよね。」

「明日も見物するものがたんとあるの?」

「朝食のときにベデカー（旅行案内書）を調べてみようよ、まだ見なきゃならないものがあるかどうか。」

「あたしの大事なアウグスト、あなたってベルヴェデーレのアポロ（ベルヴェデーレ庭を望むヴァチカン美術館にあるアポロ像）

よりずっとすてきに見えてよ。」

「よくこんなふうに思うことがあったよ、ぼくの大好きなグレーテ、きみはカピトリーノのウェヌス（ローマのカピトリーノ美術館にあるウェヌス像）よりずっと美しいって。」

「あたしたちが登ろうとしてる火を噴くお山って、この近くにあるの？」

「いや、あそこは鉄道でまだ四、五時間かかると思うよ。」

「そのときお山がちょうど火を噴きはじめて、あたしたちがど真ん中に行き合わせたら、あなたどうする？」

「きみを救わなくてはって、それっきり頭になくて、こんなふうにきみを抱きしめるだろうね。」

「気をつけて、ピンに刺されるわよ！」

「きみのためにぼくが血を流すなんて、もうこれ以上すばらしいことは考えられないよ。」

「あたしの大事なアウグスト――」

「ぼくの大好きなグレーテ――」

これでとりあえず会話はとだえた。ノルベルトの耳にはまだ定かならぬ衣ずれや椅子を動かす音が聞こえたが、それからひっそりと静まり返り、彼はまたうたたねに戻った。うたたねのなかで彼は、いましもヴェスヴィオ山がまたまた爆発したばかりのポンペイにきていた。逃げまどう人びとの雑多な群れが彼のまわりに団子状の固まりになり、そのなかに突然、カピトリーノのウェヌスを抱え上げて持ち運び、影になった暗い場所にある何かの上に大事に載せている、ベルヴェデーレのアポロが目にとまった。どうやらそれは、ウェヌスを運ぶための馬車か荷車であるらしかった。というのもそちらからギシギシ車輪のきしる音が聞こえてきたからだ。若い考古学者はこの神話的な出来事には格別おどろかされなかったが、ただ奇妙に思ったのは、ご両人がギリシア語ではなくドイツ語で話し合っていることだった。なにしろしばらくするとご両人が、それでなかば目がさめかけたのだが、こんなふうにいうのが聞こえてきたからである。

「ぼくの大好きなグレーテ――」

「あたしの大事なアウグスト――」

しかしそれから後、彼の身のまわりの夢像はすっかり変わった。もつれあう雑音の代わりに物音一つしない静寂がやってきて煙と炎の照り返しは消え、明るい、熱い陽光が灰の下に埋もれた都市の瓦礫の山の上にひろがった。当の都市もまたおもむろに形を変えてベッドになり、その真っ白なシーツの上で金色《こんじき》の光線が彼の目の際までくるくる輪を描いた。ノルベルト・ハーノルトはローマの早朝のきらめきに囲まれて目をさました。

彼自身のなかでもしかし何かが変わったのだ。そのためにまたしても、我ながらどういうべきか分からないが、今度はローマという名の鳥籠に閉じ込められているという奇妙に強迫的な感情に捕われてしまったのである。窓を開けると、街のほうから一ダースもの物売りの呼び声がドイツの故郷でよりずっとキイキイけたたましい金切り声で耳についた。何のことはない、騒音だらけの一つの石窟から場所を変えてもう一つの騒音だらけの石窟にはまり込んだだけだったのだ。古代美術館は、そこでベルヴェデーレのアポロやカピトリーノのウェヌスに出会うとへんに無気味な恐怖に襲われそうで、入るのがはばかられた。こうしてややしばし考えてから貸室を探す計画は断念し、急いでまた手荷物をまとめると鉄道に乗ってまたもや南下した。それも三等車にした。例の新婚さんたちとかち合わぬ用心もなくはないが、同時に三等車なら、古代芸術作品のその昔《かみ》のモデルであるイタリアのさまざまの民族タイプに囲まれて、興味深い、自分の学問にとって有益な経験が期待できそうだったからである。しかし現実に出会ったのはご当地特有の汚らしさであり、悪臭ふんぷんたる安煙草であり、チビの、妙に身体のかしいだ、むやみに手足をふりまわす男どもと、思い起こせばこちらの片割れの同郷人たるドイツ女のほうがまだしもオリュンポスの女神たちを思わせそうな、札付きのげす女ども以外のなにものでもなかった。

*

二日後、ノルベルト・ハーノルトは、ユーカリの樹に見衛られた、ポンペイの発掘地に通じる「イングレッソ（ポンペイへ入る入口）」脇の「ホテル・ディオメデ」の、かなりいかがわしげな、小部屋《カーメラ》と称する部屋にいた。ノルベルトのつもりでは、ナポリにずっと滞在して国立博物館《ムセオ・ナツィオナーレ》の彫刻や壁画を立ち入って研究し直してみようと思ったのである。しかしナポリもローマと似たような雲行きだった。ポンペイの家財道具コレクションの間《ま》では、気がつくとすっかり最新流行の婦人旅行服の薄雲に押し包まれていた。明らかにそれは、繻子絹や紗《ゴーゼ》のウェディング・ドレスの処女の光輝とそっくり取り替えてきたものだった。そのどれもこれもが、これまた申し分なく男性的なコスチュームに身を固めた、若々しい、あるいはやや年配の同伴者の袖口で相手の腕にぶら下がっていた。ノルベルトのこれまで無縁だった知識領域への洞察は長足の進歩を遂げていたので、一目でそれと察しがついた。どれもがアウグストで、どれもがグレーテだった。ただしここでは密室とはちがい、公衆の耳を意識して加減した、ほどほどの、なごめられた話し方でお里が知れた。

「ほら見て、ポンペイの人たちって実際的だったのね。うちでもこんなお鍋を買いましょうよ。」

「そうだね、でもぼくの奥さんの作る料理に使うやつは銀製でなけりゃ。」

「じゃあもうご存知だったのね、あたしの料理がお口に合うって?」

いわれるところちらはいかにも悪党めかしたそぶりで目を上げ、ピカピカにエナメルを塗りたくったような風情でうべなった。「きみがお給仕してくれるものなら、なんだって極上の口福に化けるだけだよ。」

「あら、これ指貫《ゆびぬき》じゃない！　あの頃の人たちって、もう縫い針まで持ってたのかしら?」

「そうらしいね。でも、これはきみには使えないね、ぼくのハートさん。これだと、きみの親指にでさえ大きすぎるみたいだもの。」

「ほんとにそうお思いになる?　するとあなたって、太い指より細指がお好みなのね?」

「きみの指なら目で見る必要なんかないよ。どんな深い闇のなかだって、ぼくが触れれば世界中のほかの指と区別できるもの。」

「ほんとにどれもこれもとっても面白いわ。これ以上ポンペイに実地に行く必要があるのかしら？」

「いや、その甲斐はないね。あそこは古い石ころや瓦礫っきりないもの。値打ちのあるものはベデカーに載っている。みんな発掘されてしまったんだ。あそこの太陽がきみのやわらかい肌には熱すぎるんじゃないかって、それが心配でね。そんなことは赦せないよ。」

「あなたの奥さんが突然黒人女になったりして。」

「いや、幸運なことに、ぼくのファンタジーはそこまでは及ばないよ。でも、きみのかわいらしい鼻に日焼けのそばかすができたら、ぼくはきっと悲しい思いをするだろう。ねえ、きみさえよければ明日カプリ島に行こうよ。あそこは何もかも快適に設備がととのっているそうだよ。青い洞窟《グロッタ》のふしぎな照明のなかでぼくははじめて、自分が宝くじのどんな大当たりを引き当てたかを思い知るだろう。」

「あなたったら、そんなこと人様に聞かれたら、あたし恥ずかしくって。でもあなたが連れてって下さるならどこでもいいの。どこだって同じことですわ、あなたが付いていて下さるんですもの。」

そこら中が、人目やまわりの耳を少々はばかり気味にしているアウグストとグレーテだらけ。ノルベルト・ハーノルトは四方八方から蜂蜜水を注ぎかけられ、それをちびりちびりと飲み込まなくてはならない、とでもいった気分だった。不快感が込み上げてき、国立博物館を出ると最寄りの飲み屋《オステリア》に駆けつけてヴェルモットを一杯飲《や》った。何度となくこんな思いに見舞われた。この百組もの二人連れは、故郷の祖国ドイツで水入らずごっこをやっていればいいものを、なんだってフィレンツェやローマやナポリの美術館を満員にしてるんだ？　けれども、うんざりするほどのおしゃべりといちゃつき話のおかげで分かってきたことがある。すくなくともこの小鳥の番《つがい》の大多数は、ポンペイの瓦礫の間に巣くうつもりはなくて、カプリ島小遠征に切り換えるのが旅の目的にふさわしいと見ているのである。それなら彼らのやらないことをやってやろうという衝動が猛然と湧き上がってきた。いずれにせよ、さかりのついた雄鳥がとさかを立てて群れあるく大移動集団から離れて、ここ、ヘスペリア（古代ギリシア・ローマ人がイタリア、スペインを呼んだ名。夕べの国の意）の地でむなしくもとめているものを見出す見通しはまだたっぷり供されているわけだ。ただひとつ頼りになる逃げ場として見込めるのは、これも二人連れだが新婚さんの二人連れではなく、嘴をくうくういわせてあまえたりはしない姉妹の番《つがい》、静穏と知識というもの静かな二人姉妹だった。静穏と知識の二人姉妹をもとめる彼の欲求には、それまで自分でも知らなかった何かがふくまれていて——それには矛盾がひそんでいたが、そうでなければ、この欲求に「情熱的」という付加語的形容詞をつけることさえできただろう。

――それからきっかり一時間後には、「馬車《カロッツェッラ》」の車上の人となっていた。馬車は韋駄天のようにポルティチとレジナ（どちらもナポリ湾に面した町）のかぎりないひろがりのなかを彼を運んだ。まるで古代ローマの凱旋将軍のためにこれ見よがしに飾り立てた街道を行くような馬車旅行だった。右を見ても左を見ても、ほとんどどの家も、黄色っぽい絨緞を野ざらしにしているように、日光乾燥のためにあふれんばかりの満艦飾に、マカローニ、ヴェルミチェッリ、スパゲッティ、カネローニ、フェデリーニといった太め細めのお国柄特産珍味、「ナポリのパスタ」を陳列していた。台所の牛脂《フェト》のむっとする臭い、埃の渦、蠅や蚤、空中に舞う魚鱗、煙突の煙、その他昼となく夜となく流れ込むあれやこれやが、これに深みのあるうまみの妙をさずけるのだ。やがて茶色い溶岩礫原のかなたにヴェスヴィオの円錐が近々と見えてき、右手には液状の孔雀石と青金石《ラピスラズリ》を混ぜ合わせたようなきらめく青でナポリ湾がひろがる。車輪をつけた小さな胡桃の実のような馬車は、強風にあおられて翻弄されるように、また一瞬一瞬が末期とでもいうように、トルレ・デル・グレーコ（ナポリとポンペイの間にある場所）の残酷な踏み石の上を飛びすさり、ぜいぜい息を弾ませてトルレ・デッラヌンチャータ（上同）を過ぎ、たえず黙々と戦いながら魅力を競いあうディオスクロイの双子（カストルとポリュデウケスの双子兄弟）、「ホテル・スイス」と「ホテル・ディオメデ」のところまでくると、「ホテル・ディオメデ」の前で停車した。その古典古代風の名ゆえに若い考古学者は最初の訪問時と同じく、ここを宿泊先と決めていたのである。近代的なスイス産のライヴァルは、すくなくとも見た目にはたいそう鷹揚にその玄関扉の前で事の成り行きをじっと見衛っていた。たじろぐことはなかった。古典的な隣家の厨房の料理も当家の料理とちがう水で煮炊きするわけではなく、さも誘惑的に売り物用に陳列してあるあちらの古代遺物とやらにしても、こちらとご同様に、堆積した灰の下からようやく二千年後に日の目を見たものではないのである。

ことほどさようにノルベルト・ハーノルトは当初の期待にも意図にも反して数日間のうちにドイツの北方からポンペイにやってきて、ホテル・ディオメデが人間の客こそ千客万来ではないが、いまいましい家蠅《ムスカ・ドメスティカ・コムニス》どもならうじゃうじゃしている、というところへ行き合わせたのである。ノルベルトはこれまで生まれついての体質からして荒くれた感情に見合うような体験をしたことはなかった。それでもこの双翅類に対しては憎悪が燃えさかった。ノルベルトは家蠅どもをすこぶる陋劣な自然の悪意の発明と見なし、このものどものせいで人間らしい生活を送れる唯一の季節として夏よりも冬をはるかに好み、また彼らのうちに理性的世界秩序の現存にさからう覆《くつがえ》し難い証拠の存在を認めた。いましも家蠅どもはここで、こちらがドイツで彼らの汚辱の手に落ちるよりも何箇月も早く彼を迎え、さっそく待ちに待ったカモの到来とばかり数十四がわんわん襲いかかってきた。ぶんぶん眼にとび込み、耳元でうなり声を上げ、髪の毛にひっかかり、鼻や額や手の上を走りまわってくすぐった。こうしていると新婚旅行のカップルを思わせるやつらもいた。さぞかし蠅語で「あたしの大事なアウグスト」だの、「ぼくの大好きなグレーテ」だのといちゃついているのだろう。災厄に遭った男の記憶には「スカッチャモスケ」さえあれば、という思いが浮かび上がってきた。それはみごとな仕立ての蠅叩きで、ボローニャのエトルリア人博物館のさる地下納骨所の棺から発掘されたものを見たことがあった。すると古代においてもこの何の役にも立たない生き物はつとに人類の災厄だったわけだ。不意打ちを食らわせて嚙んだりからみついたりの肉体的傷害をねらうだけの、用心してかかればなんとか身を守れる蠍や毒蛇や虎や鮫よりずっと質《たち》の悪い、どうにも避けようのない連中だ。いまいましい家蠅どもに対してはしかし身を守るすべがなかった。彼らは、人間の精神存在を、その思考力ややる気を、いかなる精神の昂揚をもいかなる美的感情をも、麻痺させ、かき乱し、ついには錯乱させてしまうのだ。彼らを駆り立てているのは飢餓感でもなければ嗜血癖でもない。端的に、責め苛みたいという悪魔的快楽なのだ。家蠅どもこそは、絶対悪がそこにおのれの表現と化身を見出した「物自体」であった。エトルリア人の蠅叩き《スカッチャモスケ》は木の柄に細い革帯の束を取り付けたものだったが、それは次のようなことを証明していた。このように家蠅どもはアイスキュロスの脳裡のもっとも崇高な詩想を破滅せしめ、このようにフィディアスの鑿に修復不能の打ち込みミスをもたらしてゼウスの額を、アプロディテの乳房を、オリュンポスのすべての神々と女神たちの頭から爪先までを襲ったのだ、と。ハーノルトはひそかに思った。一人の人間の功績は何よりも、開闢《かいびゃく》以来の全人類の復讐者として生きている間に彼がぶち殺し、突き刺し、焼き殺し、日々のいけにえとしてやみくもに鏖殺《おうさつ》した蠅の頭数によって評価されるべきなのだ、と。

そのような武勲《いさおし》を立てるにはしかし必要な武器がなかった。そこでもっとも偉大な、しかし孤立無援に陥ってしまった戦場の英雄でもそうするしかなかっただろうが、百倍も優勢ないまいましい敵を前にして、戦場を、あるいはむしろ彼の部屋を撤退したのであった。外に出るとおぼろげに分かってきた。明日あらためて大規模にくり返さなければならぬお手合わせを、今日はほんの小手調べにやっただけだった。ポンペイは明らかに彼の要求に対して静かで満足な住みかを提供してはくれなかったのだ。ところでこの認識には、さしあたって漠然としたものでしかないものの、さらにもう一つの認識が加わった。つまり彼の不満はどうやら自分の身のまわりにあるもののせいではなくて、いくぶんかは彼自身に起因しているのではないかという認識である。むろん蠅にわずらわされるのが嫌でしかたがないことに変わりはなかった。しかし蠅のためにこれほど怒髪天を衝く思いに駆られたのはこれがはじめてだった。旅行のおかげで知らず知らずのうちに神経が興奮して過敏状態になっていたのである。どうやらその兆《きざし》は家にいたとき、長い冬場の部屋の空気と過労のためにもうはじまっていたらしい。それが何なのかはっきりさせることはできなかったが、何かが自分に欠けているから自分は不機嫌なのだ、という感じがした。この不機嫌を行く先々に持ち歩いているのだ。たしかに群れをなしてぶんぶん飛びまわる家蠅や新婚旅行カップルが行く先々で邪魔立てをして、ゆっくり寛がせてはくれなかった。とはいえ自己美化という厚い雲にくるみ込まれようとしなければ、ノルベルトにしたところで彼らとご同様、目的もなければ意味もなく、耳も聞こえず目も見えぬままイタリアをうろついているのは隠すに隠せない事実だった。ただ彼らと違うのは、享楽する能力がいちじるしく欠けているというだけのことだったのである。というのも知識の女神という彼の旅の道連れもトラピスト（厳律シトー会の修士の通称）の老女によく似ていて、話しかけられなければ口を利かないからだ。そもそもどんなことばで彼女（知識の女神）とつきあっていたのか、あやうく忘れかねないところだった、と彼は思った。

　イングレッソを通ってポンペイのほうに入って行くには、午後ももう時間が遅すぎた。ノルベルトは、むかし自分で見つけた古い市壁の上を行く回り道を思いだして、灌木の茂みや生え放題の野草だらけの間をそこまで登って行こうとした。こうして彼は、静かに足音を殺して右手に横たわる墓場都市のやや高めのところを一丁場ばかり歩き続けた。夕陽は西に傾いてティレニア海の縁すれすれまで降りてきていたので、墓場都市は大部分が影に覆われた死せる瓦礫の野と見えた。これに対して市の周辺では、夕陽はなおもあらゆる山の円頂やスロープを生の魔術的な光輝にあふれさせ、ヴェスヴィオのクレーターに生じた笠雲を金色《こんじき》に染め、サンタンジェロ山の峰のぎざぎざを紫の緋衣によそおわせていた。暗い輪郭でミゼノ岬を巨人族の住みかのように際立たせている、青真珠色の、光の火花を撒き散らす海からエポメオ山が高々と孤独にそびえ立っていた。どこに目を遣っても、崇高と優美、遠い過去とよろこばしい現在とをしっかり結びつけながら、すばらしい光景がひろがっていた。ノルベルト・ハーノルトは、自分の定かならぬ欲求を向けていたものがここにあると思った。けれどもその気分にはなり切れなかった。いましがた立ち去ってきた市壁では新婚さんにも蠅にも悩まされなかったとはいえ、自然もまた、彼が身のまわりと身内にあらまほしいと思っているものを提供してはくれなかったのである。ほとんどなげやりに近い平静さで彼はこのあふれるような美しさの一切に目を向けつつ、それが日没につれて色褪せ消えて行くのをいさささかも惜しいとは思わなかった。そしてやってきたときと同じ不満を抱えて、ホテル・ディオメデに戻った。

＊

さてしかし、ミネルウァ（ローマの知恵と月の女神。ここでは学問的関心に招かれての意）の招きもあったにもせよ、軽はずみでここまできてしまったのである。一晩じっくり考えたあげくに、愚行《ばか》をはじめてしまったからにはせめて一日は学問のために利用しようという結論に達し、朝になってイングレッソが開くとすぐに、観光規定に決められた通りの道を通ってポンペイ内部に向かった。前にも後ろにも、三々五々、案内人に率いられた小集団が赤いベデカーやその外国版のようなものを手にして歩いていた。ひそかに自前の発掘をねらって虎視眈々の、二つのホテルの目下の滞在客たちである。まだ新鮮な朝の空気を満たしているのは、ほとんどもっぱら英語かアングロ＝アメリカ語の鴃舌《げきぜつ》だった。ドイツ語を話す新婚カップルたちはサンタンジェロ山の向こう側のカプリ島で、ホテル「パガーノ司令部」の朝食テーブルを囲みながらゲルマン的甘美と精神昂揚の幸福感に浸り合っていた。うまく話を持ちかけてチップさえ弾めば、「案内人《グィダ》」

のわずらわしさから逃れられるのを、ノルベルトはむかしからよく心得ていた。これでひとりで心置きなく自分の目的にしたがえる。彼は自分の記憶力が完璧なのを知っていささか得意だった。どこに目を向けても、一切がそっくり脳裡に描いてある通りだった。まるで昨夜一夜漬けで専門家の見方を頭に詰め込んだとでもいうようだった。このたえずぶり返す思いは、しかし一方では、自分がここにいること自体がすこぶる無用に思われ、眼も精神の意識も昨夜市壁の上にいたときと同様、しだいに決定的なげやりさに支配されるという副作用をもたらした。見上げると、ヴェスヴィオ山の円錐の煙の笠がいつも青空に向かって視界に立ちはだかっている。ところが奇妙なことに、西暦七九年のクレーター噴火によるポンペイ埋没の場に自分が居合わせたのをしばらく前に夢に見たのを思い出したためしは一度もなかった。何時間もうろついているうちにくたびれたのだろう、なかばうとうとしてきた。といって夢幻的な気配を感じたのではない。まわりを取り囲んでいるのは、雑然とした古い市門のアーチや列柱や市壁の破片でしかなかった。考古学の研究にとってはこのうえもなく貴重なものではあるが、考古学という秘教の側面援助なしに見れば、ばかでかい、たしかにきれいに片付けてはあるけれども、まことに味も素気もない瓦礫の山にすぎなかった。ふつうなら学問と夢とはたがいに対立する立場にあって当然なのに、今日ここでは双方がまぎれもなく一致してしまい、ためにノルベルト・ハーノルトをいわば双方の救援活動から免責させ、心置きなくうろついては立ち止まるあてどのない散策にゆだねたのであった。

こうして彼は、市民広場から大劇場へ、スタビア門からヴェスヴィオ門へと、墓の道やその他の通りを抜けてゆっくり歩いていった。太陽はそうしている間にもやはりいつも通りの午前の軌道を描き、山の尾根から立ち昇って海の側に一段と快適に下降してゆく、おきまりの位置に達していた。しかしおかげで太陽は、観光規定にがんじがらめにされているイギリス人やアメリカ人の男女一行に、二軒の双子《デイオスクロイ》の宿の昼食テーブルでのおくつろぎもお忘れなくというサインを出すことができて、これにはだれも話を聞いてくれていない、しゃがれ声でまくし立てる案内人も大よろこびだった。一行はそれに大西洋やドーヴァー海峡のかなたでの会話に必要とおぼしきものは全部この目で見終えてしまったのである。こうしていやというほど過去に満腹した個人参加軍団は撤収にかかり、マリナ通りを高潮が引くように一斉に引いてゆくと、ディオメデの家とミスター・スイスの家の現在の、申すまでもなくかなり勿体《もったい》ぶってルクルス（ローマ共和制末期の政治家。大金持ちで贅美を尽くした）風の贅美を気取った食卓でえんえんと時間をつぶした。内的にも外的にも、諸般の状況を鑑みるなら、明らかにそれが彼らになし得るもっとも賢明な措置でもあった。なぜなら五月の真昼の太陽は明らかに、蜥蜴や蝶や、その他この広大な廃墟の有翅類の住人や訪問客には好意的ではあっても、片や北国のミセスやミスの肌に対しては、頭上から垂直に迫るその厚かましさが掛値なしに困りものになりはじめるからである。そしておそらくこれとの因果関係の結果であろう、しまいには「すてき《チャーミング》」という感嘆の叫びがいちじるしく後退せしめられ、その分だけ「ひどい《ショッキング》」の度合いが増して、そろそろ欠け歯が目立ちはじめた歯並びの間から出てくる男性側の「あーあ」が、由々しくも変じてあくびと化してしまうのだった。

奇妙なことにしかし右のように人気《ひとけ》がなくなるのと同時に、それまでポンペイ市であったものがまるで別の相を帯びてきた。生きている相ではなく、むしろいまにしてはじめて死せる不動へと石化するかに見えた。けれどもこの死せる不動からはある感情が生じ、死が語りはじめるのであった。ただし人間の耳に聞こえるような語り方ではない。岩石からささやくような声音が出てくるように、そこここに音が聞こえるのはいうまでもなかった。それはしかしひそやかにささやきかける南風がめざめさせた音にほかならない。この南風こそは、二千年前にも神殿や広間や家々の周囲でうなり声を立て、いまも低い市壁の残骸の上にちらちらそよぐ草の茎とじゃれ合っている、あの古顔のアタープルスなのである。アタープルスは胸いっぱいに荒々しいうなり声を押し出しながら、しばしばアフリカ海岸から吹き寄せてきた。今日ではそんな荒っぽいことはしない。ふたたび光の下にさらされた旧知の身のまわりをやさしくそよ風に包むだけだった。といって生まれながらの砂漠の流儀をなおざりにはできず、行手で出会うすべてのものに、かすかにではあれ熱い吐息を吹きかけた。

そんなときにアターブルスを助けてくれるのが、永遠に若さをうしなわぬアターブルスの母である太陽だった。太陽はアターブルスの燃えさかる吐息を一段と強め、アターブルスの力を超える業《わざ》まで成し遂げ、ものみなにチラチラまたたく、白熱の、めくらむばかりの輝きを注ぎかけた。かつて人びとがこれらの遊歩道を指して、舗道《セミタ》とか敷石の道《クレピディネス・ヴィアルム》とか称した通りに沿った家々の縁《へり》の細い影の線を、黄金の刻字ナイフで消し取るようにことごとく消し去り、あらゆる玄関ホール《ヴェスティブラ》（ラテン語名。ヴェスティブルム）や玄関の間《アルティア》（ラテン語名。アルティウム）や中庭の回廊《ペリュスティラ》（ラテン語名。ペリュスティリウム）や書斎《タブリーナ》（ラテン語名。タブリーヌム）に、あるいは屋根に直入をはばまれているところではこの弾ける火花のあわいに、あふれんばかりの光の束を投げ入れた。この光の大波から庇護されて、首尾よく薄明の銀に織りなすヴェールに身を包むことのできた片隅はどこにも存在しなかった。どの通りも、長い、大きくひろげてさらした、さらさら白く流れる亜麻布の帯のように、果ては古い市壁と市壁の間に延びていた。そしてすべての通りが例外なく同じように、動きもなければ物音ひとつしなかった。イギリスやアメリカからきた鼻にかかったいななき声の使節たちは最後の一人にいたるまで消えていたし、これまでいた蜥蜴類や蝶類の最後の小さな生命も寡黙な廃墟を立ち去ってしまったらしい。実際には蝶類は立ち去っていなかったのかもしれない。しかし彼らの動きが目に入ることはもうなかった。大いなる牧神《パーン》が眠りにつくと、牧神《パーン》の邪魔にならぬように、彼らはここでもそっと手足を伸ばすか羽根をたたむかしてそこここにうずくまる。彼らの祖先も二千年来この方、野外の山腹や岩壁でそうするのが習慣だった。蝶類はあたかも、熱い、聖なる真昼の静寂の掟をここで一段と強く感じているかのようだった。静まり返った真昼の幽霊の刻《とき》、生命は押し黙りおのれを殺さなければならない。なぜならこの幽霊の刻には死者がめざめ、無音の幽霊のことばで語りはじめるからだ。

あたりの物象が帯びるこの打って変わった様相は、そもそもが肉眼にはあまり迫ってこない。むしろそれは感情によって、正確にはある未知の第六感によって触知されるのだが、この第六感はおそろしく強力であとあとまで作用が尾を引くので、素質のある人は受けた影響から逃れられなくなってしまう。むろんイングレッソの際にある二軒の宿《アルベルゴ》のいまや大わらわでスープ・スプーンをあやつっている美食家のテーブル客たちには、この種の素質をそなえた人間はせいぜい男が一人に女が一人あれば上出来であろうが、ノルベルト・ハーノルトには天性その素質があって、素質の発露を甘受しないわけにはいかなかった。我からそうした素質をうべなったというのでは毛頭ない。彼には何かをしたいという意志はなく、そもそもこんな目的のない旅に出るよりは、望みといえば学殖のある書物を手に静かに書斎にいることだけだったのである。ところが、いま墓の道からヘルクラネウム門を通って市内に戻り、ふと何気なくサルスティウスの家のところで狭い小路《ヴィーコロ》に左折したときのことである。突然あの第六感がノルベルトにめざめたのだ。というか、いまいったいい方は当たらなくて、むしろ第六感によってさめた意識と意識喪失とのほぼ中間に位置するあるふしぎな夢幻状態に入っていた。身のまわりには光を浴びた死の静寂が、いたるところである秘密を守っているように、彼自身の胸も呼吸ができぬほどじっと息を殺していた。ノルベルトはメルクリオ小路の十字路にたたずみ、幅のひろい、右手にも左手にも長く延びているメルクリオ通りを横断した。いかにもこの商業神（メルクリオ＝メルクリウスは商業の神様）にふさわしく、ここはかつては交易と商業の場であり、街角が暗黙裡にそれを物語っていた。街角に面して何軒となく料理店《タベルナ》や、こなごなに割れた大理石張りの商品展示テーブルのある商店が口を開けていた。こちらは設備からしてパン屋と分かり、あちらにはおびただしい数に上る、腹のふくれた大甕があって油や穀類の店と分かった。通りの向かい側では、テーブル板の上におきざりにしてある、いくぶん細身の把手つきの壺《アンフォラ》が、その奥の部屋が居酒屋で、夕方になると近所の家々の奴隷や下女たちが主人たちのために居酒屋の亭主《カウポ》のワインを買いに手に手に甕を携えて押し寄せたさまを物語っていた。店の前の、もう何が書いてあるのか読めない、モザイク石をはめ込んだユダヤ語の銘文は、一見して大勢の足に踏みへらされているのが知れた。どうやらそれは通行人たちを迎えて極上無双のワイン《ヴィニ・プラエセレンティス》の謳い文句を張り出したものらしい。市壁からながめると全体の半分ほどしかない「掻き絵の落書《グラッフィーティ》」が見えた。生意気盛りの少年が手持ちの針で引っ掻いたか、鉄針で漆喰に書き込んだかしたものらしく、どうやらそれは、居酒屋の亭主のワインが極上無双というのはケチケチ水でうすめたおかげ、とかいって、お向こうの謳い文句を茶化したものだろう。

なぜかというとノルベルト・ハーノルトの目には、落書から「居酒屋の亭主《カウポ》」という語がとび出しているように見えたからだ。あるいは錯覚だったのか。確かめることはできなかった。ノルベルトは掻き絵の落書《グラッフィーティ》の難解な謎を解くことにかけては極めつきの技量の持ち主であり、その方面の功績ではかねて太鼓判を押されている。ところが、いまにかぎってその技量がちっともいうことを聞いてくれなかった。そもそも自分はラテン語ができないのだ、という感情を抱いたが、そればかりではない。二千年前にポンペイの少年が壁に刻み込んだものを読むのがわずらわしかったのである。積み上げてきた学問にすっかり見放されてしまった。ばかりか、それをふたたび見出そうという気がこれっぽっちもなかった。学問のことを思うとおそろしく疎遠なもののように思え、自分の学問が世にも退屈でおよそ無用の長物、たとえば老いてカラカラに干からびた退屈な叔母さんみたいに感じられた。その学問という叔母さんが学者ぶった顔つきをして皺だらけの口にのぼせ、知識として述べ立てることは、どれもこれも気取って内容空虚なもったいぶりであり、認識の木の実のひからびた殻をいたずらに引っ掻き回すだけで、存在の核であるその内容について何かを啓示したり、理解という内的なよろこびにたどりつかせたりするものではなかった。この叔母さんが教えてくれるものといえば、生命のない考古学的見解だったし、彼女の口から出てくることばは、死んでいる文献学の言語だった。それは、いってみればたましいや情緒や心による理解の役には立たなかった。そういうものへの欲求を抱えている人間はこの熱い真昼の静寂の只中に、この過去の残骸のなかにただ一人の生きている者として肉眼で見ることも肉の耳で聞くこともなく、ただ棒立ちになっているほかなかった。そうしているといたるところにみじろぎもせずに出現してくるものがあり、声を出さずに語りはじめるものがあった——すると太陽が太古の石の墓のこわばりを溶かし、赤光の驟雨がそれを貫いてはしり、死者たちがめざめて、ポンペイはふたたび生きはじめた。

ノルベルト・ハーノルトの想念にあるのは、じつのところそんな神を冒瀆するような思想ではなかった。それはまだ漠然とはしているが、神を冒瀆するというあの形容詞にいわばそっくり当てはまる感情でしかなかった。そういう感情を抱いて身動きひとつせずに、彼は眼前のメルクリオ通りを市壁のほうまでずいとながめやった。舗装の多角形の溶岩舗石は火山灰に埋もれる前と同じに、なおも申し分なく完璧に接合されていた。溶岩舗石の一つ一つは明るい灰色だった。けれどもまばゆい輝きに照りつけられて、それは刺し子縫いの銀白の帯のように両側の無言の市壁や列柱の瓦礫の間をほのかに光る空虚のなかへと延びていた。

と、突然——

ノルベルトは通りをはっきり目を開いて見はるかした。だのに、夢のなかでそうしているような気がした。やや下方右手のポリュデウケスとカストルの家から何かが突然出てきたのである。その家の前のメルクリオ通りの向こう側まで通じている溶岩舗石の上を、グラディーヴァがかろやかな急ぎ足であゆんでいたのである。

まぎれもなくグラディーヴァであった。日光が彼女の形姿にうすい金のヴェールに包み込むようにまといついていたが、ノルベルトには浮彫像そっくりの横顔からはっきり彼女であることが分かった。頭部はわずかに前方にかしぎ、頸《うなじ》まで垂れるスカーフが髪の分け目に巻きついている。左手は並外れて襞の多い服をかるくつまみ上げており、服の裾が踝まではとどかないので、右足が前にあゆみ出る動きにつれて、一瞬にもせよ、足指の爪先が踵と一緒にほぼ垂直に持ち上がるのがはっきり認められた。しかしここでは石像が均質な無色で一切を表現しているのではない。明らかに極上にやわらかくしなやかな生地でできているドレスは、冷たい大理石の白ではなく、ややもすれば黄に傾きそうな暖かい色調を帯びていた。スカーフの下でかすかに波打って額の上やこめかみにはみだした髪は金茶に輝き、顔の雪花石膏《アラバスター》色からくっきり際立っていた。

それを見てとっさに、夢のなかで彼女がすでにここを歩いているのを見たことがあるという記憶がノルベルトにめざめた。あれは、彼女があそこの市民広場際のアポロ神殿の階《きざはし》で眠るように静かに横になったあの夜のことだ。記憶がよみがえると同時に、ある別の思いがはじめて意識に浮かんだ。心のなかの衝動にみずから気がつかぬままにイタリアに旅立ち、ローマにもナポリにも長逗留しないでポンペイまで足を伸ばしてきたのは、グラディーヴァの足跡がみつかりはしまいかともとめてのことではなかったのか。それも足跡をみつけるという文字通りの意味で。というのも彼女はあの独特の歩き方からしても、火山灰のなかにほかの足跡とははっきり区別のつく足指のくぼみをのこしているにちがいないのだから。

彼の目の前にいま動いたものはまたしても真昼の夢像だった。それでいて現実でもあった。現実のほうが惹き起こしたある効果が、そのことを雄弁に語っていた。通りの向こう側の最後の踏み石の上に燃えさかる太陽の光を浴びて大きな蜥蜴が一匹、微動だもせずにじっと手足を伸ばしていたのである。金と孔雀石で織り紡いだようなその身体はキラキラ光って、ノルベルトの目にまではっきりとどいた。だがこちらの足が近づくと蜥蜴はとっさにするりと逃れ、白くきらめく通りの溶岩舗石の上にとぐろを巻いた。

グラディーヴァは悠揚たる急ぎ足で踏み石を渡り、いまやこちらに背を向けて向こう側の歩道をどんどんあるいていった。行先はどうやらアドニスの家であるらしい。一瞬ではあるがアドニスの家の前で立ち止まりもした。しかしそれから考えを変えたように、またもやメルクリオ通りを下っていった。メルクリオ通りの上流階級の家々の左手のほうにはアポロの家があった。ここで発見されたおびただしいアポロ像にちなんで、かねがねそう呼ばれていた家である。彼女の姿を見送っているノルベルトには、彼女は死の眠りのためにわざとアポロ神殿の柱廊玄関《ポルティコ》を選んだのではないかという気がしてきた。グラディーヴァはどうやら太陽神アポロ崇拝になじんでいる一族の人間らしく、だからそちらのほうに向かったのである。けれども彼女はやがてまた立ち止まった。踏み石はここでも通りを横断しており、彼女はまたしても通りを右側へと折り返した。こうしていまやこれまでとは反対側の横顔をこちらに向けることになり、いくぶん趣が変わったように見えた。衣裳をからげる左手が見えなくなり、折り曲げた腕の姿勢に代わって右手がまっすぐに垂れ下がったためである。やや遠めに見ると、彼女はしかし濃密なヴェールをまとったように金色《こんじき》に波打つ太陽の光に包み込まれ、もはやどこにいるのか判じ難かった。と、いきなりメレアグロスの家の前ですっと消えた。

ノルベルト・ハーノルトはなおも手足をぴくりともさせずに立ち尽くしていた。目だけで、しかし今度ばかりは肉眼の目で、一歩一歩しだいに小さくなってゆく彼女の姿を取り込んだ。いまにしてようやく彼はほっと一息ついた。胸までもがほとんど動きを止めてしまっていたのである。

同時にしかしあの第六感が、ほかのものを二の次三の次に押しやって完全に彼を支配下に置いた。いましがた目の前に起こったことは自分のファンタジーの産物なのか、それとも現実だったのか？

目がさめているのか、それとも夢を見ているのかも定かでなく、落ち着いて考えをまとめようとしたがむなしかった。次いで突然、ある奇妙な戦慄が背筋をつらぬいた。何も見えず、何も聞こえなかったが、心のひそやかな動きから感じたのである。真昼の幽霊の時刻のポンペイが身のまわりで生気を帯びはじめたのだ。だから自分の心にもグラディーヴァがよみがえり、彼女は西暦七九年八月の災厄の日に住んでいた家に入っていったのだ。

メレアグロスの家ならノルベルトは前にも見物にきたことがあって、よく知っていた。今度はしかしここはまだ見にきていない。ナポリの国立博物館でメレアグロスとそのアルカディアの狩人仲間アタランテの壁画（以下、アタランテの神話については巻末解説二八八頁を参照のこと）の真ん前に立ち止まっただけだった。この壁画はメルクリオ通りのあの家で発見され、それにちなんでこの家はメレアグロスの家と名づけられたのである。けれども硬直していた身体にまた運動神経が戻ってきたので、彼はすぐさまこの家のほうに歩いていった。すると、この家がほんとうにカリュドンの雄猪を仕留めたあの狩人にちなんで名をつけられたのかどうかが疑わしい気がしてきた。ふと、ギリシアの詩人メレアグロスのことが思い浮かんだ。これはいうまでもなくポンペイ破壊に先んずることおよそ一世紀前に生きていた詩人である。しかし詩人の末裔が当地まで流れてきて、この家を建てたのかもしれない。これは彼の脳裡によみがえったもう一つの記憶とも符合した。というのはグラディーヴァはギリシア人の血を引いていると推測したことを、いやむしろ確信したことを思い出したのである。むろん彼の表象には、オウィディウスが『変身物語』のなかで述べているアタランテのイメージが混じっていた。

彼女の衣裳は上のほうでよく磨いた留めピンでとめてあり、
髪は無造作に一つに束ねられていた。

文字通りには思い出せなくても、詩句の内容はまざまざと現前した。そして彼の知識の貯蔵庫からおまけにもう一つ加わったことがある。オイネウスの息子メレアグロスの新妻がクレオパトラという名だったということ。しかしおそらくここにいうのは、このメレアグロスではなくて、ギリシア詩人のメレアグロスのほうにちがいない。こうしてカンパニアの灼熱の太陽に照らされながら、神話学と文学史と考古学の幻影が頭のなかにちらちらと踊った。

カストルとポリュデウケスの家とケンタウロスの家の前を通りすぎて、いまや彼はメレアグロスの家の前にきていた。家の閾《しきい》から、象眼した「ようこそ（Have）」の、まだ文字がはっきり読めるあいさつが彼を迎えた。ホールの壁には、メルクリウスがフォルトゥナ（幸運の女神）にたっぷり金貨の詰まった財布を手渡している絵が描いてある。おそらくかつての所有者の、一獲千金かなにか幸運な境遇を寓意的に表わしたものであろう。奥には前庭《アトリウム》が開け、前庭の真ん中には三体のグリュプス（獅子の胴と鷲の頭部と翼の怪獣）に担われている円形テーブルが場所を占めていた。

部屋は人気《ひとけ》もなく森閑として、入ってきた人間を完全に無視し、ここにきたことがあるという記憶をめざめさせてもくれない。次いでしかし記憶がよみがえってきた。家の内部が、この都市の発掘されたのこりの建物とくらべると一風変わっていたからである。ふつうなら書斎《タブリーヌム》（書斎兼接客室で、中庭の回廊に面している）の向こう側で奥に向かって中庭《ペリユステイリウム》の回廊が玄関《アルテイウム》の間に続いているのに、そうではなくて書斎《タブリーヌム》の左側で玄関《アルテイウム》の間に接続しており、その代わり中庭《ペリユステイリウム》の回廊がポンペイの他のどこでより面積もひろければ装いも華麗だった。それが下半分が赤塗りで上が白い二十四本の列柱に支えられた柱廊玄関《ポルティコ》に囲われていた。列柱はその大きな、物音ひとつしない空間に祝祭的な趣を授けていた。その真ん中に美しい造作の囲いをした小便小僧《ピスシア》の噴水が配置されていた。こうした一切からしてこれは、教養も芸術的センスもある名望家の持ち家だったものにちがいない。

ノルベルトはあちこちに目を配り、耳は聞き耳を立てた。しかしどこにもものの動く気配はなく、かすかな音も聞こえなかった。この冷たい石造物のなかにはもはやいかなる生命の息吹《いぶ》きも存在しないのだ。グラディーヴァがこのメレアグロスの家に入っていったのなら、彼女はとうに無に溶け入ってしまったのである。

中庭《ペリユステイリウム》の回廊の奥にもう一つ部屋が続いていた。オエコス、すなわちその昔《かみ》の祝祭の間《ま》である。同じく三方が列柱に囲われているものの、こちらは黄色に塗ってあり、光の落ちるとき遠くから見るとそれが金箔を置いたようにきらめいた。列柱のなかに一本、四壁の赤より一《ひと》際《きわ》焼けつくように赤い赤が光るものがあった。しかしその赤を下地に重ね塗りしたのは古代の絵筆ではなく、現代の若い絵筆であった。以前のまことに芸術的な下地は徹底的に破壊され、崩壊し、荒廃していた。五月がその蒼古たる支配権力をここにふたたび行使し、その昔《かみ》の墓場都市の多くの家々におけるように、同じく赤々と燃えさかる野罌粟《のげし》の花がオエコスの全体をすっぽりと覆っていたのである。風がここに種子を運んできて灰を消滅させてしまったのだ。びっしりとひしめく花の大波であった。あるいは、現実には微動だもしなかったのにそう見えた。なぜならアタープルスにはこの花まで降りてくる通路がみつからず、上空を低いつぶやき声を立てながら過ぎてゆくだけだったからだ。だが太陽は花々の上に炎と燃える光のわななきを投げ下ろし、ためにさながら池に赤い波が寄せては返すかのような趣を呈していた。

ノルベルト・ハーノルトの目は、ここ以外の家々では同じような光景を何気なく見過ごしてきていた。だが、ここでは異様に全身を震撼させられたのである。空間は忘却《レテー》の川のほとりに生えた夢の花に満たされていた。眠りの神ヒュプノスが、夜がその赤い萼《うてな》のなかに集めた果汁から意識をまどろませる眠りを送り出しながら、そこにながながと横たわっていた。中庭《ペリュステイリウム》の回廊の柱廊玄関《ポルティコ》を通ってオエコスに入ってゆくと、彼はこめかみに神々や人間を打ち負かすあの老人（ヒュプノスのこと）の目に見えないまどろみの錫杖が触れたような気がしたが、それはしかし重い麻痺感をともなうものではなく、意識は夢のようにあまい愛らしさに囲繞されていた。それでいて足はしっかりしていて、古い絵がこちらを見ている、その昔の祝祭の間《かみま》の壁際まで彼を進ませてくれた。林檎をくばっているパリスの絵。アスピスの蛇を手にして若いバッコスの女信者を怯えさせているサテュロスの絵。

しかしこのときまたもや突然、思いもかけず――ノルベルトの居場所からわずか五歩ばかりの玄関ホール《ヴエスティブルム》の、まだのこっている残骸が投げ落とす細長い影のなか、黄色い列柱の二本の柱と柱の間の階《きざはし》の低い段の上に、明るいドレスを着た女性の姿が一人腰をかけて、いましもかろやかなしぐさで頭をふと持ち上げたのである。そうやって彼女は、いまはじめてその足音に気がついたらしい、知らぬまにやってきた男に向かってその貌《かんばせ》の全容をさらけだした。それは二重の感情を喚び起こした。彼の目には、知らない顔であると同時に、しかし知っている、すでに見たことのある、というか思い浮かべたことのある顔に思えたからである。だが息を呑み心臓の鼓動を止めながら、だれの顔であるかはまぎれもなく見分けた。自分の探していたもの、無意識のうちにポンペイへと自分を駆り立てていたものをとうとう見つけたのだ。グラディーヴァは、夢のなかでアポロ神殿の階《きざはし》に横たわっているのを見た通りに、この真昼の幽霊の時刻になおも見せかけの生をいとなみ続けて、ここ、彼の目の前にいた。彼女の膝には何やら白いものがひろげられていたが、それが何なのか、彼の目にははっきり識別できなかった。どうやらパピュルスの一葉らしかった。罌粟《けし》の花が一片《ひとひら》そこからくっきりと赤く際立っていた。

彼女の顔にはまざまざと驚愕の表情があらわれていた。つややかな茶の髪と雪花石膏《アラバスター》色の額の下で二つの並外れて明るい眼がもの問いたげな驚きをこめてこちらを見つめた。しかしものの数秒も要しなかった。ノルベルトは、彼女の目鼻立ちとあの浮彫像の横顔《プロフィル》のそれが瓜二つなのを認めた。こういう顔立ちなのはあらかじめ分かっていたのだ。だから一目見て、まるで見知らぬ人とは思えなかったのである。近くで見ると彼女の白い服は、かろやかに黄色に傾きながらさらに暖色の色合を高めていた。繊細な、極上にやわらかい毛織物地でできているのがはっきり分かる。たっぷりしたプリーツはそのせいである。頭に巻きつけているスカーフも同じ生地だった。その下に、頸《うなじ》のあたりにまたしても、無造作に一束にたばねた茶色の髪の一部がのぞいてきらめいている。首の前のところ、優美なおとがいの下で、小さな金属の留めピンが衣裳を前合わせにまとめていた。

以上をノルベルト・ハーノルトはなかば明瞭に見とどけると、思わず簡易パナマ帽に手をやって帽子を脱いだ。それからギリシア語を口にした。「あなたはイアソスの娘のアタランテですか、それとも詩人メレアグロスの家のお方でしょうか?」

話しかけられて彼女は、答えを返さずに黙って静かな賢こげな面持でじっとこちらを見つめた。すると二つの考えが彼の心のなかで交差した。この世によみがえってきた見せかけの存在であるからにはそもそもが話をする能力がないのか、それとも彼女はギリシア系でなくてギリシア語を知らないのか。そこでギリシア語をラテン語にかえて、ラテン語で問いかけた。「父上はきっとラテン系のポンペイ名門市民なのでしょうね?」

彼女はしかしこれに対しても応答はせず、笑いの発作を押し戻すように、わずかに唇のまわりにちらりと微笑を浮かべただけであった。と、こんなことを考えて思わず愕然とした。目の前にいる彼女はまぎれもなく口の利けない彫像、言語を拒まれている絵図《シェーマ》にすぎないのだ、と。そう思うと彼の顔に狼狽の色がありありと浮かんだ。

だが彼女の唇はもう込み上げてくる衝動に我慢ができず、ほんものの微笑をうっすらとたたえたが、同時にその唇の間からはこんな声が聞こえてきた。「私とお話をなさるおつもりなら、ドイツ語をお使いにならないと。」

二千年前に死んだポンペイの女性の口から出たことばにしては実際異様であった。異様でないとすれば、聞き手のほうの意識が変わってしまったのだろうか。けれども折から襲ってきた二つの感情の波にノルベルトの不審の念はことごとく雲散霧消した。すなわち、一つはグラディーヴァには言語能力があるという感情の波であり、もう一つは自分の内部から彼女の声によって浮かび上がってきた感情の波である。声は彼女のまなざしと同じように冴え渡っていた。声音は日光の静寂《しじま》のさなかを、鋭くはないが、打ち鳴らした鐘の音を思わせるように、花咲く罌粟の野面を渡っていった。若い考古学者はその声を心のなかで、自分の想像のなかで、すでに聞いたことがあるのにふいに気がついた。そして思わずその感情を声に出していった。「分かっていました、あなたのお声はこんなでしたとも。」

彼女の顔には、何かを理解しようとしているのにそれがみつからない、といった面持が読めた。ノルベルトのこの発言に応じて、「どうしてそんなことがおっしゃれるの？　私とお話ししたこともないのに。」

彼女がドイツ語を話し、今日風《こんにち》に「あなた（Sie）」と敬称二人称でこちらを呼ぶのが、もういささかも奇異とは思えなかった。むしろ、彼女がそうしたのはそうするほかなかったからだ、と彼はすっかり納得し、すみやかにこれに応じた。「そう、お話ししたことはない——でも、あなたが眠ろうとして横になったとき、あなたに呼びかけました。それからあなたのおそばに行くと——あなたのお顔は大理石でできているようにひっそりと美しかった。お願いできますか——もう一度お顔をその階《きざはし》にのせて下さい——」

話をしている間に奇妙な事態が起こった。罌粟の花畑のほうから、羽根の内縁がほんのりと赤く染まった金色の蝶が一匹、列柱のほうをめがけて飛んでくるとグラディーヴァの頭のまわりを何度かひらひら飛びまわり、それから額の上の波打つ茶色の髪の毛に着陸した。と同時に彼女は静かなすばやい動作で立ち上がったので、その姿はすらりと丈高く直立《すぐだ》ち、もう一度ノルベルト・ハーノルトのほうにチラと無言のまなざしを向けたが、その眼からは彼を狂人と見なしているとでもいうような色が語りかけた。そうしてグラディーヴァは足を上げると、彼女独特の歩き方で蒼古たる柱廊玄関《ポルティコ》の列柱に沿って立ち去っていった。その姿はしばらくは目に見えていたが、やがて地下に沈んでしまったかに見えた。

ノルベルトは麻痺したように息をうばわれて棒立ちになった。けれどもぼんやりとながら目の前で起こった出来事を理解していた。真昼の幽霊の時刻は終わっていた。冥府《ハデス》のアスフォデロス（つるぼらん。死者が食べるとされている花）の野から蝶の姿をして、黄泉《よみ》の人となった女にもうあちらにお帰りなさいと、羽根を生やした使者が警告しにきたのである。こんぐらがっておぼろげにではあるが、これにもう一つ別の故事が結びついた。彼は知っていた。地中海のあの蝶にはクレオパトラという名がつけられているのだ。そしてカリュドンのメレアグロスの新妻もクレオパトラの名で呼ばれていて、その女《ひと》はメレアグロスの死を悼むあまり、みずからわが身を冥府のいけにえに捧げたのであった。

立ち去ってゆく女《ひと》に、彼の口からおぼつかない呼びかけのことばが出た。「明日、真昼の時刻にまたここに戻っていらっしゃいますね？」彼女はしかしふり向きも返事もせず、またたくまにオエコスの隅の列柱の奥に消えていった。と、いきなり激しい衝動に襲われてハーノルトは彼女の後を追った。けれども彼女の明るい色の服はもうどこにも現われず、身のまわりには灼熱の太陽の光にめらめらと燃えて、メレアグロスの家がそよとの動きも音もなく横たわっているばかりだった。わずかに蝶のクレオパトラだけが、赤くきらめくその金の羽根をひるがえしてゆっくりと輪を描きながら、ふたたび罌粟の花の鬱蒼とひしめくあたりへと漂うていった。

いつ、どのようにしてイングレッソまで戻ってきたのだろうか。ノルベルト・ハーノルトはまるで記憶になかった。わずかに憶えているのは、胃袋の権利が時効が切れたのに抗弁して、ホテル・ディオメデでとっくに定刻を過ぎた昼食を出させたこと、それから初めてのすばらしい道をあてどもなくぶらつき、カステッランマーレの北側の湾の海浜に行きついたことだった。そこで溶岩の石塊に腰をかけると、海風が頭のまわりに吹きめぐり、やがて太陽はソレントのかなたのサンタンジェロ山脈とイスキア島のエポメオ山のほぼ真ん中に落ちていった。しかしこうして海辺にいずれにせよ何時間も長居をしていたにしては海辺の新鮮な空気から精神の意識状態にプラスするものは得られず、むしろ出てきたときとさまで変わりばえのしない精神状態で宿に立ち戻ったのである。他の客たちがせっせと「晩餐《チェーナ》」に取り組んでいるところにぶつかり、ハーノルトはホールの隅にヴェスヴィオ・ワインのフィアスコ（水差し入りのワイン）を持ってこさせると、食事中の客たちの顔をながめたり彼らの会話に耳を傾けたりした。一同の顔つきからしても話からしても、彼らのなかのだれ一人として、死者の国から真昼刻につかのま生に立ち戻ってきたあのポンペイ女性に出遭ったものもいなければ話を交わしたものもいないのは明々白々だと思った。むろん彼らはその時刻にはずっと正餐《プランツォ》のテーブルを囲んでいたのだから、そんなことはとうに分かり切っている。なぜか、何のためなのか、自分では何とも申しかねるが、しばらくするとディオメデの競争相手の「ホテル・スイス」に場所を移して、そこでも片隅に席をとり、何か注文しなければならないのでまたもやヴェスヴィオ・ワインのフィアスコを前にして、目と耳を動かして右と同じ調査に打ち込んだ。それは正確に同一結果に終わったが、ただし、のみならずさらなる結果に行きつきもした。つまりポンペイの生きている一時滞在客の顔を一人のこらず覚えてしまったのである。それは知識が豊かになったというのではない、たんなる知識の量的増大だった。にもかかわらず彼は、この二軒の宿には男性客も女性客も一人として、顔を見たり話を聞いたりしたかぎりでは、こちらからの一方通行にもせよ個人的に交際したことのある客はいないと知ってある満足感を得た。もしかしたら二軒の旅籠《はたご》のどちらかでグラディーヴァにばったり出遭うことがあるかもしれない、などとばかげた仮定に思い耽ったりするつもりはむろん毛頭なかった。だがいささかなりとグラディーヴァを思わせる風情のある人間は、男にせよ女にせよ、以上の二軒には滞在していないと断じて誓ってよかった。そんな観察をしながらノルベルトはフィアスコのワインをときおりグラスに注いでちびちびと飲み干し、するうちにだんだんフィアスコの中身がなくなってきたので席を立ってディオメデに戻った。空にはいまや無数の星々が撒かれたようにキラキラまたたいていた。けれどもありきたりの動きのない風情ではなく、ペルセウス座もカシオペア座もアンドロメダ座も、隣り合う男女の星たちとあちこちで軽い会釈を交わしては輪になってゆっくり踊っているような感じをノルベルトは抱かされたし、また地上のこちらでも、樹木の梢や建築物の暗い影の輪郭が同じ位置にちゃんと固定していないような気がした。そんなことは太古の昔からぐらついているこの地方の大地では、むろんいささかも驚くに値しないことだった。というのも真っ赤に燃える地下の火はいたるところで噴火の機会を待ち構えており、そのわずかな一部は葡萄の木や房におのずから上昇してきて、ノルベルト・ハーノルトのふだんの晩酌のレパートリーにはないヴェスヴィオ・ワインもそれらから圧搾されたものだからだ。だが事物がぐるぐる旋回するのはいくぶんかはワインのせいとしても、思い返せばあの真昼刻からこちら、あらゆるものが頭のまわりをぐるぐる回っているような様相をあらわにしているように見えた。だからこれは別段目新しいことではなく、前々からあったことの続きなのだと感じた。ノルベルトは階上の自分の小部屋《カーメラ》に戻り、しばらくの間ヴェスヴィオをみはるかす開け放した窓際にたたずんだ。いまやヴェスヴィオの山頂に煙の笠はひろがっておらず、むしろ暗紫色のマントがひらひら波打つような気配が山肌を流れていた。若い考古学者はそれから明りもつけずに服を脱ぎ、手探りでベッドをさがした。けれどもベッドにゆったりと手足を伸ばすと、それはディオメデのベッドではなく真っ赤な罌粟畑で、その花が白い、日光にほっこりと暖まった褥《しとね》となって身体をくるんだ。ノルベルトの敵、家蝿《ムスカ・ドメスティカ・コムニス》どもは先程の五十倍もの群れをなしながら暗闇にどんよりと嗜眠性の無気力に馴らされて頭上の壁にこびりついており、ただし一匹だけは、眠気に酩酊しながら嗜虐欲に駆られて彼の鼻のまわりをぶんぶん飛びまわっていた。だのにノルベルトはそいつを人類数千年の災厄たる絶対悪とは思わなかった。というのも目を閉じているとそれは、さながらあの赤金のクレオパトラもさながらに身のまわりを浮遊していたからである。

翌朝、家蝿の旺盛な加勢のもと太陽に目をさまされると、ノルベルトは昨夜ベッドのまわりで行なわれたオウィディウスの『変身物語』まがいの出来事の続きがそれからどうなったのか、まるで思い出せなかった。だが夢の糸をせっせと紡ぎ続けている、なにやら神話の生物のようなものがすぐそばに蹲っているのはまぎれもなかった。というのもそのことですっかり頭がいっぱいでほかのことは考えられず、あらゆる思考力がそこに閉じ込められて出口が塞がれ、きっかり真昼刻にはメレアグロスの家にいなければならないという思いしか念頭にない感じがしていたからである。同時にしかし彼はある怖れの虜《とりこ》になった。イングレッソの番人たちに顔を見られたら連中はなかに入れてくれないだろう、そもそもが人に見られるようなところに顔をさらすのは得策ではない、そんな怖れである。このポンペイ精通者には番人たちの目を逃れる手はいくらもあった。むろん非合法の手段である。だからといって法の指令に自分の態度決定をゆだねる気はさらさらなく、ポンペイ到着の晩にしたのと同じように、またしても古い市壁まで登って行くと市壁の上を大きな半円を描きながら廃墟の世界をノラ門まで迂回した。ここからならポンペイの内部に降りてゆくのは造作もなかった。ノルベルトは下に降りていったが、自分勝手なふるまいで「管理当局《アンミニストウラツイオーネ》」からさしあたり入場料二リラをくすねたことに良心の呵責を覚えることもなかった。そんなものはいずれ何らかの仕方で埋め合わせをつけてやれよう。こうして彼は人目に立たずに、ふつうならだれも訪れることのない、おもしろくもおかしくもない、大部分はまだ掘り返されていない市区にたどり着き、影になった目立たぬ片隅に腰をかけてときどき時計に相談しながら時間の経つのを待った。すこし離れたところに、瓦礫からやや銀白色に輝いて突き出しているものがふと目に留まった。それが何なのかは彼の不確かな視力では判別がつかなかった。そこまで行って見てみようという衝動に駆られた。するとそれは、丈の高い、白い鐘形萼をそこらじゅうに垂らしたアスフォデロスの花と分かった。風が外からここに種子を持ち込んだのである。意味深くも冥府の花であり、それは明らかに彼のもくろみのためにここに生えているように感じられた。ノルベルトはほっそりした茎を手折り、それを持ってもとの居場所に戻った。五月の太陽は昨日のようにしだいにじりじりと照りつけ、ようやく子午線高度に達しかけていた。そこでノルベルトは長いノラ通りをあるきはじめた。ノラ通りは、すでにほかの通りもほとんどそうだったが、森閑として死んだように静かだった。向こうの西のほうでは、もう午前中の観光客たち一行がマリナ門と昼食のスープ皿に向かってひしめきあっていた。灼けるような熱さを織り込んだ空気だけがちらちらとふるえ、そのめくるめく輝きのなかでアスフォデロスの花束を抱えたノルベルト・ハーノルトの孤独な姿は、あたかも現代風の身なりをして、死者のたましいを冥府《ハデス》まで案内してゆくヘルメス・プシュコポンポス（死者のたましいを冥府に導いて行くヘルメス）のあゆみ行くさまもかくやとばかりだった。

無意識に本能の衝動にしたがって、ノルベルトはひとりでにフォルトゥナ通りをさらにメルクリオ通りまで抜け、これを右折してメレアグロスの家の前にたどり着いた。昨日と同じようにここには生命の気配はなく、玄関ホール《ヴェスティブルム》、玄関の間《アルティウム》、中庭の回廊《ペリユステイリウム》が彼を出迎え、中庭《ペリユス》の回廊《ティリウム》の列柱の間にはオエコスの罌粟の花が炎と燃えていた。当のオエコスに踏み込んだノルベルトにはしかし、ここにきたのが昨日だったのか、それとも考古学にとって最大級に重要な何事かをこの家の主人に問い合わせに二千年前にやってきたのだったのかが、定かではなかった。もっとも、その問い合わせというのがどんなものなのかは申し上げられない。それに、右の消息とは矛盾するようでも、ノルベルトには考古学そのものがまるごと世にも無目的な、まことにつまらない代物に思えたのである。人間がそんなものに熱中できるというのが気が知れなかった。なぜって一切の思考、一切の解明の立ち向かう課題はといえば、たった一つきりないではないか。すなわち、ある人物の肉体をまとった亡霊とはどんな性質のものかという問題だ。それは死んでいながら同時に生きているのだ。生きているのが真昼刻にかぎられるにもせよ、というか、たぶん百年か千年にたった一度だけ、ちょうど昨日という日にかぎって現われたにもせよ、である。ちなみに彼はいまにしてにわかに、今日ここに戻ってきても無駄なのだとの思いに駆られてそれと確信したのである。もとめているあの女《ひと》には会えまい。彼女には、自分ももう永らく生きている人間の一員ではなくなり、死んで埋葬され、忘れられたときになってはじめて再会することを許されるのだから。いうまでもないことながら、足がいましも林檎を手渡しているパリスの絵の下の壁沿いにあゆみを進めていると、彼の目は昨日とそっくりに、同じ二本の柱の間の同じ階《きざはし》に身なりまでそっくりに腰をかけているグラディーヴァの姿を認めたのである。けれども自分の想像力のまやかしにだまされはせず、昨日そこに現実に見たものをファンタジーがふたたびあやかしとして目の前に現出させせたまでだと心得た。しかし自分自身が創りあげた、その実体のない亡霊にまじまじとながめ入らないわけにはいかず、棒立ちになって我知らず彼の口からは歌の音色でこんなことばが出てきた。「おお、あなたがまだおいでになって、それも生きておいでだとは!」

声がしだいに鳴りやむと、後にはふたたび蒼古たる祝祭の間《ま》の残骸のなかにそよとの吐息もしない沈黙がのこった。が、やがてもう一つの声がうつろな静寂《しじま》をつらぬき響いて、いった。「おすわりになりません? 立っていてはくたびれるわ。」

ノルベルト・ハーノルトの脈動がふと停止した。頭は急いでこんな考えをとりまとめた。幻影《ヴィジョン》が口をきけるだろうか。それとも幻聴にまんまと一杯食わされているのだろうか?

ノルベルトは柱に片手をつきながら目を凝らしてながめ入った。

と、その声がまたしても問いかけてきた。声はまさしくグラディーヴァ以外の人のものではなかった。「その白いお花は私のために持ってきてくれたの?」

麻痺性のめまいが彼を捕らえた。足がもう身体を支え切れなくて腰を下ろさないではいられず、柱際の階《きざはし》の彼女の真向かいにすべり込んだ。彼女の眼はまっすぐにこちらを向いていた。けれども昨日ふいに立ち上がって去り際にこちらを見た眼とは、まるきり性質のちがうまなざしだった。あのときの眼からは不機嫌とはねつけるような気配が語りかけていた。それが消えた。その間に考え方が変わって、かわりに詮索する好奇心もしくは知識欲の表情がせり上がってきたとでもいうようだった。また同じように、今日《こんにち》ふつうに使われている他人行儀の敬称二人称（Sie）の「あなた」という呼びかけが、自分の口にもこの場の状況にもふさわしくないと考えているようでもあった。実際、今度は親称二人称の「あんた（du）」を使っていたし、それがごく自然なもののようによどみなく彼女の唇から出てきた。ノルベルトはしかし相手の最後の質問に依然として沈黙を守っていたので、彼女はまたしてもことばを発して問いかけてきた。

「昨日いってたわよね。私が眠ろうとして横になったあのとき、あんたは私に声をかけて、その後私のそばまできた。私の顔は大理石みたいに真っ白だったんだそうね。それはいつ、どこでのことだったの？　私はそんなことまるで憶えていないわ。お願い、もっと正確に教えて下さいな？」

今度は多少発話能力を取り戻していたので、ノルベルトはこんなふうに答える程度のことはできた。「あの夜、あなたは市民広場のアポロ神殿の階《きざはし》に腰を下ろしていて、ヴェスヴィオの降灰に埋もれたのです。」

「あら、そうなの――あのとき。そうでしたの――思いもかけなかったわ。でも、そういった事情がからんでいたのだろう、くらいのことは考えてもよさそうだったわよね。あんたが昨日あたいったときは、ただもう意外なだけ。どう受け取っていいか、心の準備ができてなかったの。でも、よくよく考えてみるとざっと二千年前の出来事よね。二千年前にもう生きてらしたの？　もっとお若いようにお見受けしますけど。」

彼女は真顔でそういった。ただ最後のことばをいったところでだけは、かろやかな、このうえなく優美な笑みが口辺にたわむれた。ノルベルトはしどろもどろになり、ややどもりがちに返事をした。「いや、そう、そうですとも、西暦七九年にはまだ生まれてませんでした――あれはまあ――そう、ポンペイ滅亡の時代に私を連れ戻したのは、あれは、夢といわれている精神状態だったのでしょう。――でも、あなたは一目見てあなたと分かりましたよ――」

ノルベルトから二、三歩離れたところにこちらを向いてすわっている女《ひと》の顔立ちにははっきり驚きの色があらわれ、彼女はまたしてもいぶかしげな調子でくり返した。「私が私だとお分かりになった？　夢のなかで？　何を目安に？」

「まずあなた独特の歩き方ですぐに。」

「それで気がついたのね？　すると私は独特の歩き方をするのね？」

彼女の驚愕はそれと分かるほど昂まった。ノルベルトは応じて、「ええ――ご自分ではご存じない？――ほかのどんな女性より優美このうえない歩き方です。すくなくともいま生きている女性のなかにはおりません。でも、すぐにほかのあらゆる点であなたと見分けがつきましたよ、お姿、顔立ち、物腰、身なり。実際なにもかも、ローマにあるあなたの浮彫像とそっくりそのままでした。」

「あらそう――」彼女はまたもや前と同じような声音でくり返した――「ローマにある私の浮彫像ですって。いいえ、そんなことは思ってもいなかったし、いまのいままでも――何のことやら――さっぱり訳が分からないわ。すると、ローマでそれをご覧になったわけね？」

そこで彼は、その像を一目見て惹かれたこと、ドイツに帰国後、その鋳型石膏像を何年も前から部屋に懸けてあること、などを報告した。

毎日それを見ているうちに、この像は生地の都市《まち》のある通りの踏み石の上を渡ってゆく一人の若いポンペイ女性を描いているものにちがいない、という推測が生じてきて、あの夢がそれを確かめさせてくれたのです。いまではもうそれが動機になって再度のポンペイ探索旅行に、彼女の足跡がみつかるのではあるまいかと思って出てきたことも分かっています。そして昨日の午後メルクリオ通りの一隅に立っていると、彼女その人が、突然あの浮彫像そっくりの姿で向こう側のアポロの家に渡っていこうとするように目の前の踏み石の上を歩いているではありませんか。それから彼女はその通りを横断して引き返してくると、メレアグロスの家の前で消えてしまいました。

と、彼女はこくんとうなずいていった。「ええ、アポロの家に行くつもりでしたけど、それからこっちへ引き返したの。」

ノルベルトはことばを続けた。「それで私はギリシアの詩人メレアグロスのことを思い出しました。あなたはメレアグロスの子孫で、祖先の家に——あの時刻なら許されるのですから——戻ってきたのだと、てっきりそう思いました。でも私がギリシア語で話しかけても、あなたはギリシア語がお分かりにならなかった。」

「あれはギリシア語だったの？　ええ、ギリシア語は分かりません、というか、きっと忘れてしまったのね。でも、いままたあんたがここにきていっていることを聞いていると、私にもいうことは分かるわ。あんたは、だれかがここにいて生きていればいいのだが、というふうな希望を述べたわね。どういう意味か、それは呑み込めませんけど。」

ノルベルトは応じた。あなたを一目見て思いました。これは現実ではなく、昨日あなたにお遭いした場所でまたもやファンタジーにたぶらかされて見ている幻像なのだ、と。すると彼女はにこやかに相槌を打った。「一緒にいて、私はそんな想像はしていなかったけど、あんたのほうは想像力が逞しすぎて要注意の必要がありそうね。」しかしその話はそれきりで打ち切りにして、話題を変えた。「先刻《さつき》おっしゃっていた、私の歩き方がどうとかいうのはどういうことなの？」

にわかに興味が活気づいて彼女をそこへ連れ戻したのが、明らかに見て取れた。そこでノルベルトの口から、「お願いしてよろしければ――」

そういいながら彼は口ごもった。昨日は、もう一度アポロ神殿でのように階《きざはし》に横になって眠ってはもらえまいかと頼むと、彼女はいきなり立ち上がって行ってしまったではないか。それを思い出して愕然としたのである。去り際に彼女が自分に向けたまなざしが漠然とながらそのことと結びついた。けれども彼女の眼のおだやかに好意的な表情はいまは変わりなく保たれていた。ノルベルトが話を先に進めないので、彼女のほうがいった。「どなたかにまだ生きていてほしいというあんたの願望の的とやらが、私のことでしたらお世話さまだことね。かわりに私に何がお望み。何なりとよろこんで叶えてさし上げますわ。」

そのことばが怖れを和らげてくれて、ノルベルトは応じた。「あの浮彫像のように歩いてらっしゃるところを、近くで拝見できたらうれしいのですけれど——」

彼女は異を唱えるでもなく、お安い御用とばかり立ち上がって、壁と列柱に沿ってひとしきり歩いた。それは、足裏をほとんど垂直に持ち上げる、あれほど脳裡に刻み込まれた悠揚として＝急ぎ足の歩き方だった。ただし一つだけ、はじめて気がついたことがある。足がまる見えの衣裳の下に彼女が履いているのはサンダーレではなく、薄手の革張りの砂灰色がかった明るい色の靴だったことだ。彼女がこちらに引き返してまた黙って腰を下ろすと、ノルベルトは思わずその履物が浮彫像のそれとちがっていることを話題にした。応じて彼女のいうには、「何事も時代につれて変わるものよ。今時の世の中にサンダーレは合いません。だから靴を履いているの。こちらのほうが泥や雨をよけるには便利ですもの。でもどうして、目の前で歩いてほしいだなどとお望みでしたの。何か特別の事情でもあるのかしら？」

そこのところをお聞きしたいという、彼女がまたしても口に出した望みは、女の好奇心に出たものではいささかもなかった。さて問いかけられてノルベルトは、歩くときに踏み止《とど》まっているほうの足の位置が奇妙に高いのです、と説明した。それに補足して、故郷の都市《まち》の路上で何週間も当世風の女性たちの歩き方を観察した事の次第を話して聞かせた。しかしこのご立派な観察法は、それらしい歩き方をしていると彼が思ったたった一人の女《ひと》を例外とすれば、完全に失敗に終わったらしい。でも当の女性はまわりが雑踏していてしかと見届けることはできなかったし、顔立ちもいくぶんグラディーヴァの顔に似ているような気がしたので、どうやら眼の錯覚にとらわれていたのでしょう。

「お気の毒さまね、」彼女は答えて、「だってそれを確認していたら大変な学問的意義があったことでしょうし、確認に成功していたらわざわざここまで長旅をなさる必要もなかったでしょうに。でも、あんたがいま話してるのは、だれのことなの? グラディーヴァってだれなの?」

「本当の名前を存じ上げなかったので、あなたの像にグラディーヴァという名をつけたのです――お名前はいまでも存じませんが。」

最後のことばはいくぶんためらいがちにつけ加えた。すると彼女の口もやや躊躇してから、彼が最後につけ加えたそのものズバリの質問に答えた。「私の名はツォーエ。」

ノルベルトは悲痛な声をしぼり出して、

「お名前はとてもよくお似合いです。でも辛辣なあざけりみたいに聞こえないでもありません。なぜってツォーエといえば（ギリシア語で）生命の意味ですものね。」

「死という、もうこれ以上は変わらないものに順応しなければならないのね、」と彼女は応じた、「私はもうずっと前から、死んでいることに慣れています。ところで、今日のところは持ち時間が切れました。お墓の花を持ってきて下さったのね。それに帰り道のお供をさせるように、とのお計らいね。さ、こちらに下さいな。」

立ち上がりざま彼女はか細い手をさしだした。そこでノルベルトはアスフォデロスの花を手渡した。そっと、相手の指に触れないように気をつけて。花束を手に取ると彼女はいった。

「ありがとう。そのほうがお似合いの女性《ひと》には、春には薔薇を上げるものよ。でも私は、あんたの手からこの忘却の花を頂くのが分相応。明日は、この時刻にまたここにきてもいいとのお許しが出るでしょう。あんたもそのときもう一度メレアグロスの家においでになれば、私たち今日のように罌粟畑のほとりでさし向かいになれるわ。あの家の閾《しきい》には『ようこそ』と書いてあるのね。私もあんたにいうわ、ようこそ！」

彼女は去り、昨日と同じように、柱廊玄関《ポルティコ》の曲がり角のところで地面に沈み込むように消えた。すべてのものがふたたび空虚と沈黙に戻った。いくぶん離れたところから一度だけ短く、瓦礫の都市の上に飛んできた鳥の笑い声のような、冴えた、すぐにまたとぎれる声音《こわね》が鳴り響いた。後にのこされたノルベルトはだれもいなくなった階《きざはし》の座席を見下ろした。と、そこに何か白いものが光っていた。グラディーヴァが昨日膝の上に載せていたパピュルスの束らしく、今日は持って帰るのを忘れたものらしい。けれどもおずおずとそちらに手を伸ばしてみると、それはポンペイのいろいろな家のさまざまな残骸を鉛筆で描いた、小さなスケッチブックであった。最後から二番目の頁はメレアグロスの家の前庭《アトリウム》のグリュプスのテーブルの模写だった。最後の頁は、中庭《ペリユスティリウム》の回廊の列柱を通してオエコスの罌粟の花畑を一望する図に手を着けたところだった。死んだ女がこんな現代的なスケッチブックにスケッチを描くのは、彼女がドイツ語で思想を表現するのもふしぎだったが、じつにふしぎな感じがした。だが生命のよみがえりという大きな奇蹟のかたわらにあっては、それとてもささやかな奇蹟にすぎなかった。明らかに彼女は正午の休憩時間を利用して、並外れた芸術的才能によって自分がかつて住んでいた環境を現在《いま》によみがえらせている。スケッチの絵は、彼女のことばが一言一言賢明な思考力の証《あかし》であるのと同じように洗練された感覚的把握力を証していた。どうやら彼女は何度となくあの古色蒼然たるグリュプスのテーブルにすわったことがあるらしかった。それは特別に価値のある記念物だったのである。

ノルベルトは小さなスケッチブックを抱えて機械的にやはり柱廊玄関《ポルティコ》に沿って歩き、柱廊玄関《ポルティコ》が大きく曲がるところで壁のなかに狭い裂け目があるのに気がついた。狭いといっても裂け目は、極端に細身の人なら隣の建物に、おそらくさらにファウヌス小路に通じるその家の裏側に抜けられるだけの余裕はあった。同時にしかしノルベルトの脳裡には次のような認識がひらめいた。ツォーエ＝グラディーヴァはここで地面に沈んだのではなく――それはいかにもばかげていたし、先程そう思ったのが我ながら気が知れなかった――この道を通って自分の墓に戻ったのだ。墓は墓の道にあるのに相違なかった。彼は一目散にメルクリオ通りを走り抜けてヘルクラネウム門まで出た。だが、息を切らせびっしょり汗にまみれてヘルクラネウム門に着きはしたものの、時すでに遅し。だだっぴろい墓の道《ストラダ・ディ・セポルクロ》は白々《しらじら》とまばゆくがらんと延びひろがり、わずかにその終点のギラつく光の幕の奥におぼろげに、かろやかな影が一体、ディオメデ別荘の前にさまようかに見えた。

＊

ノルベルト・ハーノルトは、ポンペイがいたるところで、すくなくとも彼の行く先々にかぎっては濃霧に包まれていると感じながらこの日の後半を過ごした。この濃霧は、ふつうなら灰色で暗く憂鬱ではなく、むしろ本来は晴れやかで、青、赤、茶、とまことに多彩であり、主調はやや黄がかった白と雪花石膏《アラバスター》の白、しかもそのなかを日光の金糸が縦横に紡いでいる。濃霧は眼の視力も耳の聴力も損なうことはない。もっぱらこの濃霧を通してしか考えることができないというわけでもない。それでいてそれは、最高に濃密な霧と効果を競いあう雲の壁をなしているのだった。若い考古学者は、ヴェスヴィオ・ワインのフィアスコが一時間ごとに、目に見えずそれと気がつきもしないやり方で給仕されていて、それが脳髄のなかでたえまなくぐるぐる回転しているような気さえした。そんな状態から解放されようと本能的に対抗手段を駆使して、一方ではしきりに水を飲むやら、また一方ではできるだけ遠くまで走りまわるやらしてみた。彼の医学知識は貧弱なものだったが、それでも病状診断の役には立った。すなわちこの前代未聞の状態は、たぶん心悸亢進と結びつくのぼせからくるものにちがいない。当の心悸亢進のほうも、これまで一度も経験したことのないもののように感じられた。胸の内壁を早鐘のように打ちまくるのである。ところで彼の思考は外に出て行けぬまま、だからといってかならずしも内部でおとなしくしてはいなかった。というか正確には、たった一つの思考だけが心を独占していて、無益無用な活動ではあるにもせよ片時もたゆまぬ活動を続けていた。そうしながら彼はたえず、ツォーエ゠グラディーヴァの肉体はどんな性質をしているのだろうかと思った。メレアグロスの家にいる間は肉体をそなえた存在だったのか、それともかつて所有していた肉体のあやかしの模造体だったのか、といった疑問をめぐって右往左往した。発話器官を意のままにあやつり、指で鉛筆を持てるのだから、物理学的——生理学的——解剖学的に語るには前者に分《ぶ》があるように思えた。しかしノルベルトには、かりに彼女の身体にふれてみたら、たとえば相手の手に自分の手を重ねてみたら、手にふれるのはうつろな空気だけではないのかという想像が優勢を占めた。それを確認したいという奇妙な衝動がはたらく一方、それに劣らぬほどの物怖《ものお》じが、考えるだに彼を引き止めた。というのも二つの可能性のどちらが確認されても、おのずと不安の流れ込んできそうな結果がもたらされる気がしたからだ。手が肉体性をそなえていればそれに愕然とすることだろうし、肉体性がなければないで、したたかな苦痛に見舞われそうだった。

この、学問的表現法にしたがえば実験をしなければ解けない問題にむなしく頭を悩ませながら、ノルベルトはなおも午後の散策を続け、大山脈群サンタンジェロ山のポンペイ南方にそびえ立つ支山までたどり着くと、ここではしなくも年配の、すでに半白になった髯を蓄えた一人の紳士に出遭ったのである。紳士は何やかや道具類を装備しているところからすると動物学者か植物学者であるらしく、熱い日ざしを浴びた山腹で何やら追跡調査をしているようだった。ノルベルトが至近距離にやってきたので紳士はくるりとふり向き、不意を打たれて一瞬まじまじとこちらをながめてから、いった。「あなたもファラグリオネンシス蜥蜴に興味がおありかな？　そうは思えんがな。しかしファラグリオネンシス蜥蜴はカプリ島のファラグリオンだけに棲息しているのではなく、大陸上にも辛抱強く生きているにちがいないと私は固く信じておってね。大学の同僚のアイマーの発表したやり方はまことにすばらしい。私はもう何度もあれを使って大成功した。あ、そのままじっとしていて――。」

相手はここで話を中断し、そっと二、三歩傾斜面を前進して、息を凝らして地面に腹ばいになると、長い草の茎でこしらえた小さな括り罠を蜥蜴の青いきらめきを放つ頭部がチラリとのぞいている岩の裂け目の前に固定した。そうして紳士はぴくりとも動かずに腹ばいになっていた。そこでノルベルト・ハーノルトは相手の背中のかげでそっと回れ右をすると、やってきた道を引き返した。蜥蜴採集者の顔はいつか、たぶん二軒のホテルのうちのどちらかで目の前をかすめたことがあるような気がしたし、男の話し方もそれをほのめかしていた。いずれにせよ信じられない話だった。なんというばかげきった企てのために、人びとははるばるポンペイまで旅をする気になるのだろうか。括り罠仕掛人にさっさとおさらばして、あの亡霊が肉体をそなえているのかそなえていないのかの問題にまたしても考えを向けることができるのに、ノルベルトは心も晴ればれとして帰路におもむいた。ところが曲がり角をまちがえるがままに脇道に導かれ、ながながと延びた古い市壁の西の端に出る代わりに東の外れに出てしまったのである。考えに没入していたので、ようやくまちがいに気がついたときには、「ディオメデ」でも「ホテル・スイス」でもない建物のすぐそばにやってきていた。しかしこの建物にも旅籠《はたご》の看板があり、遠からぬところにはポンペイの大円形闘技場があるのが分かった。遠い記憶のなかから思い出したことがある。大円形闘技場の近くにもう一つ「太陽亭《アルベルゴ・デル・ソーレ》」という宿があり、鉄道駅から遠いので概して訪れる客もほんの一握りしかおらず、彼自身もここはこれまで知らないでいたことだ。てくてく歩いてきたのですっかり暑くなっていた。それに頭のなかの濃霧の回転も一向におとろえていなかった。そこで開け放したままの戸口を入り、のぼせに効く薬と見た炭酸水を一壜持ってくるようにいいつけた。室内はいうまでもなくおびただしい蠅が群がっていたが、それを別にすればひっそり閑としていた。暇な亭主は立ち寄った客とのおしゃべりついでに、この家と家に保存してある発掘品をご案内いたしましょうと、このときとばかり勧めたものだった。亭主がきっぱりと申すには、ポンペイ界隈には売り物に出している品物の百に一つも本物がなくて、何もかもまがいものといった手合いがごまんとおりますけれども、私どものところではお客さま方に数こそすくのうございますが金無垢の本物しかお見せしておりません。と申しますのも私どもは、発掘の現場に自分で立ち会った物件しか仕入れませんので。ながながとまくし立てるうちに聞かされたことがある。市民広場の界隈で若い男女のカップルが発掘されたときにも自分は現場に居合わせたというのである。くだんのカップルは、ポンペイ滅亡が避け難いと見るや、たがいの腕をしっかりからみ合わせて死を待ったのだった。その話ならノルベルトもむかし耳にしたことがあった。そんなものはだれか特別ファンタジー好きの小説家がでっち上げたおとぎ話にきまってるさ、と肩をすくめたものだった。いまもまた肩すくめをくり返したが、すると亭主は、では証拠にと緑青まみれの金属の留めピンを持ち出してきた。立ち会いの現場で娘のほうの遺骸のかたわらの灰のなかからひろったものとか。だが、太陽亭《アルベルゴ・デル・ソーレ》に立ち寄ったこの客はそれをわが手に取るやいなや、とたんに想像力が圧倒的な力を彼に及ぼしてあれこれ詮索する慮《おもんぱか》りもどこへやら、いきなり請求された代金をイギリス・ポンドで支払うと、収穫物を手にそそくさと「太陽亭《アルベルゴ・デル・ソーレ》」を後にしたのであった。家を出しなにもう一度ふり返ると、階上の開け放した窓にタンブラーに活けた、白い花を垂らしたアスフォデロスがこちらにうなずきかけているのが目に留まった。その墓場の花を一目見て、それとの論理的関連を云々するまでもなく、自分が手に入れた新しい所有物の本物の証《あかし》があの花から伝えられているのだという思いが身内を走った。

いま市壁に沿ってマリナ門に向かう足を止め、緊張しながらも同時におずおずと、なによりも分裂した感情とともに彼はそんなことを考えた。とすると、若い恋人どうしが市民広場近くであんなふうに抱き合ったままの姿で発掘されたというのも、また自分があのアポロ神殿のところでグラディーヴァが死の眠りを眠りに横たわるのを見たというのも、やっぱりおとぎ話ではなかったのだ。そうはいっても夢のなかでの出来事にすぎない。すると、いまにしてはっきり分かった。現実には、彼女は市民広場を通りすぎて何者かと落ち合い、その男と心中死を遂げたのだ。

指の間にはさんだ緑色の留めピンからある感情が身内をつらぬき走った。これはツォーエ＝グラディーヴァのもので、彼女の衣裳をおとがいの前のあたりで留めていたものだ、そう思ったのである。それでいてしかしこの女性は、彼女が心中死しようとした男の恋人であり、婚約者であり、ひょっとすると新妻だったのかもしれないのだった。

ノルベルト・ハーノルトは思わず留めピンを放り出したい思いに駆られた。さながら灼熱状態に陥ったもののように留めピンが指を焼いた。あるいはもっと正確にいえば、グラディーヴァの手に自分の手を置いても空をつかむだけと想像するときのように、留めピンは苦痛を催させた。

さるにても頭のなかでは理性が優勢を唱えたので、ノルベルトは唯々諾々とファンタジーに支配されるがままにはならなかった。留めピンが彼女のものであり、それが若い男の腕のなかにみつかったというのがいかにまことしやかであろうと、それには確たる証拠が欠けていた。そうと分かるとホッと一安堵する余裕の足しになり、黄昏のはじまる頃「ディオメデ」にたどり着くと、健康な体質には長時間にわたる散歩のおかげでさすがにものを食べたいという肉体的欲求が生じた。ノルベルトは、ディオメデが、もとはといえばアルゴス（ペロポネソス半島のスパルタの北東に位置する都市）料理なのを、にもかかわらず自家の食卓に採り入れてかなりスパルタ風に仕上げた夕食を食欲旺盛にもりもり平らげながら、午後のうちに新たに到着した二人の客に気がついた。外見からしてもことばからしても、二人ともドイツ人であるのはまぎれもなかった。片方は男性、もう一方は女性である。二人とも若々しく、感じのいい、天与に精神の表現のある顔立ちだった。二人の間柄ははっきりは読み取れない。しかし顔つきがそっくりなので、ノルベルトは兄妹《きょうだい》のカップルだろうと推測した。若い男の髪はブロンドで、むろん女のほうの明褐色とはちがう。彼女のほうは真っ赤なソレントの薔薇を服に挿しており、それを見ていると、何がそれかは思い当たらないものの、自分の部屋の一隅から見える何かが思い起こされて心を動かされた。この二人は、これまでの旅行中に出遭ってはじめて好感が持てた人間だった。彼らは一本のワインのフィアスコを囲んで、声高なのが耳に立つでもなく、さりとて用心深く声をひそめるでもなく、まじめな話題かと思えば陽気な話題とくるくる変わる談話を交わし合っているようだった。陽気な話題らしく思えるのは、ときおり同時に二人の唇のまわりになかば笑いの色が浮かび、それが彼らにすてきに似合って、思わず会話の仲間入りをしたくなりそうだった。二日ほど前にアングロ＝アメリカ人ばかりでぎゅう詰めのホールでこの二人に遭遇していたら、ノルベルトもきっとそんな気になりかねなかっただろう。しかしいま自分の頭のなかに起こっていることを思うと、それが二人の晴れやかな天衣無縫とはあまりにも隔たること遠いのが感じられた。この二人はこれっぽっちもあいまいな空気に包まれておらず、明らかに二千年前に死んだ一人の女性の本性などを深刻に思案してはいなくて、その女性の生涯の謎めいた問題などまるで思いわずらいもせずに、ひたすら現在この時をたのしんでいた。ノルベルトの状態はそれに折れ合わなかった。一方では自分が彼らにとってまるで余計な存在に思われ、他方では彼らに誼《よし》みを通じようとするのが尻込みされた。二人の晴れやかな明るい眼が、自分の額の壁を通してこちらの考えを透視してしまい、そうしてこちらの正気を疑うような表情を帯びるのではないかと漠然とながら感じ取ったからだ。こうして彼は自室に上がり、昨日と同様、なおしばらく窓辺からヴェスヴィオの夜の緋のマントにまなざしを投げ、それから横になった。極度の疲労のためにすぐに眠りに落ちて夢を見た。奇妙にわけの分からない夢だった。どこか分からないところに太陽の光を浴びたグラディーヴァがおり、草の茎で括り罠をこしらえて罠に蜥蜴を捕らえようとしている。おまけに曰く、「ちょっと、そのままじっとしていて――あの女の同僚のいっていた通りだわ、この装置はほんとに便利。彼女はこれを使って大成功したのよ――」

夢のなかでノルベルト・ハーノルトは、実際これはずいぶんばかげた話だ、と思い、その思いから逃れようと寝返りをうった。あの短い笑い声を発する笑い鳥のおかげでこれはまんまと成功した。どうやら、笑い鳥が蜥蜴を嘴にくわえて運び去ってくれたらしい。と、一切が消え去った。

＊

目が覚めると、春なら薔薇を下さるものよ、と夜中に声がいっていたのを思いだした。あるいは、窓からながめ下ろした視線が赤い花のきらめく茂みに落ちたので、じつは眼を通じて記憶が喚起されたのだったのか。赤い花は若い婦人が胸につけるような類《たぐい》のもので、ノルベルトは思わず降りて行ってそれを二、三本摘み取ると香りを嗅いだ。それは実際ソレントの薔薇と奇妙な関係があるらしかった。というのもその香りはじつにすばらしいだけでなく、これまでにまるで味わったことのない風変わりな香りだったからだ。それも彼の頭のなかで緊張をほどくはたらきをするように思えた。すくなくとも門番たちを怖がる昨日のおびえは一掃してくれた。ノルベルトは観光規定通りにイングレッソからポンペイに入って行き、基準外なので入場料の二倍の金額を支払い、のこりの客の傍らから離脱する道をすばやく取って進んだ。緑色の留めピンと赤い薔薇のほかにメレアグロスの家から持ってきたスケッチブックを携えてきたが、薔薇の香りのせいで朝食を摂るのをすっかり忘れてきた。頭のなかは、今現在にはまったく上の空、もっぱら真昼刻の前支度のことでいっぱいだった。真昼刻までにはしかしたっぷり間《ま》があり、待ち時間をつぶさなければならなくて、そのためにグラディーヴァも前によく入り込んだか、いまもときおり訪れそうに思われる家に、あれやこれやと手当たりしだいに足を踏み入れてみた——グラディーヴァにそれができるのは真昼刻だけというう想定はいささかぐらつきはじめていたのである。おそらくそれ以外の昼の時間も彼女は勝手に行動していられたのだ。ひょっとすると月光の夜も。薔薇を鼻にかざして香りを吸うとふしぎにそれがこうした推測を強めてくれ、思いはこの新たな見解を手もなく確信して迎えた。というのも自分が先入見にこだわることがなく、むしろ理性の唱える異議の成り行き任せにして、いまは断然こうした理性的異議こそが論理的でもあれば望ましくもある結果をもたらすのだという証明を自認することができたからだった。ただし彼女に遭遇しても、それが肉体をそなえた幽霊と認めることが第三者の目にも可能なのか、それともそれを認める能力は彼の目にしかそなわっていないのではないか、そんな疑いに襲われた。前者の可能性は却けられず、大いにありそうな話ではないかと自己主張し、逆に望ましいと思われた可能性のほうを押しのけた。おかげで彼は腹立たしくも穏やかならぬ気分にさせられた。自分以外の人びとも彼女に話しかけることができ、彼女とさし向かいで会話を交わすことができるという考えが腹立たしかったのである。彼女と話を交わせるのは、自分がひとり占めしている不正行為、もしくはいずれにせよ自分だけの特権だった。なぜなら余人が知らなかったグラディーヴァを発見したのは自分であり、自分こそが彼女を毎日観察し、心に取り込み、いわば自分の生命力によって貫き通してきたからであって、それゆえにノルベルトは、自分がいなければ彼女がわがものにすることはなかったであろう生命を、自分こそがふたたびグラディーヴァに与えたのだという気がしていた。それだけにしかし、ご褒美をもらう資格があるのは自分だけであり、赤の他人と山分けなんぞは御免こうむりたい、それが当然ではないかと感じていた。

時が刻々に推移するうちにも、その日は前日、前々日よりさらに暑くなった。太陽はこの日、まことに尋常ならざる仕業をもくろんでいるようで、考古学的観点においてのみならず実用的観点においても、ポンペイの水道が二千年前に破裂してからからに乾燥したままなのがじつに嘆かわしく思われた。街頭の泉水はそこここでいにしえの記憶を保ち続けており、通りすがりの喉の渇いた人びとに気軽に利用されていた証拠をいまもさらけだしている。人びとはいまではなくなってしまった飲み口の管の際《きわ》に前のめりにしゃがみこむのに大理石の泉水の縁《へり》に片手をつき、水の滴りが石に穴をあけるように、泉水の縁が徐々にすりへって窪みができているのだった。ノルベルトはフォルトゥナ通りの一隅でそんな感じを持たされた。するとそこから、ツォーエ＝グラディーヴァもかつてはここでそんなふうに手をついたのではあるまいかという思いが絵に描いたようにまざまざと浮かび上がってき、思わず自分の片手をその小さな窪みに差し込んだ。けれどもすぐにこの思い入れをはねのけ、そんな思いにとらわれかけたことで自分自身に憤りをおぼえた。そんな思い入れは、洗練された名家出身の若いポンペイ女性の性質にも、ふるまいにも、これっぽっちもふさわしくなかった。彼女が腰を屈めて賤民どもが赤い口をつけて飲むのと同じ飲み口に唇をつけただろうなどとは、およそ神聖冒瀆もいいところではないか。彼女の行為にもふるまいにもあらわれているような、高貴な意味でのまれに見るおしとやかさには、これまでお目にかかったためしがなかった。信じられないほどばかげたこちらの思いつきを、相手はとうに見抜いているかもしれないと思うと慄然とした。実際、彼女の眼にはなにやら食い込むような迫力があった。一緒にいるとき彼女が自分の頭の内部に通じる入口をみつけだして、鋼《はがね》のように冴えたゾンデで探るように中を探索するようなそぶりを見せたような感触を、彼は何度か抱かされたものだ。だから、自分の思考過程にばかげた節々を見つけられないようにくれぐれも注意しなければならなかったのである。

正午までには依然として一時間の間《ま》があった。時間をつぶすために、彼は通りを横切って発掘されたすべての家々のなかでも最高に広壮でりっぱな家のファウヌスの家に入っていった。他の家とはちがい、この家は玄関の間《アルティウム》が二重になっていた。イムプルヴィウム（雨水受けの水盤）の真ん中に、家の名がそれにちなんだ有名な踊るファウヌスの立像がかつてはあったのが、いまはからっぽの台座だけを見せているのが特に目立った。けれどもこの学問的にはきわめて評価の高い芸術作品がもうここにはなくて、イッソスの戦いのアレキサンダー大王を描いたモザイク画と時を同じうしてナポリの国立博物館《ムセオ・ナツィオナーレ》に引き渡されてしまっているのも、ノルベルト・ハーノルトにちっとも無念の思いを起こさせはしなかった。彼は時間を先送りさせるほか胸中いかなる意図も望みもなく、大きな建物のなかをあてどもなくさまよっているのである。中庭の回廊《ペリュスティリウム》の奥に、ひろい、おびただしい柱に周りを囲まれた部屋が一つ開けてきた。中庭の回廊《ペリュスティリウム》をもう一度反覆したものなのか、それともクシストス、つまり装飾庭園として設置したものなのか。さしずめ後者のように見えた。というのもメレアグロスの家のオエコスと同様、ここもすっかり繚乱たる罌粟の花に覆われていたのである。訪問客は上の空でその静かな廃園にあゆみ入った。

と、しかし彼は突然足をとめた。ここに自分以外にもだれかいるのではないか。まなざしがふと、やや離れたところにいる二人の人物にぶつかった。はじめは一人の人間ではないかと思えた。二人はそれほどぴったり重なり合っていたのである。二人は彼がいるのに気がつかなかった。二人きりの世界に浸りきっていたし、それに何本もの柱があるので、その一隅は万が一にも人目に立つはずがないと思い込んでいたのだろう。たがいに腕と腕とをからみあわせて、彼らは唇までもひたと重ねていた。と、まさかの思いの観客が驚いたことには、それはこの旅行中昨夜はじめて彼が好意を抱いた、あの若き紳士淑女の二人組だったではないか。抱擁とながながと続くキス、そんな目のあたりに見る二人のふるまいはしかし、どう見ても兄妹のものとは思えなかった。するとこれまた愛のカップル、それもどうやら新婚のカップル、またまたアウグストとグレーテご一行様ではないか。

奇妙なことにしかし、ノルベルトにはいま二人のことがちっとも気にならなかった。またその出来事を滑稽ともいやらしいとも感じなかった。むしろ二人に対する好意をさらに募らせただけだった。彼らがやっていることは自然であり、ごく当たり前のことに思えた。彼の眼は、さながら最高の驚嘆の的とされる古代芸術作品の一つに向けるように、つねになくまぶたを瞠《みひら》いてこの生ける彫像たちに釘づけになった。こうしてもっとながめるがままにさせてほしかった。それにしても自分は不当に聖なる部屋に闖入して、いましも秘密の礼拝行の邪魔をしているのではないかという気がした。こうしているうちに気づかれるのではという思いに駆られて愕然とした。あわててくるりと背を向けると爪先立ちに足音を殺してひとしきり後退《あとずさ》りし、息を詰め動悸を高鳴らせて声の届かぬ範囲までくると、一目散にファウヌス小路を走り抜けた。

＊

メレアグロスの家の前までやってきたものの、もう真昼刻になったかどうかは分からない。さりとて腕時計を見て時刻を確かめる気にもならなかった。しばらくは入口の閾際の「ようこそ」を見下ろしながら戸口の前でぐずぐずしていた。ある怖れが家内に入るのを引き止めたのだ。おかしなことに、グラディーヴァに家内で会えないか、彼女の姿がみつかるか、どちらにしても怖かったのである。というのも、会えない場合には彼女はどこかでだれか別の若い男と一緒にいるのだし、姿がみつかるとすればその男と列柱の間の階《きざはし》の上でランデヴーしているのだ、という考えがこの数分の間に頭のなかにしっかり根を下ろしていたからだった。その男に対して彼は、卑劣な家蠅ども全体に対するように、これまでになく激しく憎悪の念を募らせた。自分にこれほど心が昂ぶる力があろうとは、今のいままで信じられないほどだった。これまでは下らぬ愚行とばかり見ていた決闘というものが、いきなりちがった光の下に見えてきた。その光に照らすと決闘は、一転、固有の権利を侵害され致命的に侮辱された人間が納得のゆく報復を行使するか、でなければ目的をうしなった生活を放棄するか、いずれにせよのこされた唯一の手段として取り上げる自然法と化した。こうして彼の足は唐突に動いて家のなかに踏み込んだ。その破廉恥な男に戦いを挑むつもりだった——これまでになく激しくそう思った——矢も盾もなく彼女に告白したかった、あなたがこんな連中のお仲間だとはもったいない、私はあなたがもっと上等な、もっと高貴なお人だと思っていましたのに——と。

こうしてそのための口実がちっともないのに口から飛びだしかねないほど、悲憤慷慨の思いが喉元まであふれてきそうだった。というのもオエコスまでの距離を嵐のような勢いで駆け抜けると、こんなことばが荒々しく口をついて出たからである。「あなたおひとりでしたか?!」見ればグラディーヴァが前二日と寸分違《たが》わず階《きざはし》の上に、たったひとりでいるのは火を見るより明らかだというのに。グラディーヴァはいぶかしげにこちらをながめて応じた。「真昼刻過ぎに一体だれがこんなところにくるというの？　皆さんとっくにおなかを空かして、お食事を頂いてるわ。うれしいことに自然が私のためにそうお膳立てしてくれたの。」

ノルベルトのふくらみすぎた激昂はしかしそう簡単に和らげられはしなかった。思わず、たったいま外で確信的に忍び込んできた推測が一段と身に沁みてきた。だって、といささかしどろもどろに彼はことばを続けて、だってそうとしか考えようがないじゃありませんか。

グラディーヴァの明るい眼は、こちらが話し終えるまでじっと彼の顔に向けられていた。それから指を一本額の上にちょっとあげて、あるしぐさをして、いった。「あんたは――。」それからしかしことばを続けて、「あんたがこの時刻にここにくる、で、待たされてもここを離れない、私はそれでいいと思ってます。この場所がまあ気に入ってるし、それに昨日忘れたスケッチブックをあんたが持ってきてくれるのは分かってたもの。ご丁寧なお気遣い、感謝しますわ。それをこちらへ頂けませんこと?」

最後の問いかけはまことにもっともだった。こちらはスケッチブックを手渡す準備をしておらず、いまいる場所をじっと動かずにいたからだ。ノルベルトの脳裡には、とんでもないたわごとを思いつき熟し上げ、あまつさえ口に出してしまったものだという思いがきざした。あろうことなら彼女のご機嫌直しになろうかと、いまやつかつかと前に出てグラディーヴァにスケッチブックをさし出し、同時に自動的に階《きざはし》の彼女の横に腰を下ろした。と、グラディーヴァはその手に一瞥をくれながらいった。「薔薇がお好きみたいね。」

それを聞いて彼は、薔薇を摘んで持ってくるきっかけになった出来事を突然思い出した。そしてこんなふうに応じた。「ええ――でも、これは自分のためではなくて――昨日、あなたがおっしゃった――咋夜もだれかがいったんです――春には薔薇を上げるものだって

――」

グラディーヴァはちょっと頭をかしげるようにしてから答えた。「あら、そう――そうだった、思い出したわ――ほかの人にだったらアスフォデロスなんかでなくて、薔薇を上げるのにね、といったのね。素直にいう通りにして下さったのね。私の気持をすこしは汲んでくれたみたい。」

赤い薔薇を受け取ろうと彼女は手をさしのべ、今度はノルベルトのほうが薔薇をさし出して、いった。「はじめは、あなたが真昼刻にしかここにおいでになれないと思ってました。でも、ほかの時刻にもおいでになれるらしいと分かって――とてもうれしく思っています――」

「どうしてそれがうれしいの?」

グラディーヴァの顔は途方に暮れたような表情を浮かべた。口辺にほとんどあるかなきかのかすかな痙攣が走った。ノルベルトは狼狽していった。「生きているのはすばらしいことです――以前はそんなことは考えもしませんでした、――もう一つお訊ねしたいのですが――」

胸ポケットをさぐって例の掘りだし物をひっぱり出すと、付け加えた。「この留めピンはいいえ、憶えがないわ。むかしあなたのものでしたか？」

彼女は、思いなしそちらへチラと顔をのめらせたが首《かぶり》をふった。「いいえ、憶えがないわ。もっとも、時間的にはあり得ないではないわね。だってその留めピンは、きっと今年も作りたてほやほやですもの。きっと太陽でみつけたんでしょう？　そのきれいな緑の留めピンは前にもお目にかかって、はじめてじゃないような気がするもの。」

思わず鸚鵡返しに、「太陽で——太陽で、ってどうして？」

「ソーレ（太陽亭のこと）って、ここではいうの。あそこはなんでも屋だわ。その留めピンは、市民広場の界隈だったと思うけど、だれだったかエスコートしていた人と一緒に事故に遭ったという若い娘さんの持ち物だったというのね。そんなはずはないわ。」

「そう、男の腕が彼女の身体にしっかりからみついて——」

「あら、そう——」

「あら」と「そう」は、どうやらグラディーヴァの舌にお気に入りの間投詞として出てくるようだった。そこで彼女は一瞬思案の体となり、それから付け加えた。「だから、私がその留めピンを着けていたと思ったわけ。それがちょっぴりあんたを——先刻《さっき》いってたわね？——うれしくない気分にしたわけね？」

ノルベルトの表情にホッと安堵を覚えた色が見て取れ、それが応答からもまざまざと聞き取れた。「そううかがって、何ともうれしく思います——なぜってその留めピンがあなたのものだと考えると、何だか——何だか頭のなかがめまいがして——」

「いくらかめまいの体質がおありみたいね。もしかすると今朝、朝食をお忘れではなかったの？　それでなおのこと発作が強くなったのね。お気の毒。でもそうなるのは分かってました。ですから正午《おひる》にここにくる気になったの。お弁当を分け合って、それであんたの頭の思わしくない状態に多少はお役に立てるかと——」

彼女はドレスのポケットから絹紙にくるんだ白パンを取り出し、パンを二つに割ると半分を彼の手に渡し、いかにもおいしそうに残り半分に食らいついた。そうしていると、とびきり愛らしく申し分のない歯並びが上下の唇の間で真珠の輝きにきらめくばかりか、パンの耳を嚙むときのかすかにパリッという音までもがして、彼女が実体のない幻影像であるどころか、本物の肉体的性質をそなえているという印象をかき立てた。それはそうと朝飯を食いそこねた一件に関する彼女の推測は、ズバリ的中したわけである。ノルベルトのほうも遮二無二食いまくり、そうしながら自分の考えの解明に明らかにあらまほしい効き目を感じた。こうして二人ともしばらくは口ひとつきかずに黙々と相共に有益な作業に没頭していたが、やがてとうとうグラディーヴァがいった。「もう二千年前にも一度、こんなふうに二人でパンを分け合って食べたことがあるような気がするわ。あんたはどう、そんな気はしない？」

ノルベルトにそんな憶えはなかった。けれども、彼女がそんなはてしもなく遠い過去のことを口にしたのはおどろきだった。ものを食べて頭に力がついたところで、彼は脳内に起こった変化をわが身に引きつけた。彼女がもう久しい間ここポンペイをさまよっていたのではあるまいかという想定は、もはや健康な理性とは折れ合わなかった。いまはグラディーヴァの身にそなわる一切が、顔形といい、顔色といい、このうえなく魅力的な褐色に波うつ髪といい、非の打ちどころのない歯並びといい、彼女がようやく二十歳そこそこの女性でしかあり得ないことを示していた。明るい色の汚点《しみ》ひとつないドレスが数え切れない歳月の間軽石の灰に埋もれていたという表象だって、おそろしく矛盾している。そもそも自分はここに目をさました状態でいるのだろうか。それともひょっとして、むしろ書斎でグラディーヴァの像を見ているうちについとろとろと眠気に誘われ、はるばるポンペイまで旅をしてまだ生きている女のグラディーヴァと出会っているという夢を見ているのではあるまいか。のみならずこうしてメレアグロスの家の彼女の横にすわっている夢を見続けているのではないか。ノルベルトはそんな感覚の錯誤に見舞われた。それというのも、彼女が現実にまだ生きているだの、よみがえってまた生命を得ただのというのは、夢のなかでしか起こり得ない話だからで——自然法則はこれに断固異論を唱えるからだった——

二千年前にもこうしてあんたとパンを分け合ったことがあると、いましがた彼女がいったことは、いうまでもなく奇妙な話だった。そんなことはとんと身に覚えがなかったし、夢のなかでさえそんな目に遭うとは考えられなかった——

彼女の左手は指ごとおだやかに膝の上に置かれており——それが解き難い謎を解く鍵をにぎっていた——

メレアグロスの家のオエコスの前でも、陋劣な家蠅の厚かましさはとどまるところを知らなかった。見れば真向かいの黄色い列柱に、飽くない欲望もあらわに下劣な飛び方をしている一匹がぶんぶん飛び回っている。それがいま飛んできて、つい彼の鼻先をブンとかすめた。けれども彼は、ずっと前に一緒に食べたパンのことを憶えていませんかという彼女の質問に何かしら返事をしなければならず、そこでむりやり押し出すように口を開いた。「あの当時もいまと同じに蠅どもは悪魔的だったので、やつらに悩まされて、生きているのがつくづくおいやになりはしませんでしたか？」

彼女は、一体何をいっているのだとばかり驚きの色を浮かべてこちらを見ると、鸚鵡返しに、「蝿？　するとあんたは、頭のなかに蝿がいるの？」

このとき突然、例の真っ黒な怪物が彼女の手にとまったが、その手は痛くもかゆくもないというようにピクリとも動く気配を見せなかった。それを見ているうちにしかし若い考古学者のなかで、ある行為をやってみたら、というのと、その同じ行為をとことんやってのけたい、というのと、二つの強力な衝動がごちゃごちゃに混じりあった。ノルベルトの手がいきなり虚空に上がり、バシッといささかも手加減をしない打撃を蝿に、したがってまた隣席にいる女性の手に打ち下ろした。

打撃を加えると、思慮分別と周章狼狽、しかしまたよろこばしい驚愕までもが、おもむろにやってきた。手なぐりは空を切ったわけでもなければ、冷たい、こわばったものに当たったのでもなく、まごうかたなく本物の、生きている、温かい人間の手に到達し、その手は一瞬どうやらすっかりすくみ上がって彼の手の下でピクリとも動かぬありさまだった。けれどもそれからふっと動くと、手の上の口がこういった。「あんたはやっぱり気が狂ってるのね、ノルベルト・ハーノルト。」

ポンペイではだれにも教えていなかった名前が、グラディーヴァの唇からかくもなめらかに、まごうかたもなくはっきりと出てきたのである。その名の持ち主はこれまでにない驚愕をおぼえて階《きざはし》からふっとんだ。同時に列柱の廊下にひそかにこちらに近づいてくる足音が立ち、混乱した彼の目の前にファウヌスの家の好ましい恋人どうしの顔が浮かび上がると、カップルの若い女性のほうが意外や意外の感もはなはだしい声音で叫んだのである。「ツォーエ！　あなたもここに？　すると、やっぱり新婚旅行で？　そんなこと、お手紙にはちっとも書いてなかったじゃないの！」

＊

ノルベルトはふたたびメルクリオ通りのメレアグロスの家の前にきていた。どうしてそこへきたのか、我ながら分からなかった。本能的にそうしていたものに相違ない。しかもいきなり身内に稲妻のような閃光が走り、それが、そうでもしなければ滑稽きわまる人物という役回りをさらけだすしかないという思いにさせた。あの若いカップルの、また自分の姓と名を名指しで呼び、若いカップルに親しげにあいさつされたあの女性の笑いものになり、それにもまして自分自身の笑いものになるしかないだろう。というのも、理解は行かないとしても、一つだけ、これだけは否定し難いと思えたことがあったからだ。確たる実体のある、肉体的に現存する、温かい人間の手をそなえたあのグラディーヴァは疑いようのない真実を語ったのである。つまり彼の頭はこの二日間完全に狂った状態にあったのだ。たしかにばかげた夢に耽っていたわけではなく、むしろ分別のある使い方をするように自然から人間に授けられたようなあり方では、目も耳もはっきりさめていた。それがこんな成り行きになろうとは、彼にはさっぱり理解が行かなかった。おぼろげながらある感情に動かされていた。そこには、こんな具合に上手《うわて》を取って、ふつうならおそらく尊重に値するものをあべこべにひっくり返してしまうある第六感が介入したにちがいない、と。その問題をとっくり考えてせめてすこしでも解明するには、遠くはなれて人のこない場所がぜひとも必要だった。さしあたってしかしノルベルトは、目や耳やその他の感覚の領域から、本来の使用目的にふさわしいようにその自然の贈り物を利用すべくできるだけ早く離れるようにせき立てられた。

あの温かい手の持ち主である女性に関していえば、いずれにせよ彼女は、メレアグロスの家での予期しない、まして真昼刻には思いも寄らぬ若いカップルの訪問に不意打ちを食らったのである。それもとっさに浮かんだ面持からして、うれしさいっぱいというふうではなかった。でも次の瞬間にはもう彼女の顔にそんな面持はこれっぽっちもなかった。そそくさと立ち上がり、相手の若い女性のほうにあゆみ寄ると、そちらに手を渡しながらいった。「ほんとにすてきだわ、ギーザ、偶然もたまには悪くない思いつきをするものね。すると旦那さまとほやほやのハネムーンってわけ？　旦那さまにじかにお目にかかれるなんて幸せ。それにお二人ともお元気そうで、祝電を遅まきに弔電に変える必要もなさそうね。弔電がきそうなカップルなら今頃はポンペイでお食事してるものよ。どうやらイングレッソ界隈にお泊りのようね、午後になったらお訪ねします。そうね、手紙には何も書きませんでした。悪く思わないでね、だって、ほら、私の手はあなたの手みたいに、でかでかと結婚指輪をひけらかす資格はありませんもの。ここの空気は想像力にとてつもない作用を及ぼすのよ。あなたもかぶれておいでみたい。まあ、そりゃ想像力があんまり醒めてしまうよりはましだけど。いま向こうに行かれた殿方なんかも、とてもへんてこりんな妄想にふりまわされているの。なんだか、頭のなかに蠅がぶんぶん飛び回ってるって思い込んでるみたいね。そりゃ、どなたさまも頭のなかになにかしら昆虫みたいなものを飼ってはいます。お役目柄、私だって昆虫学にはいささかの心得はあるし、ですからこういった場合すこしはお役に立てそう。父と私は太陽亭《ソーレ》にいます。父は急に発作を起こして、そのうえ名案も一つ思いついたの。ポンペイで自前でかせいで、自分にあれこれ要求しないつもりなら、私をこちらに引き取ってもいいという名案ね。ひょっとすると私だって、ご当地で何かおもしろいものを発掘するかもしれない、なんて独り合点したわ。もちろん、発掘したわ——幸運よね、そうでしょう、ギーザ、あなたに遭うなんて夢にも思わなかったもの。でも時間がないわ、おしゃべりばっかりして。むかしのお友だちに会うといつもこうなの——でも私たち、もちろんそんな大昔からの仲ってほどじゃないわよね。父は二時きっかりに太陽亭を出て太陽亭の野外テーブルにすわります。ですから父の食事のおつきあいをしなければならないの。残念だけど、だからあなたとのおつきあいはいまは諦めるしかありません。私がいなくても、メレアグロスの家はお二方《ふたかた》で見物できるわ。その方面には通じてないけど、そう思います。ドウゾ、旦那サマ！（Favorisca signor!）オ別レネ、ジゼッタ！（Arivederci!）（ジゼッタはイタリア語風のギーザの愛称）このくらいのイタリア語は勉強したのよ。でも、ほんとうは使うことないわね。必要があればお手製でこしらえるまで——どうぞ、いいえ、ドウカ、オ気遣イナク！（senza complimenti!）」

最後にそう懇請したのは、若い夫が彼女をエスコートしようとするような丁重なそぶりを見せたことに関わった。彼女はこのうえなく潑剌としてちっとも屈託がなく、すぐそばにいる女友だちに思いもかけず出遭った状況にぴったりの表情はしていたものの、いまは長居ができないというさし迫った発言を証拠立てるような、つねにない浮き足立ちようもあった。そしてノルベルト・ハーノルトがあたふたと立ち去ってからものの数分も経過したかどうかに、彼女もまたメレアグロスの家からメルクリオ通りへと出ていった。メルクリオ通りはお昼刻だけに、とぐろを巻いた蜥蜴があちらこちらに生命の気配を見せているだけだった。数瞬の間蜥蜴の際《きわ》に立ちどまって、彼女は短い物思いに耽るようだった。それからあわただしく次の方角をヘルクラネウム門にきめて突き進み、優美に急ぎ足のグラディーヴァ風歩行でメルクリオ小路とサルスティウス通りとの交差点で踏み石を渡ると、エルコラーノ門（ヘルクラネウム門）の両側壁の廃墟まで一気にたどり着いた。この両側壁の廃墟の奥にはずっと向こうのほうまで墓の道《デ・セポルクロ》が延びていたが、それは二十四時間前に、若い考古学者がやはりここから目を皿にして墓の道を見下ろしたときほどまぶしくはなく、ギラつく光線の幕もめぐらされてはいなかった。太陽は今日、午前中にいささかたっぷり善行をほどこしすぎた感を催しているようだった。太陽が目の前に灰色のカーテンを張りめぐらせ、その厚みのかげでなおも活動を続行しているのは目に見えていた。そのために墓の道《デ・セポルクロ》のそこここに生えている糸杉は、空に向かって異様にするどく真っ黒に際立っていた。昨日とは打って変わった光景だった。あらゆるものを謎めいた陽炎《かげろう》で覆い尽くす輝きは消えていた。通りですらある種の暗鬱な露骨さの風情をそなえ、いまはセポルクロ（墓場）の名を栄えあらしめる死相を帯びていた。この印象は通りの端のほうにちらついている人影で打ち消されるどころか、むしろ一段と高められた。ディオメデ別荘の界隈では、影の姿がおのれの墓をさがしもとめて立ち並ぶ墓碑の一体のなかに消えて行くかに見えた。

それはメレアグロスの家から太陽亭《アルベルゴ・デル・ソーレ》までの最短距離の道ではなく、本来ならむしろ正反対の方角を指していた。けれどもツォーエ＝グラディーヴァは、昼食のテーブルに間に合う時刻はまださほどさし迫ってはいないと遅ればせに気がついたようだった。というのも彼女はヘルクラネウム門の際《きわ》にちょっと立ちどまると、それから一歩毎に後続の足の足裏をほとんど垂直に切り立てるようにして墓の道の溶岩舗石の上を歩き続けたからである。

*

「ディオメデ（ディオメデス）別荘」とは——かつてここに設置した市区の首長の地位に昇りつめた「自由民《リベルトウス》」マルクス・アリウス・ディオメデスが、この地の旧支配者たる女性アリアのために、同時にまた彼自身と一族郎党のために、近くに建立した一基の墓碑にちなんで、今日の世の人びとがまことに恣意的に名づけた呼び名であるが——たいそう広壮な建物で、ファンタジーがこねあげたものではないポンペイ滅亡の歴史のまさに戦慄的な現実の一こまをはらんでいた。広大な瓦礫の廃墟の混乱を呈しているのは表面の部分だけで、その下には桁外れに巨大な、そっくり保存された柱廊玄関《ポルティコ》に囲まれている、泉水のわずかななごりと中央に小体《こてい》な神殿のある閉ざされた庭園空間がふかぶかと埋まっており、そのさらに下方には循環式の、半透明の薄明の光にぼんやり照らされた地下室入口のアーチへと双翼の階段が通じていた。その地下室にまでもヴェスヴィオの灰は侵入し、ここで十八体の女子供の骸骨が発見された。彼らは多少の食糧を急いでかき集めると、助けをもとめてこの半地下の暗室に逃げ込み、みせかけの避難所が彼ら全員の墓場になってしまったのだ。その反対側には、この家の主人とおぼしい無名の人物がやはり窒息して床に伸びていた。庭園の鍵の掛かった戸口から抜けだそうとしたのである。指の間に戸口の鍵をにぎりしめていた。彼の横にもう一体の骸骨がうずくまっていた。おそらく従僕の遺骸であろう。相当額に上る金貨銀貨を身に着けていた。灰が固形化したので事故に遭った人びとの体形はそっくり保存された。ナポリの国立博物館《ムセオ・ナツイオナーレ》には、ここで発掘された、花のようにあでやかな服を着た少女の頸《うなじ》や肩や美しい胸の石膏模型が一体、ガラスケースに保管されていたものだ。

ディオメデ別荘は、まっとうなポンペイ観光客ならだれしもすくなくとも一度は訪れないわけにはいかぬ見学先だった。しかし正午前後のいまは、距離的にも市内からかなり遠いので、まず確実にここが好奇心の対象になる懼《おそ》れはなさそうだと推察された。そこでノルベルト・ハーノルトは、これこそ最新の頭の滋養供給にはもってこいの隠れ処《が》だと考えたのである。頭の滋養供給には、墓場もさながらの孤独、そよとの風もない静けさ、それに不動の安息が必要だった。最後の不動の安息に対してはしかし、彼の脈管系のなかで血の騒ぎがエネルギッシュな異議申し立てをした。そこで二つの要請の間に協定を結ばせなくてはならなかった。頭は頭の権利を主張し、これに対して足は足の衝動の要求を認めよ、というのである。こうして彼はここにきてからというもの、柱廊玄関《ポルティコ》のなかを往きつ戻りつ堂々めぐりしていた。そうしていると肉体の均衡を守ることができ、精神の均衡もなんとか平静に保っていられる。しかしいざ実行する段となると、これが思ったより難しいのである。むろん自分が、感覚も悟性もすっかりなくしてしまって多少とも肉体としてよみがえった一人の若いポンペイ女性と同席していると信じ込んでいることは、認識においてはまごうかたなかった。そしてこうして自分の狂気を明確に洞察するのが、健康な理性に立ち戻る本質的な進歩であることはいうまでもない。だからといってそれで理性が秩序だった状態にきっぱりと立ち戻ったことにならないのは、たとえ理性はグラディーヴァが死せる石像にすぎないと思いなしても、それでも彼女が生きているのはまぎれもない事実だったからだ。その否みようのない証拠が提示された。彼だけではなく複数の第三者も、彼女がツォーエという名前だと知っており、そして自分たちと同類の肉体ある存在として彼女と会話を交わしたのである。一方ではしかし彼女のほうも彼の名前を知っているのであり、これはひるがえって彼女の本性の超自然的能力からしか生まれようのないことだった。この真っ二つに裂けた性質は、頭に入り込んできた理性にとっても、どうしても解けない難問だった。そのうえ、この互いに相容れない分裂にかてて加えて、これによく似た彼自身の内心の分裂があった。というのも彼は、自分は二千年前にここディオメデ別荘で皆と一緒に生き埋めになったのだとたえず思いたがっていたのである。だからどこかでまたツォーエ＝グラディーヴァに出遭う心配はないのだと。同時にしかし、自分は生きているのだからどこかで彼女とまた遭える立場にあるのだという、異様によろこばしい感情が胸中に高鳴った。そういう感情が、通俗的ながらぴったりの譬喩《たとえ》でいえば、水車のように脳中をぐるぐるめぐった。彼のほうも長い柱廊玄関《ポルティコ》をたえまなく走りまわったが、矛盾は明らかにはならなかった。どころか反対に、一切がいよいよ身のまわりでも内部でも暗くなってゆくような、なにやら不明瞭な感情に襲われるのだった。

このとき突然、彼は柱廊の四隅の一角を曲がりかけて飛びすさった。面前六歩ほどの距離、かなりの高さのところの毀れた壁の上に、ここの灰のなかで死を迎えた少女たちの一人がすわっていたのである。

いや、そんなばかな。それは理性が承知しなかった。眼も、彼のなかにあるなにやら名付けようのない別のものも、それをはっきり認めた。グラディーヴァだった。いつもなら階《きざはし》のが、石の廃墟の上にすわっていて、ただかなりの高さのところにいるものだから、かわいらしい踝関節まで砂色の靴をはいてぶらんと垂らした細い足が服の縁《へり》からむきだしに見えた。

ひとまず本能的につと動いて、ノルベルト・ハーノルトは二つの柱の間を庭園空間に逃《のが》れ出ようとした。三十分前からこの世でいちばん怖れていたものが、いきなり闖入してきたのである。明るい眼をし、彼の思うよう、その下にいまにも嘲笑にはじけそうな唇を持ったそのものはじっとこちらを見つめていた。だが嘲笑にはじけることはなく、その唇からはいつも通りの声がおだやかに聞こえてきた。「外に出ると雨で濡れるわ。」

はじめて雨が降っているのに気がついた。それでこんなに暗いのか。雨が降るのはポンペイの外でも中でも、明らかにあらゆる植物の成長に役立つ。しかしそのために一人の人間までもが余沢《よたく》に与《あずか》れると思いなすのは、どこか滑稽さがつきまとった。そしてノルベルト・ハーノルトがいま死の危険より怖れているのは笑いものになることだった。そこで彼は思わず逃げ出そうとする試みを捨て、なすすべもなくその場に棒立ちになり、いまやいくぶん苛立ち半分のように軽くぶらぶら揺れている相手の両足をふり仰いだ。しかしそんなものをいくらながめても、頭がすっきりして相手に答える言語表現が出てくるわけがない。そこで、きれいな足の持ち主のほうがまたもやことばを発した。「先刻《さっき》は邪魔が入ったわね、なにか蠅のことを話したかったみたいだったけど——私のつもりでは、ご当地では学問的研究をしているとばっかり思ってたのに——それともあれは、あんたの頭のなかの蠅のことだったのかしら。私の手の上の蠅を捕まえて殺して、それで運が向いてきて？」

最後のことばを彼女は口端ににこやかな笑《え》みを浮かべていった。その笑《えま》いはそれ自体としてはいささかも恐怖の影のない、軽やかで優美なものだった。それどころかそれは、彼女に問いかけられた人間に発話能力を授けた。だが若い考古学者は、返事をするにも今度は相手にどんな代名詞を使ったものやら突然途方に暮れてしまった。このディレンマから逃れる最善の策はのっけから代名詞を使わぬことだと思い、そこでこう答えた。「私は——どなたかのおっしゃるように——頭のなかが支離滅裂になっておりまして——手をあんなふうにしたのは申し訳ありません——あんなに正気をうしなうとは、我ながら不可解——でももう一つ不可解なのは、その手の持ち主が——どうして私の無分別をこちらの名前を名指しにして叱責されたかです。」

グラディーヴァの足が動きをとめた。そして相変わらず親称二人称の呼びかけをやめずに応じた。「するとあんたの分別はまだその程度しか進歩してないのね、ノルベルト・ハーノルト。それも無理はないわ、私のことでは長いことそれで通してきたのだもの。わざわざポンペイまできておさらいをするまでのことはなかったのよ。おさらいをする気なら、何百マイルもの手間暇をかけないでもっと近《ち》かまでできたのに。」

「何百マイルもの手間暇をかけない近かまですって」——わけが分からず、なかばどもるようにくり返した——「どこです、それは？」

「私の住いのすぐ斜め前、角部屋ね。私の部屋の窓際にはカナリアのいる鳥籠があるの。」

最後のことばが、はるか遠方からの記憶のように聞き手の心にふれた。「カナリア——」それからさらに、どもりがちに付け加えた。「そいつは——歌うのですね？」

「よく歌うわ。特に春、太陽がまた暖かく輝きはじめる頃に。家には父も住んでるわ、動物学者のリヒャルト・ベルトガング教授。」

ノルベルト・ハーノルトの眼がこれまでに達したことのない大きさにまで開いた。彼はまたしても質問した。「ベルトガング——するとあなたは——あなたは——ツォーエ・ベルトガング嬢なのですね？　でも、あのツォーエなら、全然こんなじゃなかった——」

ぶら下げた両足がまたわずかに揺れはじめ、ツォーエ・ベルトガング嬢がことばを継いだ。「呼びかけの二人称がおたがいこのほうがいいと思うなら、私もそちらを使います。でも、そんな他人行儀（敬称二人称）じゃないほうが私の舌にはずっと自然なの。もう忘れてしまいましたけど、むかし私たちが毎日仲良く走りまわって、ときには替わりばんこに小突いたりぶったりしていたあの頃には、こんなじゃなかったかもしれないわ。でも、ここ何年かのうちに一度でも私にまともに目を遣《や》ってくれていたら、あんたにもきっと、もうずいぶん前から私がこんなになっているのが分かったはず。――あらあら、国でいう、どしゃ降りになってきたわね。そんなところにいたら、ずぶ濡れになってしまうわ。」

話し手の女性は足を使って身内の苛立ちがあらためて募ったことを、それとも何か別のことをほのめかそうとしたが、それだけではなく声調《トーン》にもちょっぴり教師風のいやなあてこすりの気配がにおい、ノルベルトは自分がいまにも叱られて頬を打たれた小学生の役回りにまわされそうな気持に襲われた。それがノルベルトにまたしても自動的に列柱の間に出口をさがす気にさせ、ツォーエ嬢がおしまいにいい加減に付け加えた発言は、思わず右の衝動を打ち明ける彼のしぐさに関わっていた。むろんそれがいかにも適切だったのに異論の余地はない。というのも雨除け屋根の外側に生じている事態は、いまや実際「どしゃ降り」というには手ぬるすぎたからだ。カンパニアの野の夏の渇きを憐れむにも滅多にないような熱帯性驟雨が垂直に降りまくり、空の上からティレニア海がディオメデ別荘に注ぎ込むように、ザ、ザァーとすさまじい音を立てた。それに片側には、胡桃《くるみ》大の真珠のようにピカピカ光る水滴の粟粒を集めて成った水の壁が鉄壁のように立ちはだかっていた。実際、それが屋外に逃げ出すのを不可能にしていて、ノルベルト・ハーノルトを余儀なく柱廊玄関《ポルティコ》という教室に居残りさせたのである。そしてやさしく怜悧な顔をした若い女教師は、この錠前封じを利して、やや間を置きながら教育学的議論の後を続けた。

「あの頃、なぜか知らないけど、みんなは私たちに金魚ちゃん（おてんばの女の子たち）なんてあだ名を奉っていたわね。あの頃まで私はあんたに対する奇妙な愛着に慣れっこになっていて、この世にこれ以上感じのいい仲良しがあるはずはないと思い込んでいたの。私には母も姉妹も男の兄弟もいなくて、父は私よりアルコール漬けのあしなし蜥蜴のほうがずっと興味があったし、いくら女の子だからといって、人は自分の思想やその思想に関わって夢中になれる何かを持っていなくてはね。つまりそれが、あの頃はあんただったの。でも、あんたが古代学の虜になってしまってから、分かったわ。あんたがすっかり――ごめんなさいね、でもあんたの当然の変わりようが私にはすごく味気ないものに思えたし、私のいいたいことにもぴったりしないものだから——私のいいたかったのは、あんたが鼻持ちならない人になったのが分かったということ。すくなくとも私という人間に関してはまるで眼中にすらなく、口の端にのぼせることばもなければ、私にはまだ二人の幼なじみの友愛の思い出がしっかり根づいている場所なのに、その思い出さえお持ちにならない。私がむかしと似もつかぬように見えたのはきっとそのせいね。だってあんたとはちょいちょいパーティーでご同席。この冬にも一度ご同席したわ。だのにあんたは見向きもしなかったし、まして私を特にうれしがらせるようなお声は聞けぬまま。だってあんたは、ほかの人にもそんなことはしないもの。私はあんたにとって空気でした。そしてあんたは、むかし私がよく指を突っ込んでかき回したものだったそのブロンドの髪をして、剝製の鸚鵡みたいに退屈そうに、からからに干からびて、むっつりして、それでいてあの鳥みたいにいやに尊大——始祖鳥《アルカオプテリクス》とかいうのね、あの鳥は。発掘された洪水以前の猛禽類。だけどあんたの頭はいずれにせよ壮大なファンタジーの巣窟なのだから、ここポンペイでも私が発掘されて生命《いのち》を取り戻した何かと思い込んでしまったのね——あんたがそんなふうになっているとは夢にも思わなかった。それにあんたはいきなり、まるで唐突に目の前に出てきたわ。一体どんな面妖な妄想があんたの想像力を操っているのか、それを探りだしてみようとはじめのうちはずいぶん苦労したわ。そのうちにおもしろくなってきた。癲狂院じみているのも悪くないという気がしてきた。だって先刻《さっき》もいったわよね、あんたがこんなになっているとは夢にも思わなかったんだもの。」

ツォーエ・ベルトガング嬢はそういって、しまいには表情も声音もいくぶん和らげながら、その情容赦のない、詳細にして教育的な懲罰演説をしめくくった。そして実際ふしぎなことに、彼女はそうしているうちにグラディーヴァの浮彫像そっくりになってきた。顔立ちや容姿だけではなく、かしこげな表情でながめやる眼も、ふさふさと魅力的に波うつ髪も、何度も見せられたことのある優美な歩き方と同じように、浮彫像そっくりだった。身なりや衣服、それにクリーム色の繊細な、やわらかい襞のたっぷりあるスカーフまでもがそれに加勢して、まるごとそっくりあの亡霊のそっくりさんに仕立て上げていた。二千年前にヴェスヴィオの灰に埋もれた一人のポンペイ女性が一時的によみがえってうろつき回り、話をし、スケッチを描き、パンをさえ食べることができる、などと思い込むのはずいぶんばかげた話だろう。しかし思い込みが至福を授けてくれるのなら、彼はいかなる場合にもかなりの量の不可解に目をつぶった。それにノルベルト・ハーノルトの頭の状態に判決を下すのなら、状況の全体を考慮すれば、二日間に及んでグラディーヴァをレディディーヴァ（rediviva＝死からよみがえった女）と見なしてきた狂気に多少は情状斟酌の余地があって当然だった。

柱廊玄関《ポルティコ》の雨除け屋根の下にいたのでノルベルトは雨に濡れこそしなかったが、いみじくも彼には、いましも驟雨を頭から浴びてすっかり打ちしおれてしまったプードル犬を思わせる風情があった。もっとも、冷水シャワー室のおかげでじつは気分爽快になっていた。なぜかは知らぬながら、おかげで胸の呼吸が根っからずっと楽になったような気がした。むろん演説の末尾で声調《トーン》が変わったことが特に――女弁士はさながら譴責席にすわっているようだったからだ――呼吸を楽にするのに役立ったということもあろう。すくなくとも彼女の口辺に晴れやかな微光が浮かんだのが窺われた。それは、おごそかな感動を受けた教会詣での人びとの眼から信仰によって至福にたどり着く希望のめざめがほのめき出るのもさながらの微光であった。譴責の時を耐えぬくと、いまやその続行を怖れるまでもないと見えたので、ようやくこんなことばを口に出すことができた。「そうか、やっと分かった――うん、ほんとうにきみはちっとも変わってない――あのツォーエだ――ぼくの気のいい、陽気な、かしこい幼なじみの女の子――ほんとに奇妙だ――」

「人はよみがえるためにはまず死ななければならないのね。でも、考古学者にとってはきっとそれが必要なのだわ。」

「いや、奇妙というのは、きみの名前のことをいってるんだ――」

「私の名前がなんで奇妙なの？」

若い考古学者は古典古代語に堪能なだけではなく、ゲルマン語の語源学にも通じていて、こう返した。「なぜって、グラディーヴァとベルトガングは同じ意味で、両方とも『あゆみつつ輝く女』のことをいうんだ。」

ツォーエ・ベルトガング嬢のサンダーレに似ている靴は、動くと一瞬ひらひら上下に揺れ動きながら何かを待っている鶺鴒《せきれい》を思わせた。けれども言語学的説明は、目下のところ、あゆみつつ輝く足を持っている女の関心を惹く事柄ではなさそうに見えた。顔つきからしても彼女は何事かを片付けてしまいたいような気配をにおわせたが、それはしかしノルベルト・ハーノルトの胸の奥底の確信から声となった叫びに押し止《とど》められた。「でも、きみがグラディーヴァでなくて、あの好ましい感じの若い娘さんみたいな女性《ひと》でいてくれて、どんなによかったことだろう！」

いわれて面上にいぶかしげにもの問うような色がひろがり、彼女はいった。「好ましい感じの若い娘さんって、だれのこと？　だれのことをいってるの？」

「メレアグロスの家できみに話しかけてきた女性《ひと》さ。」

「あの子をご存じだったの？」

「うん、見かけたことがある。この旅行中すてきだなと思った最初の女性《ひと》だった。」

「そうなの？　で、どこであの子を見かけたの？」

「今朝、ファウヌスの家でさ。あそこで二人で、とても奇妙なこともしていた。」

「何をしてたの？」

「ぼくのことなんか眼中になく、二人でキスをしてた。」

「だってそれで当たり前じゃない。そうでなけりゃ何のためにポンペイに新婚旅行にきたの？」

最後のことばを聞いて、ノルベルト・ハーノルトの眼前でこれまでのイメージが一挙に変貌した。目の前の古い壁の廃墟はすっかり空虚《うつろ》になった。というのも当の壁の廃墟を座席に、教壇に、譴責席に選んだ女性は、そこから降りてしまったのである。あるいはそもそもが飛んでいたので、しかも虚空をひらひら飛ぶ鶺鴒の奇妙に身体をゆらす敏捷さで飛んでいたので、降りてきたのが目にしかとは捕らえられないうちにまんまとグラディーヴァの足でまたとまってしまったのか。と、話しながらそのまま立ち去ろうとするように、彼女はいった。

「もう雨は止んだわ。厳格すぎる支配者は長くは続かないもの。これで筋が通ったわけ。なにもかもがまたまともになったの。私だって人後に落ちないわ。あなたはギーザ・ハルトレーベンだか、嫁ぎ先のなんとかいう姓の女性だかをまたさがしだして、彼女のポンペイ滞在の目的を学問的にお手伝いしてお上げなさいな。私はこれから太陽亭《アルベルゴ・デル・ソーレ》に行かなければなりません。父がもう昼食の席で待っているでしょう。私たち、たぶんドイツの社交界かモンド（国際社交界）でまた遭うようになるわ。アッディオ。」

ツォーエ・ベルトガングは高等教育を受けた若い女性の、いたって丁重な、けれどもいたって平静でもある声音でそういい、左足を前に出すと、習慣通り右足の足裏をほとんど垂直に切り立てて次の一歩を踏みだした。そのうえ外の地面がびしょ濡れなのを考えて左手で服の裾をわずかにつまみ上げたので、グラディーヴァの似姿が完璧なものになり、彼女から腕の長さ二つほどもない距離のところにいるノルベルトには、はじめて生きている女と石像の女との間にわずかな差異しかないのが感知されたのである。石像の女のほうには、生きている女にある何かが欠落していた。その欠落しているものがいまの瞬間、殊にあざとく彼女に露出した。頬の小さなえくぼである。そこにわずかな、なにか定かならぬ動きがきざしていた。それはちょっと皺になりくしゃくしゃうごめいている風情で、そのためにいやな気分か、でなければじっと怺《こら》えているこそばゆさか、どうやらそのどちらをも一緒くたに吐き出してしまいかねなかった。ノルベルト・ハーノルトはそこに目を遣《や》った。たったいま提出された証拠によってすっかり分別は取り戻していたが、この期に及んでまだ目は視覚の錯誤にたぶらかされていたのにちがいない。というのも自分の発見に奇妙に勝ち誇るような声を上げて、こう口走ったからだ。「そら、また蠅だ！」

それがあまりにも唐突な感じだったので度をうしない、自分の顔を見るわけにはいかない当の聞き手の女性は、思わず質問を発した。「蠅って――どこ？」

「ほら、きみの頬っぺた！」そう答えるが早いか、いきなり彼女の頸《うなじ》に腕をからみつけ、そして今度は、えくぼのなかにいるかと目を欺かれた、あのあれほど嫌っていた虫を唇で引っ捕らえようとした。ところがこれは明らかに失敗に終わった。というのもすぐ後にまたしてもこう叫んだからだ。「だめだ、やつめ、今度はきみの唇にきた！」そういうと電光石火の勢いでそちらに捕獲の矛先《ほこさき》を向けたが、今度はしかしまぎれもなく、さして手間も取らずに十二分に目的を達成したと分かった。しかも奇妙なことに生きているグラディーヴァは、今度ばかりは彼がそうするのを押し止めず、ほぼ一分間ほど経過して口が深く息を吸わないではいられないと見て取ると、ことばを発する力が戻る間もなく彼女はいった。「あんたって、ほんとうに気が狂ってるのね、ノルベルト・ハーノルト！」彼女の口辺のことのほか魅力的な笑みは、むしろ前にもまして赤らんだ唇を見るだに一段といちじるしく際立たせていた。どちらかといえば最前とはちがい、ノルベルトの理性がすっかり健康に戻ったのを大きに納得していたのである。

ディオメデ別荘には二千年前は不吉な時刻に、身の毛のよだつような姿が見えたり、それらしい声が聞こえたりした。けれども現在《いま》は、恐怖をかき立てるのにはまるで向いていない事柄を耳にしたり感知したりする時刻はほぼ一時間が限界だった。それにしてもツォーエ・ベルトガング嬢にあってはとまれ思慮分別がなによりであり、その結果、ありようは心にもなく意にも反してはいても、こんなことを口にした。「でも、もうほんとうに行かなければ。でないとあわれな父は飢え死してしまうわ。今日ギーザ・ハルトレーベンのところに行くのは諦めなさいな。だってもう彼女に学ばなければならないことは何もないでしょ。いっそ太陽亭においでなさいな。」

このことばで、これまでのお授業中、多くのことのなかでも語られなければならなかったいくつかのことの推察がついた。というのもそれは、ノルベルトが名指しでいわれたくだんの若い女性ギーザ・ハルトレーベンから授かった、大いにためになる教育のことを指摘していたからである。けれども警告のことばを聞きながらそのことは理解せず、彼はむしろはじめてあることに気がついて、愕然として鸚鵡返しにいった。「お父上が――どうされますって――？」

ツォーエ嬢はしかし、内心このことばに喚びさまされた不安をいささかも色には出さずに、思いついたままを述べた。「父はどうにもなりはしないわ。私は父の動物学コレクションになくてはならない標本ではありませんもの。そうだったら、私の心はきっとこんなに愚かしくあんたに執着しはしなかったでしょう。ともかく私にはずっと幼い頃からはっきりしていたの。世の女というものは、一人の男から家のなかのわずらわしい用事の労を省いてあげてはじめて、何かお役に立てるのだと。私はほとんどいつも父の労を省いてあげてきました。ですからこの方面のことなら、あんたもこの先、大舟に乗った気でいられるわ。でも父がたまたま一度だけ、それもこの場合にかぎって私と意見が合わないとなれば、私たちのすることはいとも簡単。あんたが何日かカプリ島に渡るの。そこで草の茎の括り罠を使って――どう使うかは、私の小さな指をお手本にすればいいわ――ファラグリオネンシス蜥蜴を一匹捕まえて、それをここでまた放してやってから父の目の前でもう一度捕まえるの。それからファラグリオネンシス蜥蜴か私か、どちらかを父に選ばせる。まず確実に私はあなたのものよ。あなたにはお気の毒のようなものだけど。父の同僚のアイマーさんには、いまにして思えば、これまで忘恩の徒のふるまいをしてきたわね。なぜってアイマーさんの天才的な蜥蜴捕り装置の発明がなかったら、私はおそらくメレアグロスの家にこなかったでしょうし、メレアグロスの家にきていなかったら、あなたにとってだけでなく、私にとっても残念無念だったわね。」

この最後の見解を彼女が表明したのはディオメデ別荘の外に出てからのことで、惜しむらくは、もはやこの世にグラディーヴァの声や話し方について何事かを申し立てることのできる人間は一人もいなかった。だがグラディーヴァの声や話し方が、その他諸々一切とともにいかほどツォーエ・ベルトガング嬢のそれに酷似していようと、それは並外れて美しくもお茶目な魅力をそなえたものにちがいなかった。

すくなくともノルベルト・ハーノルトはしたたかにその魅力に悩殺され、いささかは詩的昂揚の天空に舞い上がりつつ高らかに叫んだ。「ツォーエ、きみは愛する生命、愛らしい現在――ぼくたちの新婚旅行の行先は、イタリアとポンペイにしようよ！」

このことばは体験というものに関して、状況が変われればどれだけ人間の心に心変わりが生じ、同時に記憶の風化がそれといかに容易に結びつきやすいかの決定的な証拠を成している。なぜといって彼はそんなことをすれば、自分とパートナーの女性が新婚旅行の途上、列車内の人間嫌いで気難しい相客からアウグストとグレーテの名を奉られる危険を冒しかねないとは夢にも思わなかったからである。しかし彼はそんなことを考えるより、いまは二人が手に手を取ってポンペイの古い墓の道を歩いていることに、はるかに心を奪われていた。むろん当の墓の道も、いまはもう墓の道として抑圧的に感覚に迫りはしなかった。一点雲なき空が墓の道の頭上に輝き、ふたたび笑っていた。太陽は古い溶岩踏み石の上に金の絨緞を敷き、ヴェスヴィオ山は笠の冠の薄煙をひろげ、そして発掘されたこの都市全体が、折からの慈雨のおかげで軽石と灰のかわりに真珠とダイヤモンドの雨を浴びたかのように見えた。この都市と競い合うように動物学者の娘の眼も輝いていたが、しかし彼女のかしこい唇は、いわば同じく瓦礫の下からふたたび掘り出された幼なじみの友が告げた旅行計画には異論を唱えた。

「今日はそんなことに頭を悩ましたくないと思うの。それは、もっともっと二人してよく考えたほうがいい問題だし、アイディアも五十は出てきそう。私の感じでは、いまはまだすくなくともそんな地理学的問題を決定するほど、私って息を吹き返してないみたい。」

このことばは、そのように語る女性に内在する、今日の今日まで夢にも思わなかった事柄についての自分の洞察力を判定する際のつつましさをも証拠立てていた。二人はヘルクラネウム門まで戻ってきた。そこには執政官通り《ストラダ・コンソラーレ》の起点で古い踏み石の道が十字形に交差していた。ノルベルト・ハーノルトはそこまでくると足を止め、独特の声音《こわね》を張り上げていった。

「さあ、ここは前をあるいて！」ノルベルトのパートナーの口元に、承知しましたという晴れやかな微笑みがさっと走り、左手で着ているものの裾をつとからげ上げると、よみがえった《レディディーヴァ》グラディーヴァたるツォーエ・ベルトガングは、ハーノルトの夢見るように見つめるまなざしに包まれながら踏み石の上を、独特の悠揚として急ぎ足の足取りで、さんさんと太陽の光を浴びつつ通りの向こう側へと渡っていった。

W・イェンゼンの『グラディーヴァ』における妄想と夢

S・フロイト

Sigmund Freud, Der Wahn und die Träume in W. Jensens »Gradiva«.
in Sigm. Freud Gesammelte Werke chronologisch geordnet VII.
Werke aus den Jahren 1906-1909.

I

ある学派（具体的には当時メンバーわずか八人の「ウィーン精神分析協会」のこと）の人びとの間では、著者《わたし》の努力によって夢のもっとも本質的な謎が明らかにされたことが折紙つきの業績[*1]としてまかり通っている。そんな人びとの間に先頃好奇心の虫がうごめいて、およそ実際には一度も夢に見られたことのない、作家が創作し虚構した人物たちが物語の脈絡のなかで提供する夢に興味が寄せられた。この種の夢を診断してみようという提案は、ひょっとすると無益で突拍子もないことと思われるかもしれない。しかし見方によると、あながちに見当ちがいともいえないのである。一般に、夢には意味があり、夢の意味は解釈することができる、とは考えられていない。科学も大多数の知識人も、夢解釈という問題を持ち出されるとうす笑いを浮かべる。夢解釈の可能性にいまだに執着しているのは、その点で古代の信仰をまだ持ち回っている、迷信にこだわる民衆だけであって、『夢解釈』の著者は厳密科学の側からの反論にもかかわらず古代人や迷信の側に与《くみ》しようとするものだ、というわけなのである。申すまでもなく『夢解釈』の著者は、夢に未来のお告げを認めることには距離を置いている。人間は大昔からあらゆる手段を用いて未来という秘密のヴェールを剝ごうとしてきたが、むなしかった。しかし著者といえども夢の未来への関連を一から十まで却けることはできなかった。というのも骨の折れる（夢の）翻訳作業を仕上げた後で著者に明らかになったのは、夢は夢を見る当事者の願望充足の表現だということだったからだ。願望といえばいうまでもなく、ふつうは主として未来に向けられるものである。

夢は願望充足である、と私はいま申し上げた。あえて一冊の難解な書物を読みこなす労をいとわぬ人、解読の労苦をねぎらわれ、また信頼と真実を重んじればこそ一つの込み入った問題を単純化簡略化して提出してくれなどとせがまない人、そういう読者なら上記の『夢解釈』に「夢は願望充足である」という命題のための詳細な根拠を探し出されるがよく、またそれまでには夢と願望充足を同一視することに対する、かならず念頭にされるはずの反論はおそらく解消されておられよう。

しかしいささか先走りがすぎた。さしあたって問題なのは、ある夢の意味がいかなる場合にも願望充足をいい表わしているのかどうかを確認することではない。また願望充足をいい表わしているのと同程度に、夢がある不安な期待、ある決意、ある熟慮等々をいい表わしているのかどうかを確認することでもない。とりあえずの問題はむしろ、そもそも夢には意味があるのか、夢にはなにか心的過程の価値があると認めていいのかどうかである。これに対する、科学の側からの答えはノーである。科学は夢を見ることをたんなる生理学的過程と説明する。したがってこの生理学的過程の背後には、意味も、価値も、意図も、もとめるべくもない。さまざまの肉体的刺激が睡眠中に心的器官にたわむれかけ、心のまとまりをすっかり奪われた表象を、あるいはあれ、あるいはこれ、とばらばらに意識に上らさせるのだというのである。要するに、夢とは痙攣にほかならず、心の生活の表現運動とは同日の談にはならない、というのだ。

夢の評価に関するこの論争において古代人や迷信的大衆とも、また『夢解釈』の著者とも立場を同じうしているのが、どうやら作家らしいのである。というのも作家は彼らのファンタジーが創作した人物たちに夢を見させる場合、人間の思考と感情は睡眠中にも活動し続けているという日常体験にしたがって、一も二もなく作中人物の心の状態を作中人物の夢を通じて記述しようとするからである。作家はしかし味方としてはまことに頼り甲斐のある味方である。作家の証言は高い評価を受けてしかるべきだ。なぜなら作家たちは学校教育などの思いも及ばぬ天と地の間の無数の事柄に通じているからである。心理学においてすら私たち常人は彼らのはるか後塵を拝している。彼らは、私たちがまだ科学と認定するまでにいたっていない源泉からじかに想を汲んでいるからだ。作家たちはつとに、一も二もなく夢のこの意味深い天性の味方なのだ！　むろん、いささか辛口の反論もできないことはない。作家は個々の夢の心理学的価値の味方でもなければ敵でもなく、覚醒生活からの流出物として夢にしぶとく残留しているさまざまの刺激に反応して睡眠中の心が痙攣するありさまを示すことができれば、それでたくさんなのだから、と。

作家の夢の使い方に対する私たちの関心はしかし、そうして水を掛けられたからといって一向にへこまされはしないのである。この研究が夢の本質について私たちに何も新しいことを教えてくれないとしても、おそらくこの角度から作家的産出とはいかなる性質のものかをチラリと垣間見せてくれはするだろう。現実に見た夢がすでに奔放で無秩序な構造をしているとされている。そこへもってきて今度は、この種の夢を勝手気ままに追構成するのだとは！　しかし心の生活には、私たちが思いがちなほどには自由も勝手気ままもない。おそらく自由も気ままもまったくありはしないだろう。世に偶然とされているものは、周知のようにやがては諸法則のうちに解消されてしまう。心の生活において私たちが勝手気ままと称しているものも――さしあたりは漠然と予感されているだけにもせよ――根本的には諸法則をふまえているのだ。では、それを仔細にながめてみよう！

研究の取って進むべき道は二通りある。一つは、ある特殊例、すなわち一人の作家の一つの作品における夢創出に深入りすること。もう一つの道は、夢を利用している何人もの多様な作家たちの作品に見られる、あらゆる例をまとめて相互に照合することである。第二の道のほうがはるかにすぐれており、おそらくこちらが唯一妥当なものとされよう。というのも第二の道だと、「作家」という人為的にこしらえた統一概念を受け入れる際に生じる危険をいちはやく免責させてくれるからである。私たちは作家の一人一人に対しては、彼を人間の精神生活の精通者と認めて敬意を払うにやぶさかではない。しかし評価のまちまちな作家を個々に研究していると「作家」という統一概念が崩れてしまいかねないのである。そうした懸念にもかかわらず、この本では徹頭徹尾第一の種類の研究に当てることにする。そもそも研究のきっかけになった例の学派の人びとの間に起こった出来事というのは次のようなものだったのである。ある人が、自分が読んで大いに気に入った文学作品に夢がいくつも出てくるのに気がついた。するとそこに出てくる夢たちがなれなれしげな目付きでこちらを見て、『夢解釈』の方法を自分たちに試してみてはいかがと誘いかけたというのだ。その人のいうには、自分がその作品を気に入った原因は、おそらく主としてそのささやかな文学作品の素材と場所に関係があるらしいというのだった。物語はポンペイという土地で演じられ、主人公は一人の若き考古学者で、彼は生きることよりも古典古代の過去の遺物に関心を寄せていた。それでいて彼は、奇妙な、しかしこのうえもなく正確な回り道を通って生きることに連れ戻される。この金無垢の詩的素材を読んでいるうちに、くだんの読者の念頭には、これに類似した素材や呼応する素材がいろいろ浮かび上がってきたという。ところで問題の文学作品とは、作者その人によって「あるポンペイの幻想小説」と名づけられた、ヴィルヘルム・イェンゼンの小体《こてい》な小説『グラディーヴァ』である。

本来ならここで、私は読者各位にお願いしなければならないところだ。ひとまず本書を手放して、代わりに一九〇三年に書店の店頭に出た『グラディーヴァ』をしばらく手に取って頂きたい、と。そうすれば私が以下に引き合いに出すのは、読者各位がすでにご存じの物語ということになる。私はしかし『グラディーヴァ』をすでにお読みになった各位には、物語の内容を手短に拾って記憶に呼び戻してさしあげたい。読者各位が、記憶からぬぐい去られた魅力のことごとくをご自分で復元されることを当てにしているのである。

若い考古学者ノルベルト・ハーノルトは、さるローマの大古美術館で一体の浮彫像をみつけてつねになく惹きつけられ、それをみごとな石膏像にしたものを手に入れて悦に入った。彼はそれをさるドイツの大学都市にある自分の書斎の一隅に懸ける。いまや興趣のおもむくがままに研究の対象にしていて構わない。浮彫像は一人の妙齢の娘が歩いているところを描いている。娘はたっぷり襞のある衣裳をややつまみ上げるようにしていて、そのためにサンダーレを履いた足が丸見えである。片方の足はすっかり地面に着いている。もう一方の足はその後を追って、地面から離れかけながら足指の尖端でかるく地面にふれている。そうして足裏と踵がほとんど垂直に持ち上がっている。どうやらここに描かれている、異様でもあれば別して魅力的でもある歩き方がこれを浮彫に描いた芸術家の注目を惹き、また何世紀もの後、今度はわが考古学的観察者の視線を金縛りにしたのであるらしい。

上述の浮彫像に対する小説の主人公の関心がこの文学作品の心理学的基礎事実である。主人公がくだんの浮彫像に惹かれる理由は簡単には説明がつかない。「考古学の大学講師ノルベルト・ハーノルトは、もとよりくだんの浮彫像に彼の学問にとって特に注目に値するものがあるとは考えなかった。」（『グラディーヴァ』初版三頁、本邦訳書一一頁。以下、原典頁数を示す場合の『グラディーヴァ』をG、本邦訳書をTと略記。ただし以下も含め本邦訳テキストと小異あり）「それならどうしてそんなものに目を惹かれたのか、我ながら不可解であった。ただ何かに惹かれて、それ以来一目惚れの効力がすこしも変わることなく持続しているのだ、としか説明のしようがなかった。」それでいて彼のファンタジーはしきりにこの像にこだわるのである。ノルベルト・ハーノルトは、芸術家が路上の光景を「生身から」とらえたような「現代的」なものがこの像にはあると思う。彼は歩行中の姿で描かれている娘に「グラディーヴァ」、すなわち「あゆみ行く女」という意味の名を授ける。そして作り話をこねあげる。彼女はきっと上流家庭の娘だろう、おそらく「ケレスの名において公職に携わる都市名門貴族《パトリツィーア》一族の生まれで」、いましも女神の神殿に向かう道すがらにちがいあるまい。次いで、彼女の落ち着いた、静かな物腰はローマのような大都市の雑踏にはそぐわない、という違和感がきざす。むしろ場所はポンペイに置き換えたほうがいい。ポンペイのどこかの、雨の日でも道路の一方から片側に渡れるし、馬車の車輪を通すこともできる、もとは踏み石の舗道だったのが発掘されたところを歩いているのだ。顔立ちからすればギリシア人風であり、ヘレニズム系の血統はまぎれもないと思われた。彼の古代知識はしだいにこの浮彫のモデルに関するあれこれのファンタジーに総動員されてゆく。

しかしやがてノルベルト・ハーノルトに、彼のいうある学問的課題が及んできて解決を迫る。それは、「これを作った芸術家がグラディーヴァの歩行の経過を生身に忠実になぞったのかどうか」の批判的判断を下すことだ。その歩き方を自分でやってみるがうまくできない。彼は当の歩き方の「現実」を追及しているうちに、「問題究明のために生体観察をする」(G・九頁、T・一六頁)はめに立ちいたってしまう。そのためにはむろん、彼にはふさわしからぬ挙に出るのもやむをえない。「これまで女性といえば、彼には大理石か鋳造ブロンズでこしらえたものという概念しかなかった。女という種族を代表する同時代人には一度も注意を払ったためしがなかった。」社交界の慣習は、彼にはいつもながら拒み難い災厄としか思えなかった。社交界で出会う若いご婦人方に次にどこかで出会うと、あいさつもせずに通り過ぎてしまう。それくらいろくすっぽ見向きもしないし話を聞いてもいなかったので、申すまでもなく若いご婦人方の受けがいいはずはない。ところがいまやみずからに課した学問的課題のために、雨の降らない日には、とりわけしかし雨降りの日にも、ご婦人方や娘さんたちの足が丸見えになるのを路上で熱心に観察するはめに立ちいたったのである。観察される側はこうした活動に不愉快そうな目を返すこともあれば、ときには気をそそるような流し目を返すこともある。しかし「それもこれも、彼には馬の耳に念仏であった。」(G・一〇頁、T・一七頁)以上の綿密な研究の結果、グラディーヴァの歩き方が現実のものとは立証されないことを認めざるをえなくなり、ノルベルト・ハーノルトは無念と憤りの念に満たされた。

それからまもなくノルベルト・ハーノルトは慄然とするような不安夢を見た。夢のなかで彼はヴェスヴィオ山噴火の日の古代ポンペイにいて、この都市の滅亡に立ち会っていた。「そうしてユピテル神殿横の市民広場（公共フォルム）の際に立っていると、いきなり前方至近距離のところにグラディーヴァがいるのが目に留まった。それまではグラディーヴァがそんなところにいようとは夢にも思わなかったが、いまにして突然気がついたのである。ポンペイの女であるからには生地のこの都市《まち》に、しかも思いがけないことに同時代に生きていて、当たり前ではないか。」（G・一二頁、T・一八頁）彼女の身に迫りつつある運命をめぐる不安のあまり、思わずノルベルト・ハーノルトは「危ない」と叫ぶ。応じて、周囲に無関心に歩を進めている幻影の女はこちらに顔を向けた。けれどもこともなげに神殿の柱廊玄関《ポルティコ》に向かってあゆみを続け、神殿正面玄関の階《きざはし》に腰を下ろすと、おもむろに段の上に頭を横たえた。するうちに彼女の顔はみるみる色蒼ざめ、そのさまはあたかも白大理石に変身したかのよう。急いで駆け寄ると、幅の広い階段の上に手足を伸ばして眠れる人のようにおだやかな面持でいるのが目に留まり、次いで彼女の形姿は雨と注ぐ火山灰に埋もれてゆく。

夢からさめてもまだ、救いをもとめるポンペイ市民の阿鼻叫喚、荒れ立つ海の陰々とどよもす波音が耳底にのこっているような気がした。しかしやがて気を取り直し、その騒音がいまいるやかましい大都会の安眠を妨げる生活音と分かってからも、しばらくは夢に見たものの現実性を信じる思いを捨て切れない。やがて二千年前になろうとするその昔、彼自身がポンペイの没落に立ち会ったのだという観念からなんとか解放されてからも、グラディーヴァがポンペイに住んでいて、西暦七九年に生き埋めになったという思いはまぎれもない確信として心にのこった。グラディーヴァをめぐる彼のファンタジーは右の夢の残響を通じてそんなふうに尾を引き、いまにしてようやく、彼はうしなわれた女性《ひと》たるグラディーヴァの死を悼むのだった。

そんな思いに浸りながら窓にもたれて戸外に目をやると、家の向かい側のとある開いた窓に吊るした鳥籠でさえずり声をあげている一羽のカナリアにふと注意を惹かれた。突然この、どうやらまだ夢から完全には醒め切っていないらしい男の身内を衝撃のようなものが走った。路上にグラディーヴァのような姿を見かけたような気がしたのだ。しかもグラディーヴァ独特の歩き方をさえ認めたように思い、見境もなく、彼女を迎えに出ようと急いで路上に降りてゆく。彼はぞんざいに羽織った室内着を通りすがりの人たちに笑いあざけられ、すみやかに住居に取って返した。部屋に戻るとまたしても鳥籠のなかのカナリアが気になり、自分という人間がカナリアそっくりだという思いに駆られた。自分だって鳥籠のなかにいるようなものだと考えたのである。でもカナリアにくらべれば自分は容易に籠を抜け出せる。夢の残響が続いているかのように、おそらくはまたなごやかな春の空気のせいもあって、ノルベルト・ハーノルトは早春のイタリア旅行に出る決意を固めた。たとえ「旅の衝動がいうにいえない感情に出たもの」（G・二四頁、T・二七頁）にもせよ、そのための学問的口実もたちどころにみつかった。

右の奇妙に動機のあいまいな旅行のくだりにしばらく立ち止まって、私たちの主人公の人となりと行為をやや立ち入ってながめたいと思う。私たちの主人公はなおも不可解に思え、また愚かしいとも思える。なんとか折り合いをつけて彼の特別製の愚かしさを人間らしさと結びつけるにはどうすればいいか、まるで見当もつかない。こうした不確かさにぬけぬけと私たちを置き去りにしてしまうのが作家の特権なのである。作家はことばの美しさ、着想の妙によって、さしあたり私たちが彼に寄せている信頼に報いてくれ、またまだ受けるにいたっていないとはいえ私たちが彼の主人公のために用意している共感に報いてくれるのである。作家がさらに主人公について報告するところによれば、彼は家門の伝統からしてつとに考古学者となるべく定められており、長じてひとり身になり気ままな生活を送るようになるとひたすら専門の学問に没入して、生きることにも生活の享受にもすっかり背を向けてしまったのだという。彼の感情にとっては大理石とブロンズだけが唯一ほんとうに生きている存在《もの》であり、それこそが人間生活の目的と価値を表現しているのだった。しかるに自然は、おそらく好意のつもりであろう、まことに非科学的な類《たぐい》の中和剤を彼の血液に注入していた。すなわち極度に活発なファンタジーである。ファンタジーは夢のなかばかりか、しばしば覚醒中にさえまざまざと立ち現われかねない。思考力がファンタジーからこのように乖離しているために、彼は詩人もしくは神経症患者たる運命《さだめ》を負うほかなかった。彼は、その王国がこの世のものではない人びとの一員なのである。さればこそ風変わりな歩き方の娘を描いた浮彫像に関心を寄せ続け、この娘を彼のさまざまのファンタジーで紡ぎ込んだり、勝手な名前や素姓を捏造したり、自分で創りあげた当の人物の居場所を千八百年以上も前に埋没したポンペイに置き換えたり、しまいにはあの奇妙な不安夢を見てからというもの、グラディーヴァという名の娘の生存と滅亡にまつわるファンタジーが妄想にまで昂まって彼の行為に影響を及ぼすという事態さえもが起こり得たのだった。こうしたファンタジーのはたらきは、現実に生きている人間のもとで出遭ったならさぞかし面妖で不可解に思えることだろう。小説の主人公ノルベルト・ハーノルトは作家の創作の産物なので、私たちとしてはこの主人公についても、もしかすると彼のファンタジーはファンタジーに固有の気ままさとは別種の力に支配されているのではないかと、おっかなびっくり問うてみたいのである。

私たちは、主人公がカナリアの歌を耳にして明らかにモティーフの判然としないイタリア旅行を思い立ったらしきくだりに、一旦彼を置き去りにしてきた。話の続きで判明したところによると、彼は自分でもこの旅行の目的地や目標をはっきり決めていなかったのだという。内心の不安と不満に駆られて彼はローマからナポリへ、さらにそこから先へと旅を続ける。彼は押し寄せる新婚旅行の群れに巻き込まれ、心やさしい「アウグスト」と「グレーテ」に関わり合うはめになるが、さて気がついてみれば、彼にはこうしたカップルのやることなすことがさっぱり理解できない。彼は、人間のありとあらゆる愚行のなかでも「結婚こそはいずれにせよ最大にしてもっとも不可解なものとして最高のランクを占めており、なかでも彼らの無意味なイタリア旅行はいわば愚の骨頂なのだ」（G・二七頁、T・三〇頁）との結論に達する。ローマではさる心やさしいカップルがやってきて安眠を妨げられ、まもなくナポリに逃げ出すが、そこでももう一組の「アウグスト」と「グレーテ」に出遭うだけという始末だった。このカップルの会話から、この種の夫婦鳥《めおとどり》には概してポンペイの瓦礫の山に巣をかけることなど眼中になく、もっぱらカプリ島小遠征しか念頭にないと聞き取ったように思い、では彼らのやらないことをやってやろうと臍《ほぞ》を固めて、旅立ちしてから数日も経たぬうちに

「期待にも意図にも反して」ポンペイにきてしまっている。

しかしポンペイにももとめていた安息はみつからない。彼を情緒不安定にし、わずらわしい思いにさせる、それまでは新婚カップルの演じていた役を、今度は部屋の家蠅どもが肩代わりするのである。彼は家蠅どもに絶対悪と余計者の化身を見たという気になる。絶対悪と余計者という両種の苦痛霊が溶けあって一体と化しているのだ。雌雄の蠅のカップルのあるものは新婚旅行カップルを思い起こさせ、どうやら蠅語は蠅語なりに、「あたしの大事なアウグスト」だの、「ぼくの大好きなグレーテル（フロイトの記憶違いというかウィーンなまり）」だのと声を掛けあっているらしい。ノルベルト・ハーノルトはついに認めざるをえない。「彼の不満はどうやら自分の身のまわりにあるもののせいではなくて、いくぶんかは彼自身に起因しているのではないか」（G・四二頁、T・四三―四四頁）と。彼は、「それが何なのかはっきりさせることはできなかったが、何かが自分に欠けているから自分は不機嫌なのだ」と感じる。

次の朝、彼は「イングレッソ」からポンペイに入り、案内人をまいてからこれという当てもなくポンペイ市内をぶらつく。ところが奇妙なことに、しばらく前に夢のなかでポンペイ埋没に立ち会ったのをすっかり忘れている。やがて古代人が幽霊の時刻《とき》とした「熱い、聖なる正午」がきて、彼以外の観光客たちは皆どこかへ避難してしまい、ギラギラと太陽の光を浴びた瓦礫の山が目の前に荒涼とひろがる。と、ノルベルト・ハーノルトには静かな思索生活に立ち戻る力がかすかにきざすが、それはしかし学問のおかげではない。「この叔母さん（学問）が教えてくれるものといえば、生命のない考古学的見解だったし、彼女の口から出てくることばは、死んでいる文献学の言語だった。それは、いってみればたましいや情緒や心による理解の役には立たなかった。そういうものへの欲求を抱えている人間はこの熱い真昼の静寂の只中に、この過去の残骸のなかにただ一人の生きている者として肉眼で見ることも肉の耳で聞くこともなく、ただ棒立ちになっているほかなかった。……すると……死者たちがめざめて、ポンペイはふたたび生きはじめた。」（G・五五頁、T・五四頁）

ノルベルト・ハーノルトがこうして過去をファンタジーでよみがえらせているさなかに、突然、彼の浮彫像のまごうかたないグラディーヴァが一軒の家からあゆみ出て、溶岩踏み石の上をかろやかに道路の片側から向こう側に渡ってゆくのが目にとまる。彼女がアポロ神殿の階《きざはし》に眠れる人のように身を横たえていた、あの夜の夢のなかで見た情景にそっくりである。「記憶がよみがえると同時に、ある別の思いがはじめて意識に浮かんだ。心のなかの衝動にみずから気がつかぬままにイタリアに旅立ち、ローマにもナポリにも長逗留しないでポンペイまで足を伸ばしてきたのは、グラディーヴァの足跡がみつかりはしまいかともとめてのことではなかったのか。それも足跡をみつけるという文字通りの意味で。というのも彼女はあの独特の歩き方からしても、火山灰のなかにほかの足跡とははっきり区別のつく足指のくぼみをのこしているにちがいないのだから。」（G・五八頁、T・五六頁）

作家がこれまで私たちのために保持してくれた緊張は、この箇所で一瞬手に負えない混乱にまで昂まる。私たちの主人公は明らかに平衡を失している。だが、そればかりではない。私たちもまた、これまでは石像であり、しかる後にファンタジー像であったグラディーヴァの出現《エアシャイヌング》（亡霊《エアシャイヌング》の意味も）に直面して度をうしなうのである。これは、妄想に惑わされたわが主人公の幻覚なのか、それとも「本物」の幽霊なのか、あるいはちゃんと肉体をそなえた人間なのか？　物語を「幻想小説」と名づけた作家は、味も素気《そっけ》もないとの悪評高い、わが科学法則万能の世界に私たちをそのまま置いておくのか、それとも精霊や幽霊が住むというふれ込みのファンタスティックな別世界にいざなおうとするのか、それを明らかにしてもらう機会はまだみつからない。『ハムレット』や『マクベス』の例が証明しているように、私たちは作家にしたがって躊躇なくその種の世界に入って行っても一向に構わないのである。ファンタジーゆたかな考古学者の妄想は、この場合、別の尺度で計ったほうがいいかもしれない。さよう、あの古代石像が亡霊にそっくり再現されている一人の人間が、現実に生きているとは信じ難い。そこで、幻覚か、幽霊か、生身の人間か、と先に並べ立てた枚挙例は、幻覚か、白昼の幽霊か、に縮小してしまうのである。しかも記述のささやかな数行は幻覚のほうの可能性をたちどころに抹殺してしまう。一匹の大蜥蜴が陽を浴びてじっとねそべっていて、グラディーヴァの足が近づくとするりと身をかわして道路の溶岩踏み石の上にとぐろを巻く。ということは幻覚ではないのだ。私たちの夢想者の意識の外部にある何ものかなのである。よみがえった死者の現実性が蜥蜴の邪魔になるなどということがあり得るだろうか?

グラディーヴァはメレアグロスの家の前で姿を消す。ノルベルト・ハーノルトが妄想を昂じさせるあまり彼の身のまわりの真昼刻のポンペイがふたたび生気を取り戻しはじめ、おかげでグラディーヴァもまた生き返って西暦七九年のあのいまわしい八月の日以前に住んでいた家に入って行ったのだとしたところで、私たちは一向にふしぎとは思わない。この家にメレアグロスの家という名前をつけたのも彼なのかもしれない。ともあれ彼の脳裡にはその家の持ち主の人となりが、またグラディーヴァとその人との関係がひらめくように察知される。これは、彼の学問がもはや完全に彼のファンタジーの奴僕と化している消息を物語る。家の内部に足を踏み込むと、突然またしてもあの亡霊の女が二本の黄色い柱の間にある階《きざはし》の下のほうの段に腰を下ろしているのが目に留まる。「彼女の膝には何やら白いものがひろげられていたが、それが何なのか、彼の目にははっきり識別できなかった。どうやらパピュルスの一葉らしかった。……」彼女の氏素姓をめぐる先刻の推測を前提にして、あやかしでももしかすると話をする能力は授かっているのではと、おずおず期待しながら彼はギリシア語で話しかける。相手が答えないので今度はラテン語で話しかける。すると微笑《ほほえ》む唇から出るのはこんな応《いら》えだ。「私とお話をなさるおつもりなら、ドイツ語をお使いにならないと。」

私たち読者をずいぶんなめきった話ではないか！　作家は私たちまで白痴《こけ》にして、あたかもポンペイのギラつく陽光の照り返しを通して私たちをささやかな妄想にいざない、現実の真昼の太陽にあぶられているあわれな男に対する私たちの判断を手加減せざるを得ぬように仕向けているのだ。だがつかのまの混乱から立ち直っていまにして明らかになったのは、グラディーヴァは生身の身体をそなえたドイツ娘だということだ。私たちはそれをこそ極度に信じ難い話として却けたかったのである。しかしまあ落ち着いて考えてみれば、この娘とあの石像との間にどんな関係があるのか、またわが若き考古学者がどのようにしてこの娘の現実の人格に注意を向けさせるファンタジーを抱くにいたったか、それを聞かせてもらうまでおとなしく待っていればいいのである。

私たちの主人公は、私たちほど早く彼の妄想から引き離されはしない。というのも「思い込みが至福を授けてくれるのなら」、と作家はいう、「彼はいかなる場合にもかなりの量の不可解に目をつぶった」（G・一四〇頁、T・一二六頁）のであり、のみならずこの妄想はどうやら彼の心の内部に根があるのだ。それは私たちにはまるでちんぷんかんで、私たちの社会では存続しようがない。この男を現実に連れ戻すにはおそらく断固たる（治療）処置が必要であろう。目下のところでは、彼はいましがたなされたふしぎな体験という妄想に順応するしかない。つかのまの幽霊の時刻《とき》によみがえってきたこの真昼の幽霊こそは、ポンペイ埋没とともに逝ったグラディーヴァなのである。それならどうしてあのドイツ語で返された返事の後で、彼の口からこんな語りかけが洩れるのだろうか。「分かっていました、あなたのお声はこんなでしたとも。」私たちだけでなく、娘自身もなぜかと問わないわけにはいかないし、ハーノルトはハーノルトで、夢のなかで彼女が神殿の階《きざはし》に横たわって眠っているうちに彼女に語りかけようとしたあのとき、その声をまだ一度も聞いたことがないけれど聞きたくてたまらなかったのだと告白するのでなくてはおかしい。ノルベルト・ハーノルトは彼女にあのときと同じようにしてほしいと懇願する。しかし彼女は身を起こしてこちらにいぶかしげなまなざしを向け、数歩あゆむと家の列柱の間に消えて行く。直前に一羽の美しい蝶が彼女のまわりをひらひら飛びまわっていた。ノルベルト・ハーノルトの解釈では、蝶は冥府の使者で、この死んだ女に真昼刻が終わったので帰るように警告しにきたのである。「明日、真昼の時刻にまたここに戻っていらっしゃいますね？」とハーノルトは消えてゆく娘を追ってなおも呼びかける。いまやあえて一段と冷静な解釈をしようとしている私たちには、彼女にしてみればハーノルトの夢のことなど露知らないので、彼が水を向けた要請に若い婦人がなにやら無作法な気配を見て取り、それでハーノルトのほうは侮辱を受けたまま置き去りにされた、というように思える。彼女の繊細な感情が、ハーノルトにとってはその夢への関係に動機がある欲望のエロティックな性質を嗅ぎ当てたのではあるまいか？

グラディーヴァが姿を消した後、わが主人公はホテル・ディオメデの食卓にいる客を、次いでホテル・スイスの食卓にいる客をしらみつぶしに点検し、しかる後に彼の知るかぎりのこの二つのポンペイの宿のどちらにも、他人の空似ほどにもグラディーヴァを思わせる人物はいないと確信するにいたる。こうしてハーノルトは、二つの宿のどちらかでひょっとしてグラディーヴァに出くわすかもしれないという期待をしぶしぶながら撤回した。やがてヴェスヴィオの熱い大地で搾ったワインがめまいを強めるのに一役買い、彼はめまいにゆさぶられながらその日一日を過ごした。

次の日、ハーノルトはもう一度メレアグロスの家に行かなければならない。それだけは決まっていた。時間をつぶすのに、彼は通行許可のいらない道伝いに古い市壁をよじ登ってポンペイに侵入した。白い鐘形萼を垂らしたアスフォデロスが冥府の花のように意味深長に思え、ハーノルトはそれを摘んで身に携えた。こうして時間をつぶす間にしかし、彼には考古学というものがおよそ世にも無目的かつ無意味なものに思えてきた。なぜならいまや彼の心は、そんなものとはまるで異なる関心に占められていたのである。それは、「グラディーヴァのように、死んでいながら同時に真昼の幽霊の時刻にだけは生きている存在という肉体的現象はどんな性質のものか」（G・八〇頁、T・七五頁）という問題だ。彼女がこの世に戻ってきたのはおそらく久方ぶりのことだろうから、彼女を探しても今日は逢えないかもしれないという心配もある。そこでハーノルトは彼女が今度も列柱の間にいるのを認めて、てっきり、この亡霊は自分のファンタジーのでっち上げたあやかしと思い、あやかしの誘いにのせられて思わず悲痛な叫び声を上げる。「おお、あなたがまだおいでになって、それも生きておいでだとは！」彼としたことがこのときばかりは批判過剰であった。というのも亡霊は声に出して、私にお花を持ってきてくれたのね、と訊ね、またしても取り乱す彼をえんえんと長い会話に引き込むのである。グラディーヴァに対してすでに生きている人間として関心を寄せている私たち読者に作家は報告する。前日彼女の眼に見えていた不機嫌や反発の色は消えて、探りを入れるような好奇心と知識欲がそれに取って替わったというのである。彼女は実際ハーノルトの身の上をあれこれ詮索し、自分が眠っていたとき傍にいたというがそれはいつのことかと、前日の彼のことばの説明をもとめ、そこで夢の話を聞かされる。あの、彼女が生地の都市と滅亡をともにする夢の話である。ついでに浮彫像の話や、考古学者の気を惹いた足のたたずまいの話も。すると彼女は歩き方を実際に見せてもいいという気になる。ここでグラディーヴァの原像とは一点だけちがい、サンダーレの代用品としてうすい革製の明るい砂色の靴を履いているのが分かり、彼女はこのほうが現代風なのだと説明する。明らかに彼女は、その内容をすっかり当人の口から引き出したハーノルトの妄想に過不足なく入り込んでいるのである。一度だけ興奮のあまり彼女が役を逸脱するように思える瞬間がある。ハーノルトが彼女の浮彫像のことを指して、一目であなたがその女と分かったといい募るときのことだ。会話のこの時点で彼女はまだ浮彫像のことは何も知らないのだから、当然ハーノルトのことばを誤解しそうになるはずだ。しかしすぐにまた気を取り直している。私たち読者にだけは、彼女のいうことには多々二重の意味があり、妄想の脈絡に添う意味のほかに、現実の存在や現存するもののことも語っているように思える。たとえば、ハーノルトが路上でグラディーヴァ風の歩き方を確認しようとして失敗に終わったのをこんなふうに残念がるときがそれである。「お気の毒さまね、だってそれを確認していたら……わざわざここまで長旅をなさる必要もなかったでしょうに。」（G・八九頁、T・八三頁）彼女はまた、ハーノルトが当の浮彫像に「グラディーヴァ」という名をつけた事の次第も聞かせてもらい、でも私の実の名はツォーエというのよ、と打ち明ける。「お名前はとてもよくお似合いです。でも辛辣なあざけりみたいに聞こえないでもありません。なぜってツォーエといえば生命の意味ですものね。」――「死という、もうこれ以上は変わらないものに順応しなければならないのね、」と彼女は応じて、「私はもうずっと前から、死んでいることに慣れています。」明日正午きっかりにまた同じ場所にきます、と約束してから彼女は別れを告げる。その前に、またアスフォデロスの花束を持ってきて下さるわね、という。「そのほうがお似合いの女性《ひと》には、春には薔薇を上げるものよ。でも私は、あんたの手からこの忘却の花を頂くのが分相応。」（G・九〇頁、T・八四頁）つかのまの時間だけ生に立ち戻ってくる、かくも久しく死んでいる女《ひと》には、おそらく悲哀こそがふさわしいのである。

　私たちはそろそろ理解しはじめ、希望の糸口をつかみはじめている。みずからの容姿にグラディーヴァを転生させているこの若い婦人は、ハーノルトの妄想を一も二もなく受け入れるが、どうやらそれは彼を妄想から解放してやるためにしているらしいのだ。こうするほかに道はない。彼は矛盾によって可能性を閉ざしてしまったのである。現実のこの種の病態を厳粛に処置する場合にもこうするほかはないだろう。まず治療する側がみずから妄想がでっち上げたものという土台の上に立ち、しかる後にこれをできるかぎり完全に研究すること。ツォーエが治療するのにうってつけの人物であるなら、わが主人公の妄想のような妄想がどう治療されるかをやがて私たちは教えられることになろう。できればこの種の妄想がいかにして生成するかをも知りたいものだと思う。妄想の処置と研究が重なり合い、妄想の生成史の解明が妄想解体の過程で起こるというのはおかしな話ではあるけれども、そういう実例もあればその逆もないではない。いうまでもなく、私たちの症例は最後には「通常の」生活史に流れ込んで行きそうな予感がする。しかし対妄想治療薬として愛の力をあなどってはならないし、わが主人公がグラディーヴァ像の虜《とりこ》になったからといって、それはぞっこん首ったけの恋愛ではなく、なお過去と非生命体に向けられた恋慕であるのはいうまでもないではないか？

グラディーヴァが姿を消した後に、この瓦礫の山と化した都市の上に飛来した一羽の鳥の笑うような叫び声がもう一度だけ遠くから聞こえてくる。後にのこされたハーノルトは、グラディーヴァが置き去りにしていったなにやら白いものを拾い上げる。パピュルスの束ではない。ポンペイのさまざまのモティーフを鉛筆で素描した一冊のスケッチブックである。この場所にその小さな本を忘れていったのは、彼女が黄泉《よみ》の国から立ち戻ってきたことの担保物件だといえよう。なぜなら私たちの主張するところでは、人はかならず秘密の原因もしくは隠されたモティーフがあればこそ忘れ物をするからである。

その日はそれからハーノルトがいろいろと奇妙な発見や確認をするはめになり、それを一つの全体にまとめようとするが、うまくいかない。ハーノルトはこの日、グラディーヴァが姿を消した柱廊玄関《ポルティコ》の壁のなかに狭い裂け目をみつける。狭いとはいっても、かなり細身の人間なららくに通り抜けられる裂け目である。ツォーエ＝グラディーヴァはなにもここで地面に沈没することはないのだ、と彼はさとる。それはばかげた話でもあって、いまや彼は恥じ入ってこの考えを捨てる。そうではなくて、彼女はこの抜け道から自分の墓に入っていったのだ。墓の道の外れのいわゆるディオメデ別荘の前で漠とした影がふっと消えたような気がする。前日そっくりにめまいを感じ、また前日と同じ問題に頭を悩ましつつ、彼はいまやポンペイ郊外をうろつきまわる。ツォーエ＝グラディーヴァはいかなる肉体的性質の持ち主なのか、手にふれると何かが感じられるだろうか。どうなるかやってみようか。とばかり妙な衝動に駆られて実験を思い立ちかけるが、それも考えるだに気後れがして思い止まる。熱い太陽がジリジリ照りつけるとある丘の斜面で彼は一人の初老紳士に出遭った。紳士は身に着けた装備からして動物学者か植物学者に相違なく、昆虫採集に余念がなかった。紳士はこちらをふり向いていった。「あなたもファラグリオネンシス蜥蜴に興味がおありかな？そうは思えんがな。しかしファラグリオネンシス蜥蜴はカプリ島のファラグリオンだけに棲息しているのではなく、大陸上にも辛抱強く生きているにちがいないと私は固く信じておってね。大学の同僚のアイマーの発表したやり方はまことにすばらしい。私はもう何度もあれを使って大成功した。あ、そのままじっとしていて――。」（G・九六頁、T・八九頁）相手はそこで話を中断して、長い草の茎でこしらえた括り罠を、蜥蜴の青いきらめきを放つ頭部がチラリとのぞいている岩の裂け目の前に固定した。ハーノルトは、なんてばかげた考えではるばるポンペイくんだりまでやってくるやつがいるものだろうと、批判がましい思い入れたっぷりに蜥蜴採集者のもとを離れたが、この批判には彼自身のことも、またグラディーヴァの足跡をポンペイの灰のなかに捜すという彼の考えも、棚上げにされていることはいうまでもない。ところで、その初老紳士の顔にはどこかでお目にかかったことがあるような気がした。話しホテル・ディオメデかホテル・スイスのどちらかでチラリと見かけたのだったろうか。

方も旧知の人間を相手にしているようだった。それからまた散策を続けていると、まだ行き会ったことのない家に通じる脇道に出た。これはホテル・ディオメデでも、ホテル・スイスでもない、三番目のホテル「太陽亭《アルベルゴ・デル・ソーレ》」と判明した。暇をもてあましているホテルの亭主はチャンス到来とばかり、お入りになって家宝の所蔵発掘物をご覧下さい、とのたまう。またいうには、自分は市民広場の界隈で若い恋人どうしのカップルが掘り出されたとき現場に立ち会った。二人は滅亡が避けられないと見て腕と腕とをしっかりからみあわせ、そのまま死を待ったのだとか。その話はハーノルトも前に耳にしたことがある。どこかのファンタジー好きの物語作者のでっち上げた架空譚さ、と肩をすくめたものだが、この日ばかりはホテルの亭主の話を真に受ける気になった。のみならず発掘に立ち会った際に娘の遺骸と一緒に灰のなかから拾ったという、緑青まみれの金属製の留めピンをホテルの主人が持ち出してきたときにも話を真に受ける気になった。彼は詮索がましく疑いもせずにその留めピンを買いもとめた。太陽亭を去り際にとある開け放しの窓にアスフォデロスが白い花にびっしり覆われて垂らしてあるのが目に留まり、この墓前に捧げる冥府の花を見て、手に入れたばかりの留めピンは本物なのだという思いが込み上げてきた。

だがこの留めピンによって彼は一つの新しい妄想の虜になった。あるいはむしろ古い妄想がすこしばかり亢進し続けた。とすると、すでに緒についている治療には芳しからぬ徴候と思われる。腕をからみあわせた恋人どうしが市民広場のほど遠からぬところに発掘され、彼のほうは夢のなかでグラディーヴァがまさしく同じ界隈のアポロ神殿に眠りにゆくのを見た。するとこういうことが考えられないだろうか？　グラディーヴァは現実に市民広場の先まで行って何者かに会い、それからその何者かと心中死を遂げたのでは？　こう憶測して、おそらく嫉妬ともみまがう悩ましい感情が起こったはずだ。ハーノルトは、グラディーヴァとどこかの馬の骨とのそんな組み合わせがあろうはずはない、と考えて悩ましさをやわらげ、気を取り直してようやくホテル・ディオメデで夕食をとれるようになった。するとそこですんでに兄妹《きょうだい》かと思ったほど瓜ふたつの——髪の毛の色はちがったが——男と女の新来の宿泊客二人が、ハーノルトの目を惹いた。二人は、彼がこの旅行中に出遭ってはじめて好感が持てた人たちだった。若い娘の身に着けている赤いソレントの薔薇が、何かは思いだせないが、ある記憶を彼にめざめさせた。おしまいにハーノルトはベッドに入って夢を見た。夢は奇妙に不条理なものながら明らかに日中体験をつぎはぎしたものだった。「どこか分からないところに太陽の光を浴びたグラディーヴァがおり、草の茎で括り罠をこしらえて罠に蜥蜴を捕らえようとしている。おまけに曰く、『ちょっと、そのままじっとしていて——あの女の同僚のいっていた通りだわ、この装置はほんとに便利。彼女はこれを使って大成功したのよ――』」この夢は完全に狂っていると、彼はもう眠っているうちから批判して自己防衛し、また一羽の見えない鳥のおかげで夢から逃れることができた。見えない鳥はけたたましい笑い声のような鳴き声を上げ、嘴に蜥蜴をくわえて飛び去った。

こうした化け物どもの百鬼夜行にもかかわらず、目がさめると気分はむしろすっきりと冴えている。昨日あの若い婦人が胸に挿しているのを目に留めたのと同じような花（ソレントの赤い薔薇）を咲かせている薔薇の木が、昨夜の夢のなかで、春なら薔薇の花を下さるものよ、とだれかがいっていたのを記憶によみがえらせる。彼は思わず数本の薔薇の花を摘むが、この花には彼の頭を和ませる効果のある何かが結びついているにちがいなかった。ハーノルトは人間嫌いをかなぐり捨て、薔薇の花と金属製留めピンとスケッチブックをずっしりと担い、グラディーヴァにまつわるいろんな問題で頭をいっぱいにしながら、観光規定通りの道を通ってポンペイに向かった。古い妄想に裂け目が生じていた。グラディーヴァがポンペイにくるのは真昼刻だけで、ほかの時刻には立ち入りを禁止されているのではないか、そんな疑いが生じてきたのである。重点は最後に付け加わった部分に移され、この部分にまつわる嫉妬がさまざまな仮装を凝らして彼を悩ませる。あの亡霊は自分の目に見えているだけで、他の人には知覚されないのではないか、できればそうであってほしいとさえ思った。だとすれば彼女を自分だけの独占物と見なせるではないか。真昼刻を待ってさまようちに彼は思いもかけない出遭いを経験する。ファウヌスの家で、物かげにいて見つからないと思ってか、腕と腕とをからみあわせ、ひたと唇を合わせている二人の男女に遭遇したのである。おどろいたことに二人は、昨夜の好ましい感じを受けたカップルと知れた。だがながと続く抱擁といい、接吻といい、彼らはそのふるまいからして到底兄妹とは思えなかった。どうやら恋人どうし、それもおそらく新婚カップル、つまるところアウグストとグレーテのお仲間ではないか。奇妙なことに、この情景を見て彼の心に生じたのは、いまやよろこびの感情にほかならなかった。そして秘密の礼拝行の邪魔をしてしまったように恥じ入り、姿を見られまいとして引き下がった。たえて久しく見られなかった畏敬の念がハーノルトの心には再建されたのだった。

メレアグロスの家の前まできてハーノルトは、いま一度、グラディーヴァが社交界のだれか別の男と会っているのでは、という激しい不安に襲われ、彼女の亡霊にあいさつをするのにもこんな質問しか思い浮かばなかった。あなたおひとりでしたか？ ハーノルトはグラディーヴァにいわれてようやく薔薇の花を摘んできたのを思い出し、グラディーヴァが市民広場のところで愛の抱擁をしたまままみつかった娘で、この留めピンがその娘の持ち物だという最近の妄想を彼女に打ち明ける。その品はきっと太陽（亭）でみつけたのね、あざけりの色もなく彼女は訊ねる。太陽（亭）は——当地ではソーレというけど——その手のものなら何でもござれなの。彼がめまいがすると打ち明けると、そんなら私のお弁当を分けて上げる、そうすれば治るわと持ちかけて、絹紙にくるんだ白パンを半分に割って彼に差し出す。そしてのこり半分は彼女自身がむしゃむしゃ食べてしまう。食べていると非の打ちどころのない歯が唇の間にキラキラ光り、パンの耳をかじる音がパリッと軽くはじける。「もう二千年前にも一度、こんなふうに二人でパンを分け合って食べたことがあるような気がするわ。あんたはどう、そんな気はしない？」（G・一一八頁、T・一〇八頁）ハーノルトは答えるすべを知らない。しかしものを食べて元気がつき、彼女がまぎれもなく現存している徴候を見て頭は冴え、グラディーヴァの予期した効果がみごと彼に的中する。理性が高まり、グラディーヴァがもっぱら真昼刻の幽霊であるという妄想の全体がそっくり疑わしくなったのである。これに対して、すでに二千年前にあなたと一度パンを分けあったことがある、とたったいま彼女がいったことばには異論の余地があった。以上のような葛藤のさなかで、決着をつける手段として一つ実験をしてみてはという提案が持ち上がり、ハーノルトは狡猾さとようやく取り戻した勇気をもってこの実験をあえてした。グラディーヴァの左手は細い指ごと静かに膝の上に置かれていた。と、ハーノルトが前にも厚かましさと役立たずに憤慨していた家蠅が一匹、グラディーヴァの手に舞い降りてきたのである。突然、ハーノルトの手が虚空に上がり、それからバシッとばかり、蠅とグラディーヴァの手に手加減なしの一撃を打ち下ろしたのだった。

この大胆な試みがもたらした成功は二通りある。まず、まぎれもなく本物の、生きていてぬくもりのある人間の手にふれたというよろこばしい確信。次いでしかし、思わずぎゃふんと階《きざはし》の腰かけた場所から飛び上がったほどの、猛烈な譴責である。というのも茫然自失からようやく立ち直ると、グラディーヴァの唇からはこんなことばが出てきたのだった。「あんたはやっぱり気が狂ってるのね、ノルベルト・ハーノルト。」眠っている人または夢遊歩行者の目をさまさせるのには、周知のように、当人の名前で呼びかけてやるのが最善の策である。ハーノルトは、ポンペイではだれにも教えていない自分の名前を名指された。そこでグラディーヴァがノルベルト・ハーノルトにもたらした結果がいかなるものだったか、残念ながらそれを見ることはできない。というのもこの危機一髪の瞬間、ファウヌスの家のほうからあの好ましい感じの恋人どうしが姿を現わし、若い婦人のほうがうれしい不意打ちに遭った口調でこう呼びかけたのだ。「ツォーエ！　あなたもここに？　すると、やっぱり新婚旅行で？　そんなこと、お手紙にはちっとも書いてなかったじゃないの！」グラディーヴァが生きている人間であることの現実性のこの新たな証拠を目のあたりにして、ハーノルトはあわてふためいて逃げ出した。

ツォーエ＝グラディーヴァのほうも、どうやら彼女の大事な治療作業の邪魔に入ったこの思いがけない訪れに、かならずしも快い不意打ちを食らったわけではない。しかしすぐに気を取り直して相手の質問に世間並みの答えを返す。応答のなかで彼女は女友だちに、というよりもむしろ私たちに、どうしてこういう状況になってしまったのかを説明してくれる。そうしてこの若い恋人どうしを首尾よく追い払ってしまう。相手におめでとうと祝福を送りはするが、あいにく自分は新婚旅行中の身ではないという。「いま向こうに行かれた殿方なんかも、とてもへんてこりんな妄想にふりまわされているの。なんだか、頭のなかに蠅がぶんぶん飛び回ってるって思い込んでるみたいね。そりゃ、どなたさまも頭のなかになにかしら昆虫みたいなものを飼ってはいます。お役目柄、私だって昆虫学にはいささかの心得はあるし、ですからこういった場合すこしはお役に立てそう。父と私は太陽亭《ソーレ》にいます。父は急に発作を起こして、そのうえ名案も一つ思いついたの。ポンペイで自前でかせいで、自分にあれこれ要求しないつもりなら、私をこちらに引き取ってもいいという名案ね。ひょっとすると私だって、ご当地で何かおもしろいものを発掘するかもしれない、なんて独り合点したわ。もちろん、発掘したわ——幸運よね、そうでしょう、ギーザ、あなたに遭うなんて夢にも思わなかったもの。」（G・一二四頁、T・一一三—一一四頁）しかし彼女は急いで戻らなくてはならない。父の野外昼食のお相手をするためである。彼女は自分があの動物学者兼蜥蜴採集家の娘であることを私たちに打ち明け、治療の意図やその他秘密のたくらみがあることをいろいろと裏腹な語り口で認めたうえで立ち去ってゆく。それにしても彼女が立ち去ってゆく先は父親が待っているという宿の太陽亭の方角ではなく、ディオメデ別荘の界隈で一つの影がおのれの墓を訪ねて墓碑のなかに消えてゆくように見せかけようと、そのために一歩ごとにほとんど垂直に足を持ち上げながら墓の道のほうへと歩いていった。ハーノルトが恥じ入り混乱して逃げていった先もそちらのほうで、いましも彼はディオメデ別荘の庭園の柱廊玄関《ポルティコ》のなかで、頭をしぼって解きのこした問題を片付けようと往きつ戻りつしているところだった。一つだけ掛値なしに分かったことがある。それは、自分がつきあっている相手が多少とも肉体的によみがえった若いポンペイ娘だと無思慮にもすっかり信じ込んでいたことだ。こうして自分の狂気に気がついたのは、まぎれもなく健康な理性に戻る道程の上での本質的な進歩を意味した。ところが一方では、他の人たちも同じような肉体をそなえた生命ある存在のようにつきあっている、この生きている女はグラディーヴァであり、しかも彼女は自分の名前を知っているのだった。目覚めきっていない彼の理性に、この謎を解くのは手に負えなかった。感情的にもそんな難しい問題に立ち向かえるほど平静ではなかった。ツォーエ＝グラディーヴァに二度と会えないくらいなら、いっそ二千年前にディオメデ別荘に一緒に埋まってしまったほうがどれだけましだったことか。

彼女に再会したいというあこがれは、しかしながら内心にのこっている逃げたいという欲求とはげしく戦っていた。

柱廊玄関《ポルティコ》の四つある角の一つを曲がろうとして、ハーノルトは突然ひょいときびすを返した。毀れた壁の一隅にこのディオメデ別荘で死んでいった娘たちの一人が腰かけていたのである。それはしかし妄想の国に逃避しようとする最後の試みだった。その試みはたちまち棄却された。そう、まぎれもなくそれは、治療の最終局面を贈与しにやってきたグラディーヴァだったのである。彼の最初の動きを見て、グラディーヴァはいみじくもそれを逃げ出そうとするあがきと見た。そして、逃げられはしませんよ、といったのである。外はものすごいどしゃ降りになりはじめていた。無慈悲な女の口頭試問がはじまった。私の手の上の蠅をどうするつもりだったの。ハーノルトは特定の代名詞を使う気こそなかったが、それよりも大事なのは、決定的な質問をする気になったことだ。

「私は――どなたかのおっしゃるように――頭のなかが支離滅裂になっておりまして――手をあんなふうにしたのは申し訳ありません――あんなに正気をうしなうとは、我ながら不可解――でももう一つ不可解なのは、その手の持ち主が――どうして私の無分別をこちらの名前を名指しにして叱責されたかです。」(G・一三四頁、T・一二二頁)

「するとあんたの分別はまだその程度しか進歩してないのね、ノルベルト・ハーノルト。それも無理はないわ、私のことでは長いことそれで通してきたのだもの。わざわざポンペイまできておさらいをするまでのことはなかったのよ。おさらいをする気なら、何百マイルもの手間暇をかけないでもっと近かまでできたのに。」

「何百マイルもの手間暇をかけない近かま。私の住いのすぐ斜め前、角部屋ね。私の部屋の窓際にはカナリアのいる鳥籠があるの。」この期に及んでも察しの悪い相手に、今度はそう種明かしをしてやった。

最後のことばがはるか遠くからの記憶のように聞き手の心にふれる。あの鳥の歌こそが彼にイタリア旅行の決意を固めさせたのではなかったか。

「家には父も住んでるわ、動物学者のリヒャルト・ベルトガング教授。」

隣人であるからにはハーノルトの人となりも名前も知っていたわけである。期待にそぐわぬ浅薄な謎解きなので、私たちとしてはがっかりしかねないところだが。

ノルベルト・ハーノルトは次のようなことばをくり返して、なおも思考の自律性を取り戻せないことをさらけだす。「するとあなたは――ツォーエ・ベルトガング嬢なのですね？でも、あのツォーエなら、全然こんなじゃなかった――」これに対するベルトガング嬢の応答は、二人の間に隣人関係とはまた別種の関係があった消息を物語る。彼女は、ハーノルトが真昼刻の幽霊に対して呼びかけるときには使い、いざ生きている女が相手となるとまた引っ込めてしまった、親称の「あんた du」に往年の権利を回復させ、たくみに「あんた」の肩を持とうとする。「呼びかけの二人称がおたがいこのほうがいいと思うなら、私もそちらを使います。でも、そんな他人行儀（敬称二人称）じゃないほうが私の舌にはずっと自然なの。もう忘れてしまいましたけど、むかし私たちが毎日仲良く走りまわって、ときには替わりばんこに小突いたりぶったりしていたあの頃には、こんなじゃなかったかもしれないわ。でも、ここ何年かのうちに一度でも私にまともに目を遣《や》ってくれていたら、あんたにもきっと、もうずいぶん前から私がこんなになっているのが分かったはず。」

つまり二人の間には幼なじみの関係が、おそらくは幼児愛が存立していて、それが親称二人称の「あんたdu」を正当化する根拠だったのだ。この謎解きはおそらく最初に推測した謎解きと同じくらい浅薄ではなかろうか？　しかしながらそれは問題の掘り下げに本質的に役立っていて、この幼なじみ関係が思いがけない仕方で、両者の現在の交際中に起こった事柄の細部をかなりの部分説明してくれることに私たちは気がつく。ノルベルト・ハーノルトが亡霊に肉体があるかどうかの問題に実験的に断を下すという欲求に駆られて、ツォーエ＝グラディーヴァの手にみごとに加えたあの一撃は、他方では、ツォーエのことばが私たちに証《あか》してくれる、子供時代にもっぱら明け暮れていたという「小突いたりぶったり」の刺激のよみがえりに奇妙に似通っていないだろうか？　グラディーヴァはこの考古学者に、二人は二千年前にもパンを分け合って食べたことがあるような気がしないか、との問いを向けるが、この不可解な問いかけは、私たちが例の歴史的過去に個人的過去を、すなわち娘のほうはいまも生きいきと思い出せるのに若い男のほうはすっかり忘れてしまっているらしい子供時代を代入してみるとき、にわかに意味深長なものになりはしないだろうか？　若い考古学者のグラディーヴァに関するファンタジーはこの忘れられた幼児期の記憶の残響かもしれない、という見方が、靄の霽《は》れるようににわかに立ち現われてきはしないだろうか？　とすればこれはハーノルトのファンタジーの勝手な産物ではなく、彼自身はそれと知らぬがままに、つとに忘れてはいるけれども心のなかに生きて現存している、幼年期の印象という素材によって規定されているはずである。推測を通じてではあるにもせよ、私たちはこのファンタジーの因ってきたる由縁《ゆえん》を個々の点について立証できるのでなくてはなるまい。たとえばグラディーヴァが明らかにギリシア人の血統を引いていて、名望ある人物、おそらくはケレスの神官の娘にちがいないとするならば、それは彼女がツォーエというギリシア風の名の持ち主であって、動物学教授の家族の一員であると知れたこととの残響効果と大いに符合するだろう。しかしハーノルトのファンタジーは変形された記憶なので、私たちとしては、ツォーエ・ベルトガングの報告にこのファンタジーの出所を明らかにする指摘がありそうだと期待していい。心して耳を傾けよう。彼女は子供時代の親密な交遊関係のことを語ってくれた。今度は、両者の間のこの幼なじみの関係がその後どういう展開を遂げたか、それを聞く番である。

「あの頃、なぜか知らないけど、みんなは私たちに金魚ちゃん（おてんばの女の子たち）なんてあだ名を奉っていたわね。あの頃まで私はあんたに対する奇妙な愛着に慣れっこになっていて、この世にこれ以上感じのいい仲良しがあるはずはないと思い込んでいたの。私には母も姉妹も男の兄弟もいなくて、父は私よりアルコール漬けのあしなし蜥蜴のほうがずっと興味があったし、いくら女の子だからといって、人は自分の思想やその思想に関わって夢中になれる何かを持っていなくてはね。つまりそれが、あの頃はあんただったの。でも、あんたが古代学の虜になってしまってから、分かったわ。あんたがすっかり――ごめんなさいね、でもあんたの当然の変わりようが私にはすごく味気ないものに思えたし、私のいいたいことにもぴったりしないものだから――私のいいたかったのは、あんたが鼻持ちならない人になったのが分かったということ。すくなくとも私という人間に関してはまるで眼中にすらなく、口の端にのぼせることばもなければ、私にはまだ二人の幼なじみの友愛の思い出がしっかり根づいている場所なのに、その思い出さえお持ちにならない。私がむかしと似もつかぬように見えたのはきっとそのせいね。だってあんたとはちょいちょいパーティーでご同席。この冬にも一度ご同席したわ。だのにあんたは見向きもしなかったし、まして私を特にうれしがらせるようなお声は聞けぬまま。だってあんたは、ほかの人にもそんなことはしないもの。私はあんたにとって空気でした。そしてあんたは、むかし私がよく指を突っ込んでかき回したものだったそのブロンドの髪をして、剝製の鸚鵡みたいに退屈そうに、からからに干からびて、むっつりして、それでいてあの鳥みたいにいやに尊大――始祖鳥とかいうのね、あの鳥は。発掘された洪水以前の猛禽類。だけどあんたの頭はいずれにせよ壮大なファンタジーの巣窟なのだから、ここポンペイでも私が発掘されて生命《いのち》を取り戻した何かと思い込んでしまったのね——あんたがそんなふうになっているとは夢にも思わなかった。それにあんたはいきなり、まるで唐突に目の前に出てきたわ。一体どんな面妖な妄想があんたの想像力を操っているのか、それを探りだしてみようとはじめのうちはずいぶん苦労したわ。そのうちにおもしろくなってきた。癲狂院じみているのも悪くないという気がしてきた。だって先刻《さっき》もいったわよね、あんたがこんなになっているとは夢にも思わなかったんだもの。」

歳月とともに二人の間の幼なじみの友愛がどうなったかを、彼女はこんなふうに明快に教えてくれる。彼女のほうでは幼なじみが熱烈な恋愛にまで昂まっていた。女の子にしたって全身全霊を傾ける何かを持たないわけにはいかなかったからだ。聡明さと明晰の化身であるツォーエ嬢は、その精神生活までも裸にして見せてくれる。自分の欲望を当初は父親に向けるのがノーマルな性質の娘の一般的規則なら、家族のなかに父親以外の人間がいないツォーエ嬢にはそのための素地が大いにあった。この父親はしかし娘のことなどまるで眼中になかった。父親の関心の一切を占めるのは学問の諸対象だったのである。そこで彼女はだれか別の人間を物色しなければならず、男の子の遊び友だちハーノルトに切実な気持ですがりついた。この男の子も彼女が眼中になくなってしまうのだが、それは彼女の愛の妨げになるどころかかえって愛を昂揚させた。というのも、彼女の父親が学問に精力を吸い取られて生命やツォーエと疎遠になってしまったように、ハーノルトもその点で彼女の父親そっくりになってしまったからだ。こうして彼女は、不実のなかにあって忠実であり続け、恋人に父親を再発見し、父親と恋人とを同一の感情で包括することを、もしくは、いってみれば両者を自分の感情のなかで同一視することを許されたのだった。いささか独裁的に見えかねないこのささやかな心理学的分析を、私たちは何を根拠に正当化し得るのだろうか？　たった一箇所、しかし高度の性格記述的な細部で作家はその根拠を与えてくれる。自分にとってはまことに悲しい幼なじみの変身ぶりを述べるとき、ツォーエは彼を始祖鳥に、つまり動物学の考古学の分野に属するあの猛禽になぞらえて悪口雑言を連ねる。ことほどさように彼女は、二人の人間を同一視するのにたった一語の具体的な表現を見出したのだ。ツォーエの憤懣は同じこの語で、恋人をも、父親をも的確に捉えた。始祖鳥とは、恋人のおろかしさへの思いが父親の同じようなおろかしさへの思いとそこで出遭う、いうなれば補償表象もしくは中心表象なのである。

ハーノルト青年のほうは向いている方向があべこべである。考古学の虜になって、彼にはもっぱら石とブロンズでできた女に対する関心しかのこされていない。幼なじみの友愛は強化されて情熱に昂まるどころか水面下に沈み、彼女への記憶は深い忘却の淵に落ちて、若き日の女友だちは社交界で逢っても見分けもつかなければ見向きもされなかった。たしかに話をもうすこし先まで見ていくと、わが考古学者における右の記憶の運命を指して「忘却」というのが正しい心理学的呼称であるかどうかに疑問の余地がなくはない。記憶のめざめにさからう内的抵抗があるかのように、外から強力に呼びかけても記憶がめざめにくい、際立って再生が困難であるような類《たぐい》の忘却というものがある。この種の忘却は精神病理学では「抑圧」の名を授かっている。思うに、私たちの作家が見せてくれた症例はこの種の抑圧の例であろう。さて、一つの印象を忘れることが精神生活におけるその記憶痕跡の消失と関係があるのかどうか、一般的にはまったく分かっていない。しかし「抑圧」に関していえば、抑圧は記憶の没落、すなわち記憶の消失と一致することはない、とはっきりいえる。抑圧されたものはふつうはそのまま記憶として押し通すことはできない。しかし作業能力や活動力をうしなったわけではない。他日ある外部の作用が影響すると、忘れられた記憶の変形の産物や生まれ変わりと考えられるような、またそう考えないことにはどうにも辻つまが合わないような、心的所産が生まれてくるのである。私たちの考えるところでは、つとにグラディーヴァにまつわるノルベルト・ハーノルトのファンタジーには、ツォーエ・ベルトガングとの幼なじみ関係をめぐる彼の抑圧された記憶の生まれ変わりが認められるのである。抑圧されたもののこの種の再帰は、くだんの抑圧された印象に一人の人間のエロティックな感情がこびりついている場合、つまり当の人間の性愛生活が抑圧に見舞われたことがある場合、特に法則通りに期待できるだろう。古いラテン語の格言、「自然ヲ力ズクデ追イ出シテモ、イツデモ舞イ戻ッテクル。Naturam furca expellas, semper redibit.」（ホラティウス）は、おそらく本来は心的葛藤にではなく、さまざまの外的影響の駆除に向けられたことばだったのだろうが、いみじくも正鵠を射ている。しかしこの格言はすべてをいい尽くしてはいない。抑圧されれた自然の部分の再帰という事実を告知しているだけで、陰険な裏切りを通じて遂行されるかのような、この再帰のいちじるしく奇怪なあり方に言及してはいない。つまり、まさに抑圧の手段に選ばれたもの——格言の furca（二叉フォーク）——が再帰してくるものの運び手になるのだ。抑圧するもののなか、抑圧するものの背後に、抑圧されたものがついに姿を現わして凱歌を挙げるのだ。フェリシアン・ロプスのさる有名な銅版画に、なまじくだくだことばを重ねて説明するよりはるかに印象的に、このあまり注目されていないが大いに功績を認める必要のある事実を描いたイラストレーションがある。しかも主題は、聖人や懺悔者の生活における範例的な抑圧の例に関わっている。一人の禁欲僧が——おそらく世俗の誘惑に堪えかねてであろう——救世主の磔刑像のほうに逃れてゆく。と、磔刑の十字架は影のように沈下し、かわりにその代償として、一人の豊満な裸女の像が磔刑そっくりのシチュエーションで輝かしくせり上がってくる。心理学的眼力のとぼしい他の画家たちだと、このような誘惑を表現するのに十字架の救世主のどこか近いところなどにさまざまの悪徳行為を破廉恥に、またこれ見よがしに描いてみせる。ひとりロプスのみは十字架の救世主その人の場所を悪徳行為に占拠させた。ロプスはおそらく、抑圧されたものが再帰してくるとき、抑圧されたものが抑圧するもの自体から現われ出ることを知悉していたのだ。

ここでしばらく足を止めて、一人の人間の心の生活が抑圧状態にあるとき抑圧されたものの接近にいかに敏感になるか、抑圧するものの背後で、また抑圧するものを通じて、いかに些々たる類似性さえあれば抑圧されたものが力を盛り返すかを、いくつかの症例に当たって納得するようにしてみよう。私はかつて、ほとんど少年といっていい齢頃のある若者を医者として治療する機会があった。彼は性的な事象をはじめに好ましからざる形で知ってからというもの、身内に昂まる一切の欲望から逃れ、さまざまの抑圧の手段を用い、勉学欲を高め、母親に対する子供らしい依存性を度外れに強め、全体として子供っぽい性質の人間になってしまった。まさにこの母親への関係のうちに抑圧されたセクシュアリティーがたびたび侵入してくるのだが、その逐一をここで詳述するつもりはない。そのかわり、ほとんどそれとは気づかないようなある機会に砦の一角が崩れてしまう、いささか奇妙で風変わりな事例を述べておきたい。数学が性的な事象をそらす役割をしてくれることには定評がある。J・J・ルソーはつとに、彼を好ましく思っていない貴婦人から忠告を受けるはめになった。Lascia le donne e studia le matematiche. ソンナコトハ止メテ、数学ヲ勉強シナサイ。わが迷子たる上記の少年も学校で教わる数学と幾何学に懸命に没頭した。ところが彼の理解力はある日突然、何題かの無邪気な問題を前にしてとうとう萎えてしまったのである。右の問題のうち二題の文句はいまもはっきりおぼえている。二ツノ物体（肉体の意味も）ガ衝突シアイ、一方ノ速度ガ……云々。――それに、平面直径mノ円錐ニ一個ノ円球ガ内接サレル、云々である。他の人間なら別に性的事象が目立つはずのないこのあてこすりに出遭って、彼は数学に自分の秘密を暴かれたと思い、数学にさえ怯えて逃走したのである。

ノルベルト・ハーノルトが幼なじみへの愛と記憶を考古学によって追放した、現実生活から拉致されてしまった人間であるとすれば、古代の浮彫像《レリーフ》が子供らしい感情で愛していた女《ひと》への忘れられた記憶を彼の心にめざめさせたのは、まことにもって法則通りであって正しいのである。グラディーヴァの石像に彼がぞっこんになったのはけだし運命の当然の報いであり、その背後には説明のつかない類似のおかげで、生きている、彼になおざりにされたツォーエの力がはたらいているのである。

ツォーエ嬢はこの若い考古学者の妄想に関して私たちと見解を同じうしているらしい。というのもその「情容赦のない、詳細にして教育的な懲罰演説」の結末で彼女は満悦の色を浮かべるが、これはグラディーヴァに対する彼の関心をはじめから自分という人間に関係させる気持がなかったら、こんなふうに満足するはずがないことの裏付け以外の何ものでもないからだ。彼女はハーノルトにまさかそんなものはあるまいと思ってきたが、いまやどう妄想の仮装を凝らそうとその正体をそれとして認識したのである。ハーノルトに対する彼女の側からの精神治療は、しかしいまやその慈愛の効果をまっとうした。彼は解放されたと感じた。妄想は、それが歪められた不充分な模写《コピー》にすぎないかもしれない何ものかに取って替えられたのだから。ハーノルトもいまは一も二もなく記憶を取り戻し、彼女を根っからちっとも変わっていない、善良でたのしい、聡明な女友だちとして認めた。けれどもハーノルトは、それとは別にいとも奇妙なことに気がついたのだった――

「人はよみがえるためにはまず死ななければならないのね。」若い娘はそういった。「でも、考古学者にとってはきっとそれが必要なのだわ。」(G・一四一頁、T・一二七頁)彼女は明らかに、幼なじみの友愛から新たに結びつきあう関係にいたるまでを考古学を経由してきたハーノルトの回り道を、まだ赦してはいないのである。

「いや、きみの名前のことをいってるんだ……なぜって、グラディーヴァとベルトガングは同じ意味で、両方とも『あゆみつつ輝く女』のことをいうんだ。」（G・一四二頁、T・一二七―一二八頁）

これは私たちが予想もしなかったことである。私たちの主人公は面目失墜から立ち上がって積極的な役を演じはじめる。明らかに彼は妄想から完癒している。妄想の上位に立ってこれを見下している。妄想の蜘蛛の巣の最後の糸をだれの助けも借りずに我とわが手で引き裂くことでそれを証明している。現実の患者たちもまた、背後にひそむ抑圧されたものの正体が暴かれて彼らの妄想じみた考えの強迫が解除されると、これとまったく同じふるまいを見せる。ああそうだったのかと分かって、自分たちの奇怪な状態の、最後の、もっとも重要な謎の数々に、いきなりひらめいた思いつきで解決をつける。私たちはすでに、伝説的なグラディーヴァのギリシア語起源がツォーエというギリシア語名の漠とした残響であると推測してはいた。しかしまさか「グラディーヴァ」という名前そのものにまで接近しようとは思わなかった。それはノルベルト・ハーノルトのファンタジーが勝手に作り上げたものだとしておいたのだ。ところが、豈図《あに》らんや、グラディーヴァという名前のほうこそが、自分では憶えていないと称する幼なじみの娘の抑圧された家族名（ベルトガング）のこしらえあげたもの、というか本来はドイツ語名のギリシア語名への翻訳であることがいまや明らかにされたのである！

妄想の原因にさかのぼってそれを解消する作業はこれで終わった。なおも作家に続けることがのこされているとすれば、物語に調和的な結末をつけることだろう。これまでは治療の必要な病人というパッとしない役を演じなければならなかったこの男のリハビリがさらに進捗して、それまでは自分だけでじっと耐えていた情動のいくばくかでも彼女の心にめざめさせることに成功できれば、先行きの展望という点で私たちを上機嫌にさせてくれよう。するとこんなことが起こる。ハーノルトは、前にメレアグロスの家でのランデヴー中に邪魔に入ってきた、あの感じのいい若い貴婦人のことにいい及んで、あれは自分がすてきだと思った最初の女《ひと》でした、と告白してツォーエの嫉妬《やきもち》を買う。そのときツォーエは次のようにいって、きっぱり別れを告げようとする。「これで筋が通ったわけ。なにもかもがまたまともになったの。私だって人後に落ちないわ。あなたはギーザ・ハルトレーベンだか、嫁ぎ先のなんとかいう姓の女性だかをまたさがしだして、彼女のポンペイ滞在の目的を学問的にお手伝いしてお上げなさいな。私はこれから太陽亭《アルベルゴ・デル・ソーレ》に行かなければなりません。父がもう昼食の席で待っているでしょう。私たち、たぶんドイツの社交界かモンド（国際社交界）でまた遭うようになるわ。」すると彼はまたもやうるさい家蠅を口実にして、最初は彼女のほっぺたを、次に唇を、力ずくでものにし、まずは愛の遊戯における男性の義務であるところの攻撃性を発揮しようとする。ふだんなら父が太陽亭でとっくにお腹をすかせている頃よ、だからもうほんとうに父のところに行かなければ、とツォーエが心配そうにいって、これで二人の幸福にもう一度だけ影が射したかに見える。「お父上が——どうされますって——?」（G・一四七頁、T・一三二—一三三頁）だが、かしこい娘はすみやかに杞憂を片づける術《すべ》を心得ている。「父はどうにもなりはしないわ。私は父の動物学コレクションになくてはならない標本ではありませんもの。そうだったら、私の心はきっとこんなに愚かしくあんたに執着しはしなかったでしょう。」父がしかし例外的に自分と意見が合わないとなれば、絶対確実なやり方があるある、とツォーエ。ハーノルトはとにかくカプリ島に渡って、そこでファラグリオネンシス蜥蜴を捕まえてきてくれさえすればいい。そうしてその動物をここで放してやって動物学者の目の前でまた捕まえる。さて教授には、大陸産ファラグリオネンシスを取るか娘をとるか、どちらを取るかの選択をさせるのよ。容易に見てとれることながら、辛辣さと嘲笑が入り混じった提案であり、彼女が彼を夫に選ぶお手本にした父親という当のお手本にあんまりそっくり似すぎないでほしいという花婿に向けてのいわば警告である。ノルベルト・ハーノルトは彼の心に生じた大変化をいろいろと一見ささやかな徴候に表現してみせて、その点でも私たちを安心させてくれる。彼はツォーエとの新婚旅行の行先はイタリアに、それもポンペイにしようねと、アウグストとグレーテの新婚旅行カップルに憤慨したことなどまるでありもしなかったとばかりの提案を口走る。ドイツの故郷から百マイル以上もの道のりを必要もないのにわざわざやってきた、あの幸福なカップルたちに対する反感は彼の記憶からすっぽり抜け落ちてしまっているのだ。作家がこの種の記憶薄弱を心変わりのいたって大切な徴《しるし》として挙げているのはたしかに間違ってはいない。ツォーエは、「いわば同じく瓦礫の下からふたたび掘り出された幼なじみの友」（G・一五〇頁、T・一三五頁）が告げた旅行計画に異論を唱える。そんな地理学的問題が決定できるほど、自分はまだすっかり息を吹き返していないような気がするという。

美しい現実がいまや妄想に凱歌を挙げたのである。しかし二人がポンペイを去る前にいま一度、妄想に花を持たせる機会が待ち設けている。執政官通りの起点で古い舗道が通りと十字路をなしているヘルクラネウム門のところまでくると、ノルベルト・ハーノルトは立ち止まって娘に先を歩いてくれるように頼む。相手は承知しましたといい、「左手で着ているものの裾をつとからげ上げると、よみがえった《レディディーヴァ》グラディーヴァたるツォーエ・ベルトガングは、ハーノルトの夢見るように見つめるまなざしに包まれながら踏み石の上を、独特の悠揚として急ぎ足の足取りで、さんさんと太陽の光を浴びつつ通りの向こう側へと渡っていった。」いまやエロティシズムが凱歌を挙げるとともに、妄想にあっても美しく貴重だったものが誉め称《たた》えられるにいたるのだ。

作家はしかし「瓦礫の下からふたたび掘り出された幼なじみの友」という最後の比喩によって、主人公の妄想が抑圧された記憶の仮装をしながら用いてきた象徴の鍵を私たちに授けてくれる。実際、ポンペイの運命と化したあのような埋没ほど、心的な何ものかを近づき難いものにするのと同時に保存して、そこから発掘作業を通じて都市がふたたびよみがえることもあり得るような、およそ抑圧を意味して卓抜なアナロジーはない。だからこそこの若い考古学者は、忘れていた幼なじみの娘のことを警告してくれた浮彫《レリーフ》の原像をファンタジーのなかでポンペイに移し替えないわけにはいかなかったのだ。それにしても作家が、こうして個人の心的現象の一こまと人類史上一回的に起こったある歴史的事件との間に繊細な感覚で嗅ぎつけた貴重な類似の場に長居をしたのは、まことに当然至極のことであった。

II

私たちの目的はしかし、そもそもは『グラディーヴァ』という小説にばらまかれている二、三の夢をある種の分析方法の助けを借りて研究することだった。それなら一体、どうして小説全体をばらばらに分解したり、二人の主人公の心的過程を検証したりするのに躍起になってきたのか？　ところで、これまでに述べてきたことはあらでもがなの作業ではなく、どうしても必要な準備作業だったのである。現実の一人の人間が実際に見た夢を理解しようとするときにも、私たちは当の人物の性格や運命に強い関心を寄せ、夢を見た直前の諸経験ばかりではなく、遠い過去に経験したさまざまの出来事までも聞き出さなくてはならない。私には、私たち本来の課題に取り組むにはなお時期尚早という気がするくらいである。いましばらくこの小説にこだわり、いますこし準備作業を片付けてしまわなくてはならないと思う。

読者はおそらく、私たちがこれまでノルベルト・ハーノルトとツォーエ・ベルトガングが現実の個人であって、作家の創作した存在《もの》ではないかのように、つまり作家の意識が一も二もなく透明な媒体であって、濁りや曇りのある媒体ではないとでもいうように、彼らの心の言述においても心のはたらきにおいても扱っているのをご覧になって、さぞかし奇異の念を抱かれたことであろう。作家みずからが自作の小説を「幻想小説」と称して、現実記述をはっきり断念しているのだから、以上の私たちのやり方はなおのこと奇妙に見えることだろう。私たちはしかし『グラディーヴァ』が幻想小説ではなくて精神医学の症例研究であってもちっともおかしくないほど、その現実の記述を一部始終忠実になぞってきた。もっとも、作家が作家たる資格において自由を行使して、現実の合法則性の基盤に根ざしていないように思える前提を創出している箇所が二点だけある。第一点：作家は若い考古学者に一体のまぎれもない古代の浮彫像を発見させるが、それは歩くときの足のたたずまいの特殊性にかぎらず、顔の造作や身体の姿勢もはるか後世に生きている一人の人物に瓜ふたつであり、そのために若い考古学者は当の人物の愛らしい亡霊を、てっきりよみがえった石像と思い込んでしまうこと。第二点：作家が考古学者を当の生きている女性に出遭わせる場所が、ほかでもないポンペイであること。考古学者はファンタジーの上では（浮彫像の）死んだ女をポンペイという土地に移転させるのだが、その一方でポンペイへ旅立つことで自宅の下の街路で見かけた生きている女からは遠ざかる。だが作家のこの第二の措置のほうは、実人生でまったく起こりそうにないことではない。それは、周知のように多くの人間運命に介入してくる偶然の力を利用しているだけのことで、しかもこの偶然は、人は逃走という手段に訴えると、まさにそれゆえに自分が逃げているそのものに引き渡されてしまう運命《さだめ》にあるという災厄を反映しているのだから、偶然に善玉の意味を与えているのである。これにくらべると、これから先に起こること一切を支える前提、つまり生きている娘と石像が酷似しているという第一の前提のほうは、これよりはるかにファンタスティックで、一から十まで作家の恣意の産物であるように見える。もっとも、生きている娘と石像が似ているといっても、冷静に見れば歩くときの足の位置の特徴が一致するというだけのことにすぎないのではあるが。ここで現実に結びつくために、私たちも私たちなりのファンタジーを介入させてみたい誘惑に駆られる。ベルトガングという名前は、この一門の女たちが古代においても美しい歩き方の独特さで際立っていて、何代も経つうちにゲルマン系のベルトガング家が、古代の彫刻家にその歩き方の独特さを石像に定着しようという気にさせたギリシア娘と家系によるつながりを持つにいたった消息を物語るのかもしれない。しかし人間の身体つきのヴァリエーションは一人ひとり相互に無関係ではなくて、事実私たち現代人のなかにさえ美術館で出くわす古代人タイプの人間がよく見受けられるのだから、現代のベルトガングが古代の先祖の容姿を身体つきの他の特徴でも逐一そっくり反覆していても別にふしぎはない。そんな憶測をするよりは、作家の創造のこの部分の出所となった源泉をいっそ作家自身に訊ねてみるのが賢明かもしれない。そうすれば作家の恣意かと思われた部分も、合理的な脈絡のなかに溶け込んで見通しがよくなろう。しかし私たちは、作家の精神生活の当の源泉に勝手に立ち入る立場にはない。そこでいかがわしい前提の上に真に迫った展開を構築する権利を、作家にそっくり委譲しておくほかはない。それはたとえばシェイクスピアも『リヤ王』において要求した権利である。

くり返し申し上げよう。作家はしかし他の点では、それに照らして私たちの心の生活の理解を測定してしかるべき、完璧に正確な精神医学的研究を私たちに手渡してくれた。これは医学的心理学のある種の基礎学説を教え込むのに最適の、一篇の病歴であり治療歴なのである。作家がこんなものを書いたとはじつにふしぎだ！　かりに作家に訊ねてみて、そんなつもりはさらさらなかったという答えが返ってきたらどうだろう？　牽強付会は容易である。ひょっとすると私たちのほうが勝手に、美しい詩的小説に作家の意図とは相隔たることほど遠い意味が潜んでいると思いなしているのではないか？　それはいかにもありそうなことだ。この問題にはのちほど立ち戻ってくることにしよう。さしあたってはしかし、問題の小説をほとんど作家のことば通りに再現し、テクストはもとよりテクスト注釈も作家自身の労をわずらわして、できるだけその種の偏向的解釈を避けたいと思う。私たちの複製品を『グラディーヴァ』のテクストとくらべて下されば、読者もきっとこの点はお認め頂けよう。

私たちはこの作家の作品を精神医学的研究ときめつけているが、これは多くの一般人が見た場合には、作家にかえって迷惑がかかる結果になるかもしれない。作家は精神医学との接触を避けるべきだ、とはよく耳にすることばである。病的な精神生活の記述は医者まかせにしたがよかろうというわけだ。その実、まともな作家でこの掟を尊重した人は一人もいなかった。いうまでもなく人間の心の生活の記述は作家のもっとも本来的な領分である。作家はいかなる時代にも学問の先駆者であり、科学的心理学の先駆者ですらあった。正常とされる心の状態と異常とされる心の状態との間の境界はしかし、ある部分は慣習的《コンヴェンショナル》であり、またある部分は流動的である。それかあらぬか私たちはだれしも、一日のうちに何度もこの境界を踏み外しているらしいのだ。一方ではまた精神医学がややもすれば、デリケートな心的器官にひどい損傷が加えられて起こる、重い陰気な精神疾患の研究にもっぱら縄張りを限定しがちなのは間違っていよう。健康人の比較的お手柔らかで平衡能力のある偏向は、今日ではさまざまの力のせめぎ合う精神障害にまでさかのぼって原因をたどれるのに、さほど精神医学の関心領域には入ってこない。ところがこのような健康人の偏向研究を俟ってはじめて精神医学は、健康をも、また重病の諸現象をも理解することができるのである。このように作家は精神医を避けられず、精神医は作家を避けるわけには行かないのだ。精神医学的テーマを詩的に取り扱ったところで、美を損なう虞《おそ》れはちっともありはしない。

げんにこの病歴兼治療歴の文学的表現は正確である。私たちは小説が終わり、緊張が解除された後では物語をよりよく概観することができる。そこで、すでに語られたことをくり返す必要にわずらわされたくないので、今度は精神分析の技術用語を使って物語をなぞってみることにしたい。

ノルベルト・ハーノルトの心の状態を作家はしきりに「妄想」と呼ぶ。私たちとしてもこの名称をしりぞける理由はない。「妄想」をそれで記述しつくすことにはならないが、妄想を他の心的障害から際立って区別する二つの主要な性格を挙げることはできる。第一に、妄想は肉体的なものに直接影響を及ぼすことはなく、心的徴候によってしか表面化しない種類の症候群に属するということ。第二に、妄想にあっては「ファンタジー」がとみに優勢になる。ということはファンタジーが思い込みをして、行為に影響を及ぼすということである。灰のなかにグラディーヴァの特殊な形をした足跡をさがしに行こうとする、あのポンペイ旅行のことを思い起こそう。そこには妄想の支配下にある行為のじつにみごとな例がある。精神医ならたぶんノルベルト・ハーノルトの妄想をパラノイアという大きなグループに数え入れて、「フェティシズム的色情狂」といった病名を奉るだろう。石像に愛着を寄せるというのが彼のもっとも奇妙な点であり、また女性の作中人物の足や足のたたずまいに対するこの若い考古学者の関心は、精神医の万事おおざっぱな見解では「フェティシズム」の嫌疑を蒙るにちがいないからだ。しかし多種多様な妄想をこうして何でも内容によって命名し分類することには、何か好ましからざる傾向、不毛なにおいがつきまとう。*2 厳格な精神医なら、そればかりか奇妙な偏愛の基盤の上に妄想を展開させる人物としてわが主人公にいちはやく「変質者《デジエネレ》」のレッテルを貼り、残酷にもこうした運命に彼を追いやったのは遺伝のせいだとして遺伝の研究におもむくことだろう。この点ではしかし作家は精神医に追従しない。それにはりっぱな理由がある。作家は主人公を私たちの身近に引き寄せて「感情移入」をしやすくしてくれるものである。「変質者《デジエネレ》」という診断が学問的に正しかろうが間違っていようが、そんな診断を下せば、この若い考古学者は即座に私たちから遠いところに行ってしまう。というのも私たち読者はいうまでもなく、正常人、平均的人間だからだ。心の状態の変質者的体質的前提条件も作家はほとんど問題にしない。そのかわり作家は、こうした妄想発生の引金になったかもしれない個人的な心の状態に深く入り込むのである。

ノルベルト・ハーノルトは、ある重要な一点においてふつうの人間とは異なる。生きている女に関心がないのである。彼の仕えている学問が生きている女性への関心を奪い、石とブロンズの女に関心を移し替えてしまったのだ。これはどうでもいい奇癖とは思えない。むしろこの奇癖こそが語られた出来事の基本的前提なのである。実際、ある日こうした一体の石像がふつうなら生きている女に向けられるのが当然の関心をみずからに要求し、それとともに妄想が生じたのであった。それから私たちの目の前でこの妄想が幸運な処置によって治療され、関心が石からふたたび生きている女に転移されるありさまがくりひろげられる。一体どんなきっかけで私たちの主人公は女性に背を向ける状態になったのか、作家はそこまでは私たちに追及させせない。このような反応はむしろファンタスティックな要求――補足的にいえば、エロティックな要求――を一部にふくむ生得の素質によっては説明されない、と作家は申し立てるだけである。後になって分かることだが、子供時代には彼もほかの子供たちと変わりなかった。子供時代には一人の小さな女の子と仲良しで、この子と離れられず、ささやかな食事を分け合ったり、その子を小突きまわしたり、またその子に髪の毛をかき回されたりもした。こうした愛着、このような優しさと攻撃性の結合には幼児生活の未熟なエロティシズムが露頭しており、幼児的エロティシズムはその影響をようやく遅まきに、しかし一旦そうなってしまうと不可抗力的に発露させるのだが、子供時代にはふつう医者や作家しかその存在に気がつかない。私たちの作家は、彼もその点同意見であることをはっきり理解させてくれる。作家は適切な機会をとらえて、主人公にいきなり近所の女性の歩き方と足のたたずまいに対する生きた関心をめざめさせてやる。こうした関心は、学問の場合やご近所の女性の場合であれば、彼にフェティシストの汚名を被せるにちがいないのだが、私たちにとっては、あの幼児期のいたずらごっこの記憶から導出されるものなのである。くだんの女の子はどうやら子供の頃から歩くときに爪先をほとんど垂直に切り立てる美しい歩き方をしてみせたのにちがいない。そういう歩き方を表現していたからこそノルベルト・ハーノルトには、後にあの古代の石造浮彫像が重大な意味を獲得することになるのだから。それはそうとすぐに付け加えておこう。作家はこうしてフェティシズムという風変わりな現象を導出しながら精神科学と完全に一致しているのである。A・ビネ以来、げんに私たちはフェティシズムの起源を幼児期のエロティックな諸印象に帰着せしめようとしている。

長らく女性に背を向けている状態は、私たちの用語でいえば妄想形成の素因という、人格的適性を生じせしめる。精神障害の展開は、すっかり忘れられてしまっている、すくなくとも痕跡としてはエロティックなアクセントのある幼時体験を、ある偶然の印象でめざめさせられるのがきっかけではじまる。しかし以後に起こることを考慮に入れるなら、めざめさせられる、というのは適切ないい方ではない。私たちは作家の正確な描写を、芸術的にも適切な心理学的表現法において再現しなくてはならない。ノルベルト・ハーノルトはくだんの浮彫像を目にしても、こうした足のたたずまいをずっと前に幼なじみの女の子の身体で見たことがあるのを思い出せない。すっかり忘れてしまっている。それでも当の浮彫像の与える効果はこうした幼児期の印象への結びつきに由来しているのだ。このように子供時代の印象がめざめて、活動が表面化しはじめるところまで能動化してくるのだが、それでもそれは意識にまでは到達しない。幼児期の印象は、今日の心理学では避けられなくなった用語でいうなら、「無意識」のまま残存しているのである。私たちとしては、この無意識ということばには、しばしば語源学的意味しかお持ち合わせのない哲学者や自然哲学者の反論は一切禁じられていると見たい。能動的にふるまいつつも当該の人物に意識されるにはいたらない心的過程をいうのに、さしあたりこれに勝る名称がない、まさにそういうものを指して私たちは「無意識」というのである。思想家のなかにはこのような無意識の存在が気に食わないとして反論を持ちかける人がすくなくない。しかし彼らは一度として当該の心的諸現象の研究に携わったことがなく、すべての心的諸現象は能動化し強度を増せば、同時に意識にもたらされるものだというありきたりの体験に呪縛されているのである。いまからでも遅くはない、私たちの作家が自家薬籠中のものにしていることを、彼らのほうこそが学ばなくてはなるまい。作家は知っている。あらためていうまでもなく、強度があり精力的に活動しているさまも示しながら、しかも意識には到達しないままの心的過程が存在することを。

先にも申し上げたが、ノルベルト・ハーノルトにあってはツォーエとの幼なじみの記憶が「抑圧」状態にある。それをここでは「無意識の」記憶と呼ぶことにしよう。この二つの技術用語は意味が同じように見えるので、ここで両者の関係に目を向けておく必要がある。説明は簡単である。「無意識」は広義の概念であり、「抑圧」(されている)というのは狭義の概念である。すべて抑圧されているものは無意識である。しかしすべての無意識について、それが抑圧されていると主張することはできない。ハーノルトが浮彫像を一目見てツォーエの歩き方を思い出したとすれば、これはそれまで無意識だった記憶が彼の心に能動化すると同時に意識されたのであり、無意識の記憶はそれまでにも抑圧されていなかったことが明らかにされよう。「無意識」とは純粋に記述的な、多くの点で不確かな、いわば静態的用語である。「抑圧」されているとは、心的諸力のせめぎ合いを顧慮した動態的表現であって、こちらは、意識化という心的活動をもふくむあらゆる心的活動を表明せんとしながら、しかし反力をも、すなわちまたしても意識化をもふくむこの心的活動の一部を阻害しかねない抵抗をも表明せんとする、ある志向が存在するのだと主張しているのである。抑圧されたものの特徴は、それがその強度にもかかわらず意識されないということにある。ハーノルトの場合、浮彫像が浮上してくるのについて問題なのは、このように抑圧された無意識であり、要するに抑圧されたものなのである。

ノルベルト・ハーノルトの場合には、美しい歩き方をした女の子との幼なじみのつきあいの記憶が抑圧されている。しかしそれではまだ心理学的事態をきちんと観察したことにはならない。記憶や表象だけにこだわっているかぎりは、表面《うわつら》のかいなでにすぎない。心の生活において唯一価値あるものはむしろ各種の感情である。すべての心的諸力は感情をめざめさせるという適性によってこそ意味がある。なかなか生まれ出ようとしない感情の分娩と結びついていればこそ、表象が抑圧されるのである。より正しくは、抑圧は感情に関係する、というべきだろう。私たちに感情が把握できるのは、感情の表象への結びつきにおいてでしかない。ノルベルト・ハーノルトの場合、抑圧されているのはこのようにエロティックな感情であり、彼の知っているエロティシズムの対象といえば幼児期におけるツォーエ・ベルトガングしかないし、またなかったのだから、彼女の記憶が忘れられたのである。古代の浮彫像は彼のなかにまどろんでいるエロティシズムをめざめさせ、幼児期の記憶を能動化させる。彼のなかにひそむエロティシズムに対する抵抗のせいで、この記憶は無意識の記憶としてしか活動し得ない。これから先彼のなかで演じられるのは、エロティシズムの力とそれを抑圧する諸力との間の戦いである。この戦いから表面化してくるのが妄想なのである。

私たちの作家は、性愛生活の抑圧が彼の主人公の場合どこからきているのか、という動機づけをしない。学問研究はむろん抑圧に利用されている手段にすぎない。医者であればここですこしく深く根底まで掘り下げなければなるまい。たぶんこの場合根底に行き着くことはないだろうが。作家はしかし先にも驚嘆の念とともに称揚しておいたが、抑圧されたエロティシズムのめざめがまさに抑圧に奉仕する手段の圏内から生まれてくる消息を入念に書いている。わが考古学者を性愛嫌悪から引き離し、この世に生まれて負わされた責任を生にお返しせよと警告するのは、いみじくもまさに女の石像という古代芸術作品なのである。

いまや浮彫像によってハーノルトに喚起されたプロセスの最初のあらわれは、浮彫像にこのように表現されている人物を相手どったファンタジーである。彼にはこのモデルが最上の意味において「現代的」に見える。まるでこれを作った芸術家は、モデルが街頭を歩いているところを「生身」からじかに定着したようだ。彼は当の古代の娘に「グラディーヴァ」という名を授ける。戦いにおもむく軍神マルスの添え名グラディーヴスにちなんだ名であった。彼は娘の人となりをいよいよもっともらしいものに仕立て上げてゆく。さぞや名家の娘、おそらくはある神の神殿奉仕に関わりのある都市名門貴族の娘だろう。娘の顔立ちにはギリシア人系の出自を思わせるところがあるようだ。しまいには彼女を大都市の喧騒からもっと静かなポンペイに移してみようというやむにやまれぬ衝動が湧いてきて、ポンペイの、大通りのこちら側から向こう側に渡れるように敷いた溶岩踏み石の上を彼女に歩かせる。あくなきファンタジーの営みは勝手放題もいいところであるが、翻ってまた無邪気にも知らぬが仏ということでもある。のみならず若き考古学者ははじめて行為へと触発され、こんな足のたたずまいは現実にも一致するものだろうかという疑問に悩まされて、同時代の婦人や娘の足をながめるために生体観察をしはじめるのだが、そうしながら上記の行為は、グラディーヴァの石像に対する関心のすべては自分の専門の考古学研究に発するものだというふうに、自分の意識している学問的モティーフによって隠蔽されてしまうのである。申すまでもなく、彼が調査対象にしている路上の婦人や娘たちは彼の活動をそんなふうに解釈はしない。私たちとしては、彼女たちのほうが正しいとしなければならない。私たちには疑うべくもないことだが、ハーノルトはグラディーヴァに関する自分のファンタジーがどこからきているのかを知らず、同じように自分の研究のモティーフがどこからきているのかも知らない。グラディーヴァをめぐる彼のファンタジーは、後に分かるだろうが、幼なじみの女の子の記憶へのエコー、この思い出の生まれ変わりであり、もとのままの形で意識化することに失敗した後の、くだんの記憶の変形であり歪曲なのである。石像が「現代的」なものをあらわしていると独り合点の美学的判断を下すのは、こうした歩き方が彼の旧知の、現代の路上を渡って行く一人の娘のものと知っていることを代弁している。「生身からじかに（nach dem Leben）」という印象にも、彼女のギリシア人系出自をめぐるファンタジーにも、ギリシア語で生命を意味するツォーエという彼女の名前の記憶が隠されているのである。グラディーヴァとは、彼が最後に妄想から治って説明してくれるように、彼女の家族の姓であるベルトガングの巧みな（ドイツ語からギリシア語への）翻訳であって、「あゆみつつ輝く女」というほどの意味なのである。彼女の父親がどんな人間かは、ツォーエ・ベルトガングが古代なら神殿奉仕の司祭とも翻訳されそうな、大学の名望ある教授の娘と知れればほぼ察しがつく。彼のファンタジーはしまいに彼女の居場所をポンペイに移し替えるが、それは彼女の「落ち着いた静かな物腰が、そうするように促すと思えた」からではなくて、彼の学問に、漠とした告知によって自分の幼なじみの思い出の痕跡を嗅ぎつける奇妙な状態の、またとない、またこれ以上はないアナロジーがみつかったからである。容易に思いつくことながら、自分の幼児期を古代の過去で隠蔽すれば、ポンペイ崩壊という過去を保存したままのこの消滅は、いわば「内精神的」知覚を通じて彼が知った抑圧とすぐれたアナロジーを生むのである。このとき彼に働いているのは、小説の結末で作家が娘に意識的に使わせたのと同じ象徴表現である。

「ひょっとすると私だって、ご当地で何かおもしろいものを発掘するかもしれない、なんて独り合点したわ。もちろん、発掘したわ、……そんなこと夢にも思わなかったもの。」（G・一二四頁、T・一一三―一一四頁）――そうして最後には（G・一五〇頁、T・一三五頁）、娘は「いわば同じく瓦礫の下からふたたび掘り出された幼なじみの友が告げた」旅行計画に対して反応する。

ことほどさように私たちは、ハーノルトの妄想ファンタジーと行為の最初のいくつかの成果のうちにすでに、二重の決定、二つの異なる源泉からの導出可能性を見出すのである。一つの決定はハーノルト自身にそうと思われているもの、もう一つの決定は彼の心的過程を追査した結果私たちに正体を現わしてくるものである。一方は、ハーノルトが意識している自分の人格に関わり、もう一つのほうは彼にまったく意識されていない。一方は、完全に考古学的学問の表象圏からきているが、もう一つのほうは、彼のなかにきざした抑圧された幼児期の記憶とそれにこびりついている感情的衝動に発している。一方は表層的であって、もう一つのほうを隠蔽しており、そのもう一つのほうはいわば前者の背後に身を隠している。学問的モティヴェーションが無意識のエロティックなモティヴェーションを口実に使っているのだともいえるし、学問がまるごと妄想に奉仕しているのだともいえよう。しかし無意識の決定は同時にのみならず意識的学問的な決定に満たされていることを忘れてはなるまい。妄想という症候は――ファンタジーも行為も――まさに以上二つの心的流れの妥協の結果なのである。妥協であるからには、双方どちらの側の要請も見込まれている。どちらの側も、やり遂げたいものの一部を諦めなければならない。妥協が成立したところでは戦いがおこなわれたのである。この場合には、鎮圧されたエロティシズムと、それを抑圧して維持される諸力の間におそらく生じたものと私たちが想定した葛藤である。妄想を形成する場合には、この戦いは本来は決して終わらない。妥協が成り立った後にはかならず突撃と抵抗が更新され、妥協形成はいわばこれで終わりということがないのである。私たちの作家もそれは熟知しており、だからこそ作家はその後の展開の前駆としても保証としても、主人公のこの精神障害段階を不充足の感情に、つまり風変わりな動揺一色に仕立てているのである。

ファンタジーのためと決断のためとの二重の決定という、すなわちその動機づけに抑圧されたものがかなり大きな貢献を果たした行為のために意識的に口実を設けるという、この大層意味のある特徴は、小説のその後の展開においてさらに頻繁に、おそらくはさらにはっきりと、私たちを迎えることになろう。当然である。作家はそうすることによってこの病める心的過程にかならず随伴する特性をとらえ表現しているからだ。

ノルベルト・ハーノルトにおける妄想の展開は一つの夢によってさらに進行してゆく。この夢は新たな出来事に触発されたのではなく、ある葛藤に満たされた彼の心の生活に起因しているように思える。ところで作家は私たちの期待に応えて、夢の創作にも並々ならず通じているところを見せてくれるだろうか。それを検討する前にしばらく足を止めよう。つまりその前に、精神医学が妄想生成に関するその前提について何をいっているか、抑圧や無意識の役割に対して、葛藤や妥協形成に対して、どう対処しているかを問題にしておきたいのである。要するに、妄想発生の詩的表現は精神医学の判決の前に持ち堪えられるだろうか。

私たちはどうやらここで、思いも寄らぬ答えを返さざるを得ないようだ。残念ながら事態はじつはあべこべで、精神医学は作家の仕事を前にして持ち堪えられるか、なのである。精神医学は、遺伝性の体質的諸前提条件とでき上がってしまったように見える妄想の産物との間に越えがたい裂け目を開かせる。しかしこの裂け目が作家では埋められているのである。精神医学はなおも抑圧の意味を予想しておらず、病理学的現象の世界を解明するにはどうしても無意識の助けを借りなければならないということが分かっていない。妄想の根拠を心的葛藤にはもとめず、当の葛藤の徴候がまさに妥協形成であるとは認めないのである。それでは作家は、ひとりで学問全体を敵に回しているのだろうか？　いや、そんなことはない、――というのは著者《わたし》もまた自分を、学問一途に研究を進める資格のある人間だと考えているからだ。実際、著者自身が年余にわたって――それもつい近年にいたるまで孤立無援のまま――ここでW・イェンゼンの『グラディーヴァ』から取り出して専門用語で書き記している見解一切を――代表してきたのである。[*3] 著者はヒステリーや強迫観念として知られる状態について、精神障害のいくつかの個人的条件として欲動生活の一部の抑圧や抑圧された欲動に代表される諸表象の抑圧例を詳細に指摘し、またそれからやや後には同様の見解を妄想の多くの形態についてもくり返してきた。[*4] こうした症状を惹き起こすのに考慮の対象になる欲動は、いかなる場合にも性的欲動という構成要素なのか、それともそれ以外の類《たぐい》のものであることもあるのか、それは一概にはいえない。『グラディーヴァ』分析の場合にはまず問題はない。作家の選んだ症例では、明らかにまさにエロティックな感情の抑圧が問題なのである。

作家が創作したノルベルト・ハーノルトにおけると同様に、心的葛藤という視点や二つの戦いあう心的流れの間の妥協による症候群形成という視点を著者は実地に臨床観察し、医師として施療した症例においても当てはまることを発見した。[*5] 神経症の、特にヒステリーの病状を無意識の思考の力に帰すことは、著者以前にはつとに大シャルコーの弟子P・ジャネが、また著者と共同でウィーンのヨーゼフ・ブロイヤーが企てている。[*6]

一八九三年以降の数年間に精神障害の成立に関するこの種の研究に没頭していたとき、著者は自分の研究成果の保証をまさか作家たちにもとめようとは思いも寄らなかった。だから一九〇三年刊行の『グラディーヴァ』を読み、自分が医師としての体験に基づいて新たに創出したと思っていたのと同じことを、この作家が創作の下敷きにしているのに気がついてすくなからず仰天したのである。作家はどうして医師と同じ知識を手にするようになったのか、もしくはすくなくとも、同じことを知っているようなふるまいをすることになったのか？

―――

ノルベルト・ハーノルトの妄想は、先にいったように、ある夢を通じてさらに展開して行く。夢を見たのは、故郷の町の街頭でグラディーヴァの歩き方のような歩き方が現実に存在することを証明しようと躍起になっている最中のことだった。夢の内容は簡単に要約できる。

夢を見ている彼は、不運な都市を滅亡させたあの日のポンペイにいて、自分は危険に巻き込まれずに恐怖の体験を共にしているのだが、ふと見るとそこにグラディーヴァが歩いている。彼女はポンペイの女なのだから生地の都市にいて、また「思いがけないことに、同時代に生きている」のが当然なのだ、とハーノルトは一挙に納得する。だがグラディーヴァ危うしとの不安に襲われて叫び声を上げる。すると応じて彼女はチラリとこちらに顔を向ける。しかし彼には気がつかずにどんどん歩いて行き、アポロ神殿の階《きざはし》に腰を下ろして降り積む灰の雨に埋もれてしまう。その前に彼女の顔は白大理石に変身するようにみるみる蒼ざめ、しまいに石像そっくりになってしまう。目がさめてからハーノルトは、絶望したポンペイ市民たちの助けをもとめる叫び声や荒れ立つ海のどよめきはベッドに押し寄せてくる大都市の騒音だったのだとあらためて納得する。夢に見たことがげんに自分の身の上に起こったのだという感情は、目がさめてからもかなり長い時間頭を離れようとしない。そしてグラディーヴァがポンペイに住んでいて、あの災厄の日に死んだのだという確信が、この夢から妄想の新たな付着物としてのこる。

作家がこの夢で何をいわんとしたのか、また何が作家をして妄想の展開を一つの夢に結びつけるように仕向けたか、をいうのはかなり難しい。勤勉な夢研究家たちは、精神障害が夢とどのようにつながっており、夢がどのように精神障害から生じてくるかの諸例をうんざりするほど集めてきたし、[*7] また個々の傑出した人びとの生活史においても重大な行為や決断への刺激が夢によって生み出されている。しかし私たちの理解がこうしたアナロジーから得るところはさほど多くはない。だからこそ私たちは私たちの症例に、すなわち作家の捏造の産物たる考古学者ノルベルト・ハーノルトの症例に長居をし続けているのである。このような夢は、それが文学表現のあらでもがなの装飾に終わるものでないとすれば、結局どのようにとらえたら全体の脈絡に織り込めるのであろうか？

読者はこの箇所で、その夢なら説明は簡単だ、とおっしゃるのではなかろうか。大都市の騒音が惹き起こした単純な不安夢で、それをあのポンペイの女に頭を悩ましていた考古学者がポンペイ滅亡と曲げて解釈しているのだ！　と。夢の成果はあまねく過小評価されており、そのために夢に見た内容の一部に対して、それと一致する何か外部の刺激を探しもとめる夢の説明に概して要求が限定されがちだ。つまり夢に対するこうした外的刺激が、睡眠者を目ざめさせる騒音によって惹き起こされたのだとされ、それで夢への関心が片付けられてしまう。この日の朝のくだんの大都市がいつもより騒々しかったと想定する根拠があるとしよう。たとえば作家がご丁寧にも、ハーノルトはこの夜いつもの習慣で窓を開けて寝たと報告してくれたとしようか。残念ながら、作家はそんなことは一言も書いていない！　それにいやしくも不安夢ともあろうものが、それほど単純なものでしかないとは！　さよう、この夢への関心はそれほど簡単に片付きはしないのである。

夢の形成にとって外部の感覚的刺激への結びつきは本質的なものではない。睡眠者は外界からのこうした刺激をほったらかしにしておいてもよければ、夢を形成せずにそれで目をさますこともありうるし、この場合がそうだが、何かほかのモティーフからして役に立つなら当の刺激を夢に織り込んでしまうこともできる。睡眠者の意識に達する刺激によるそうした決定が、夢の内容にとって立証されない夢はいくらもあるのである。いや、私たちは方向を変えて検討してみよう。

私たちは方向を変えた道を、夢がハーノルトの覚醒生活にのこしていった残留物に結びつけることになろう。これまでのところ、グラディーヴァがポンペイの女だというのはハーノルトのファンタジーだった。いまやこの想定は彼の確信になり、彼女が西暦七九年に瓦礫に埋もれたという第二の確信がこれに結びつく。*8 この妄想形成の進展には、夢を満たしていた不安の残響のように痛ましい喪の感情がともなう。グラディーヴァをめぐるこの新たな悲哀は私たちにはどうにも解《げ》しかねるように思える。なにしろグラディーヴァはかりに七九年の滅亡寸前に命を救われたとしても、いまでは二千年も前に死んでいることになるのだ。それとも、こんなふうにノルベルト・ハーノルトと、ましてや作家その人と事の正否を争ってはならないのだろうか？　道はここでも解決に通じていないようだ。いずれにせよ注目しておきたいのは、妄想がこの夢から手に入れた増加分にはまことに痛ましい喪の感情のアクセントがこびりついているということだ。

ほかにはしかしこのお手上げ状態につける薬はない。この夢は自分からは何も説明してくれない。そこで私たちは臍《ほぞ》を固めて著者の『夢解釈』を借用し、そこに書かれている夢解明のための規則を二、三ここに適用してみなければならない。

『夢解釈』に謳われている規則の一つは、ある夢はかならず当の夢の前日の諸活動と関連があるというものである。作家はこの夢をハーノルトの「足の調査」にじかに結びつけることによって、右の規則にしたがっていることをほのめかそうとしているようだ。ところで「足の調査」とは、すなわちグラディーヴァを探すことにほかならない。ハーノルトは彼女をその特徴的な歩き方で見分けようとする。だからこの夢は、グラディーヴァがどこにいるかという指示をふくむはずだ。実際、夢は彼女がポンペイにいるのを見せたのだから、どこにいるかの指示を内包している。だがこれはまだ、私たちにとって目新しいことではない。

もう一つの規則が述べるのは次のようなことだ。ある夢の後で夢像の現実性を真に受ける気持が異常に長く持続して当の夢から離れられなくなるのは、夢像の生々しさに喚起された判断力の錯覚ではなく、それ自体が一つの心的行為だということだ。すなわち夢に出てくる何かが実際に夢に見た通りに存在するのだという、夢の内容に関わる保証なのである。この保証は信用していい。以上二つの規則にしたがうなら、問題の夢は、現実そっくりの仮面をかぶった、探しもとめるグラディーヴァのありかを教えている夢であると結論しないわけにはいかない。私たちはハーノルトの夢を知っている。この二つの規則を彼の夢に適用すると、結果は何か筋の通った意味になってくるだろうか？

　奇妙なことだが、筋の通った意味になるのである。ただしこの意味は、すぐには見分けがつかないように特殊な仮装がほどこされている。ハーノルトは夢のなかで、彼の探している女性がある都市に、しかも自分と同時代に生きているのを知る。これはツォーエ・ベルトガングについてならその通りであるが、この夢のなかの都市はドイツの大学都市ではなくてポンペイであり、時代は現代ではなく西暦七九年のことである。ずらしによって歪曲しているようであり、グラディーヴァが現代に移されているのではなく、夢を見ている側が過去に移されているのである。しかし本質的にして新しい事態は、ハーノルトが彼の探している女性と時間と場所を共有していることだ、ともいえる。私たちにも、夢を見ている当人にも、かならずや夢の本来の意味と内容の判断を誤らせないではおかないこの偽装や変装は、どこからきているのか？　ところで、この問いに納得のゆく答えを出す手段を私たちはすでに手中にしているのである。

　妄想の前駆であるファンタジーの性質と由来について聞かされてきたことを、一切合財おさらいしてみよう。すなわちファンタジーは、抵抗のために、変形されないそのままの姿で意識化されることは許されないが、抵抗という検閲が変形し歪曲するのをあらかじめ見越したうえで意識化されることを購《あがな》う、抑圧された記憶の補償であり生まれ変わりであるということ。右の妥協がなされてしまうと、あの記憶はいまやこのファンタジーに変わり、それが意識的人格によって誤解されやすくなる。とはつまり支配的な心的流れの方向で理解されやすくなるのである。そこで思い浮かべてほしい。夢像は人間のいわゆる心理学的妄想創造であり、おそらくどんな、一日中健康な精神の持ち主にさえも見られる、抑圧されたものと支配するものとの間のあの戦いの妥協の産物なのである。そこで察しがつく。夢像は歪曲されたものと見なされるのだが、その歪曲されたものの背後にはハーノルトのファンタジーの背後の抑圧された記憶のように、何か別のもの、歪曲されていないもの、しかしある意味では反発を感じさせるものが隠されているのだ。このように認識された対立を名づけるには、夢を見ている人が醒めているときに夢の顕在的内容として思い起こすものを、夢の潜在的思考という、夢の基礎を検閲に付して決定するものと区別すればよかろう。ある夢を解釈するとは、夢の顕在的内容を夢の潜在的思考に翻訳し、夢の潜在的思考が抵抗検閲のために我慢しなければならない歪曲を取り消してやるというほどの意味である。私たちが目下取り扱っている夢をこのように検討するなら、夢の潜在的思考のいわんとするところは、おまえの探しているあの美しい歩き方をする娘は現実にこの都市におまえと一緒に生きている、ということにほかならないと分かる。しかしこの形では思考は意識され得なかった。以前の妥協の結果であるファンタジーが邪魔をした。ということは、グラディーヴァがポンペイ女性だと思い込んだのが邪魔立てをしたのである。したがって同一の場所と同一の時間に生きているという現実の事実を保持しようとすれば、おまえはグラディーヴァの時代のポンペイに生きているのだ、という歪曲のほうを優先させるほかはない。そしてこれが夢の顕在的内容が実現し、げんに生きている現在として表現している表象なのである。

　ある夢が一つの表象だけを表現していること、いうなれば、一つの表象だけを上演していることはめったにない。夢は概して一連の表象を上演している。つまり表象の織物の上演である場合が多い。ハーノルトの夢には夢内容のもっと別の、歪曲が簡単に解除できるのでそれが代表している潜在的表象がすぐに分かる、ある構成要素が見て取れる。それは、当の夢が結びついている現実を保証する裏付けとさえ拡張し得るような夢の一場面である。というのは、夢のなかでグラディーヴァは歩きながら石像に変身して行くのだが、これこそはまさしく、現実の出来事を意味深長かつ詩的に場面表現したものにほかならないからだ。ハーノルトは実際、彼の関心を生きている人間から石像へと転移した。愛する女性が彼には石の浮彫像に変身してしまった。無意識のままにとどまらざるを得ない夢の潜在的表象は、石像を逆に生きた女性の姿に連れ戻そうとする。すなわち夢の潜在的表象は上記のことと関連して彼に次のようにいう。おまえがもっぱらグラディーヴァの浮彫像に関心を抱いているのは、グラディーヴァの浮彫像が現在《いま》ここに生きているツォーエを思い出させるからなのだ、と。しかしこの認識が意識化されてしまえば、妄想は一巻の終わりになるのである。

夢の顕在的内容の部分部分を一部始終このようにして無意識の思考で置き換えてゆく作業は、私たちにどうしても欠かせない義務なのだろうか？　厳密にいえば、然りである。現実に見た夢を解釈する場合であれば、私たちもこの義務を免れるわけにはいかないだろう。その場合には、夢を見た当事者にも納得のゆくまで話をしてもらわなくてはなるまい。当然のことながら、作家の創作を扱うのにそんな要求を通すことはできない。といってしかし私たちとしては、このままこの夢の主要内容を解釈作業もしくは翻訳作業に付さずに見過ごしたくはない。

ハーノルトの夢はいうまでもなく不安夢である。夢の内容は戦慄的であり、夢を見ている当事者は睡眠中に不安を感じ、夢を見終わった後では痛ましい感情が多々のこる。私たちの説明の試みにとってはまことにわずらわしい。そこで余儀なく、またしても例の夢解釈の教説を頼りにせざるを得ない。するとくだんの夢解釈の教説は警告するのである。夢のなかで感じる不安を夢の内容から導出するような誤りを犯してはならない、夢の内容を覚醒生活の表象内容を扱うように扱ってはならない、と。夢解釈理論は、私たちがどれだけおぞましい物事を夢に見ても、見ていて不安の痕跡をまるで感じないことがよくあるのに気づかせてくれる。真相はむしろまるで別物なのである。なぜそうなるのかの謎を解くのは簡単ではないが、しかし証拠を挙げることは確実にできる。不安夢の不安は、そもそも神経症的不安がどれもそうであるように、性的情動に、リビドー感覚に対応しており、抑圧の過程を通じてリビドーから生じてくる。[*9] 夢解釈をする場合にはしたがって、不安を性的興奮状態に置き換えなくてはならない。このようにして生まれた不安がいまや――かならず、ではないが、しばしば——夢内容にとびきりの影響を行使し、夢を意識的に理解するために、ということは間違って理解するために、不安情動にぴったりと思える表象要素を夢に持ち込むのである。申し上げたように、これはかならずそうなるわけではない。夢内容がちっとも怖くない不安夢もずいぶんある。そういう不安夢では、怖くないので感じられた不安を意識的なやり方では説明できないのである。

夢における不安の以上の説明を聞くと、これはおかしいと思われて、なかなか信じてもらえない。それは私も承知している。しかしどうかこの説明を疎ましがらないで頂きたい。ところでおもしろいことに、ノルベルト・ハーノルトの夢は不安を以上のように（性的に）とらえる見方と一致し、またこうした見方からして説明されるのである。そこで次のようにいえよう。夢を見ているハーノルトの心には夜らしく愛のあこがれがうずいている。愛する女性の記憶を意識化して妄想から離脱しようと、この愛のあこがれは遮二無二突撃するのだが、新たな拒絶と不安のなかで変身を体験し、それが今度はひるがえって夢を見ているハーノルトの子供時代の記憶から恐ろしいイメージを夢内容に持ち込む。こうして幼なじみのツォーエへの恋慕という夢の本来の無意識の内容が、ポンペイ滅亡とグラディーヴァの喪失という顕在的内容に変形されるのだ、と。

ここまではまことにもっともな話だと思われる。しかしこんな要求を持ち出しても間違いではあるまい。エロティックな願望がこの夢の歪曲されていない内容を形成しているのなら、変形された夢のなかにも当のエロティックな願望のすくなくともそれとはっきり分かる残留物がどこかに隠されているのが指摘できるはずだ、と。小説のこれに続く部分のある指摘のおかげで、以上の要求もおそらく叶えられることになろう。グラディーヴァとおぼしい人物と最初に出会ったとき、ハーノルトはこの夢のことを思い出す。そしてくだんの亡霊に向かって、あのとき自分が夢に見たようにもう一度そこに横になってほしいと頼み込む。[*10] 対するにしかし当の女性は憤然として立ち上がり、おかしなパートナーを置き去りにして行ってしまう。彼女はこのおかしなパートナーの妄想に取り憑かれた口から、お行儀の悪いエロティックな願望を聞き取ったのだ。私たちもグラディーヴァと同じように考えていいと思う。エロティックな願望をこれ以上露骨に表現することは、現実の夢からでさえかならずしも要請し難い。

以上で、ハーノルトの第一の夢に夢解釈の規則を二、三適用してこの夢を主要な諸特徴において理解し、この夢を小説の脈絡に何とかうまく組み込むことができたわけである。このように問題の夢は、作家がこれらの規則に留意しながら創作したものに相違ないのであるまいか？　では、もう一つだけ質問を。作家はそもそも、どうして妄想のその後の展開のために夢を持ち込んだのだろうか？　さて、私の思うに、これはまことに巧みな構成の妙であって、ひるがえってまた現実に対しても忠実であり続けている。私たちがすでに教えられたところでは、現実の症例においても妄想形成はしばしば一つの夢と結びつくが、夢の本質について以上のように説明してきた後では、こうした消息に新たな謎を見るまでのこともない。夢と妄想は、抑圧されたものという同一の源泉から派生しているのである。夢はノーマルな人間のいわば心理学的妄想である。抑圧されたものが強くなりすぎて覚醒生活で妄想としてやっていけなくなると、睡眠状態というもっと都合のいい状況のもとで遅ればせに活動する夢の姿で成功をかち取るのがいちばん手っ取り早い。つまり睡眠中だと、そもそもが心的活動の低下と相俟って、支配的な心的諸力が抑圧されたものに対抗して持ち出す抵抗の強さに、ある弛緩が入り込んでくる。夢像を生じさせるのはこの弛緩なのである。だからこそ夢は私たちにとって無意識の心の生活を知るための最良の通路となるのだ。ただし、ふつうは覚醒という心的占領状態を回復して夢はうたかたと消え去り、無意識の獲得した領土はふたたび意識の捲土重来に一掃されてしまう。

III

小説のその後の流れのなかでもう一つ別の夢が姿をあらわす。こちらの夢は第一の夢以上に、これを翻訳したり、主人公の身に起こった心的事件の脈絡にはめ込んだりしてみたいという気をそそりかねない。しかしここでこの第二の夢に直行して作家の叙述を離れてしまうと、手間の省きすぎになる。というのも他人の夢を解釈するつもりなら、夢を見た当事者が外的内的に体験した一切になるたけ根掘り葉掘りの関心を持たなければならないからだ。ことほどさように小説の筋をたぐり続けて、追いおい小説に注釈を加えてゆくのがまずは順当であろう。

七九年のポンペイ滅亡と時を同じうしてグラディーヴァは死んだ、という妄想の新たな形成は、私たちが分析した第一の夢の唯一の後遺作用ではない。夢を見た直後にハーノルトはイタリア旅行に出ようと思い立ち、それが結局彼をポンペイまで連れてゆく。その前にしかしある別の事態が彼の身に起こる。窓にもたれて外を見ているうちに、姿勢も歩き方もグラディーヴァそっくりの女性を路上に見たような気がし、身なりもろくに整えぬままあわてててその後を追う。しかし結局追いつかずに、かえって街の人びとの笑いものにされて住居《すまい》に追い返される。自室に戻ると、真向かいの家の窓に吊るした鳥籠のカナリアの歌に、自分も所詮は囚われの身で自由をもとめているのではないかという感慨を胸中に喚び起こされ、こうして春の旅がすみやかに決断され実行に移される。

作家はこのハーノルトの旅をとりわけあざやかな光に照らし出し、部分的にはハーノルト自身にも自分の内的過程について解明させている。ハーノルトはむろん自分の旅に学問的口実をこじつけるが、これはしかし長持ちしない。「旅の衝動がいうにいえない感情に出」ているのは百も承知なのだ。何か奇妙な心の動揺が、おまえは行き合うすべてのものに満足していないとささやく。そしてローマからナポリへ、ナポリからさらにポンペイへと駆り立てられるが、この最後の逗留地まできても気分は一向に落ち着かない。彼は新婚旅行客の愚行にむかっ腹を立て、ポンペイの旅館に巣くう家蠅のあつかましさに激怒する。しかししまいにははっきり、「彼の不満はどうやら自分の身のまわりにあるもののせいではなくて、いくぶんかは彼自身に起因しているのではないか」と気がつく。神経過敏になっているのだと思い、「それが何なのかはっきりさせることはできなかったが、何かが自分に欠けているから自分は不機嫌なのだ、という感じがした。この不機嫌を行く先々に持ち歩いているのだ。」そういう状態で学問という彼の女主人に対してすら憤りをおぼえる。はじめて正午の炎熱のさなかにポンペイをさまよっているときのことである。「学問のことを思うとおそろしく疎遠なもののように思え、自分の学問が世にも退屈でおよそ無用の長物、たとえば老いてカラカラに干からびた退屈な叔母さんみたいに感じられた。」(G・五五頁、T・五四頁)

こうした不愉快きわまる混乱した感情状態のなかで、グラディーヴァがポンペイの街中を歩いているのをはじめて目にした瞬間、この旅行にまつわる謎の一つがふと解ける。はじめて彼の「意識に浮かんだ。心のなかの衝動にみずから気がつかぬままにイタリアに旅立ち、ローマにもナポリにも長逗留しないでポンペイまで足を伸ばしてきたのは、グラディーヴァの足跡がみつかりはしまいかともとめてのことではなかったのか。それも足跡をみつけるという文字通りの意味で。というのも彼女はあの独特の歩き方からしても、火山灰のなかにほかの足跡とははっきり区別のつく足指のくぼみをのこしているにちがいないのだから。」(G・五八頁、T・五六頁)

作家はかなり入念にこの旅行の叙述に気を配っている。それだけにハーノルトの妄想にとってのこの旅行の関係や、出来事の脈絡におけるその位相を論じることは、やってみるだけの値打ちがありそうだ。この旅行は、当事者がはじめは意識していないが後になって気がつく動機、作家が端的に「無意識の」と称している動機からくわだてられる。これはたしかに人生の機微を穿っている。こうした行動に出るのになにも妄想に耽るまでのことはない。数多くの感情の流れの葛藤がこうした混乱の条件を生じさせるので、自分の行為の動機を思い違いし、後になってから遅ればせにようやく当の動機が何だったかに気がつくというのは健康人にあっても日常茶飯事なのである。ハーノルトの旅行はこのように初手から妄想に奉仕すべく設定され、彼をポンペイに連れて行ってそこでグラディーヴァ調査を続行させるはずだったのである。思い起こせば、あの夢の前にも直後にも、彼はこの調査のことで頭がいっぱいだったのだし、また夢そのものが、グラディーヴァが逗留しているかどうかという問いに対する、彼の意識によって窒息させられた答えだったのだ。当初はしかし私たちの知らない何かある力が妄想じみた決意が意識されることさえもはばみ、その結果、この旅行の意識的な動機づけをするには不充分でしかない口実だけがとぎれとぎれによみがえってのこってしまう。作家は例の夢と、路上のグラディーヴァらしき人物発見と、歌うカナリアとに影響された旅への決断とを、あたかも内的つながりのない偶然の出来事であるかのように次々に継起させて、私たちに別の謎を問いかけるのである。

ツォーエ・ベルトガングのその後のことばから授った説明のおかげで、小説のこのあいまいな部分は私たちにも解き明かされる。路上を歩いているのをハーノルトが部屋の窓から見かけて(G・一八頁、T・二二頁)すぐにも追いつきそうになった女性は、事実グラディーヴァの原像たるツォーエ嬢その人だったのだ。彼女は今日現在おまえと同じ都市《まち》に住んでいるのだ、という夢のお告げはこの幸運な偶然によって無敵の力を得て、彼が内心それに逆らっても敵いそうにない。歌をうたってハーノルトを遠国に駆り立てたカナリアはツォーエの持ち物である。カナリアの鳥籠はハーノルトの家の筋向かいにある彼女の部屋の窓辺に置かれていたのだった(G・一三五頁、T・一二二頁)。ハーノルトは、娘の弾劾したように、目の前にいる人びとに目もくれず、またそれがだれなのか分かりもしないという特技を心得た「否定的幻覚」の持ち主であって、私たちが後になってようやく知ることをはじめから無意識のうちに知っていたのにちがいないのだ。ツォーエが近所に住んでいる徴候も、路上に立ち現われることも、窓のすぐそばで彼女の鳥がうたう歌も、夢の効果をいやましに強める。このエロティシズムに逆らう彼の抵抗にとって危険な状況のなかで――彼は逃避行に打って出るのである。旅立ちは、夢のなかのあの愛のあこがれの突撃に対する抵抗をあわてて拾い上げ、肉体をそなえて現存している恋人から逃避しようとする試みに発している。それは実践的には抑圧が勝利したことを意味している。婦人や若い娘たちの「足の調査」という彼の以前の実践行動にあってはエロティシズムが勝利を占めたのにひきかえ、今度は妄想のなかで抑圧が優位に立つ。しかしこのあれするかこれするかの戦いの揺れには、いたるところで決断の妥協的性質が目につく。生きているツォーエから離脱すべきはずのポンペイ旅行の先は、すくなくともツォーエの補償物に、すなわちグラディーヴァに通じているのである。なぜかといえば夢の潜在的思考にもかかわらず、くわだてられた旅行は夢の顕在的内容のポンペイへという指示にしたがっているからだ。こうしてエロティシズムと抵抗が新たな闘争をはじめるたびに、あらためて妄想が勝利を収める。

ハーノルトが胸中にめざめた近所にいる恋人への愛のあこがれから逃走するために旅行に出たのだという見方はしかし、イタリア滞在中の彼の心の状態を述べている記述とも折れ合っている。彼の心を支配しているエロティシズム拒絶は、そこでは新婚旅行客に尻込みをするところに露呈してくる。ローマの宿《アルベルゴ》では、半睡半醒状態で隣り合わせたドイツ人夫婦「アウグストとグレーテ」の夜の睦言を聞くはめになり、それがきっかけで見たある小さな夢が、彼の最初の大きな夢のエロティックな傾向に遅まきに光を当ててくれる。この新しい夢は彼をまたしてもポンペイに連れてゆく。折しもポンペイではまたまたヴェスヴィオが爆発し、それが旅の間中ずっと影響を及ぼし続けている例の夢に結びつく。しかし危険に瀕した人びとの間に彼が見て取るのは、今度は――前のように自分とグラディーヴァではなくて――ベルヴェデーレのアポロとカピトリーノのウェヌスである。これはおそらく隣室の夫婦をアイロニカルに格上げした姿であろう。アポロはウェヌスを抱いて運んで行き、暗がりにある物体の上に横たえる。どうやらそれは馬車か荷車であるらしい。というのもそちらのほうから「ギシギシ車輪のきしる音」が聞こえてくるからだ。この夢を解釈するには別に特別の技術を要しない（G・三二頁、T・三四頁）。

私たちの作家は一行たりとその記述を無益無意図に書きつけはしないと、これまで久しく信頼してきたのであるが、作家はさらに旅行の途上ハーノルトを支配している性的傾向に関するもう一つの証拠を授けてくれる。ポンペイを何時間もさまようちに、彼は「奇妙なことに、西暦七九年のクレーター噴火によるポンペイ埋没の場に自分が居合わせたのをしばらく前に夢に見たのを思い出したためしは一度もなかった。」（G・四七頁、T・四七頁）グラディーヴァを目にしてはじめて、突然この夢のことを思い出し、同時に自分の謎めいた旅行の妄想じみた動機に気がつくのである。この夢の忘却、この夢と旅行中の精神状態の間をさえぎる抑圧の遮断機こそは、旅行が夢の直接の刺激に応じたものではなく、夢に対する拒絶のうちにおこなわれたものであることを意味しはしないか？　つまり、夢の隠された意味のことを何一つ知ろうとしたがらないある心の力が流出していることを意味しないだろうか？

他方でしかしハーノルトは、自分のエロティシズムに対する勝利をよろこんではいない。抑圧された心的感情は強力に残存している。それが不快感と阻止を通じて抑圧するものに復讐するのである。彼のあこがれは不安と不充足に変容し、それが旅行を無意味なもののように思わせる。旅行の動機づけの認識は阻止されて妄想に奉仕し、こうした場所でなら彼の全関心をかき立てて当然の、自分の学問への関係が阻害される。こうして作家は、主人公が愛から逃走した後である種の危機に、きわめて込み入った支離滅裂状態に陥ったさまを見せてくれる。それは、二つの相争う力のどちらかが歴然たる差のある堅固な心的体制を構築するほど相手の力を越えないとき、どうかすると病的状態にまで昂まるような精神錯乱である。するとここで作家は助け舟を出して調停してくれる。というのはほかでもないこの箇所で、作家は妄想の治療をくわだてるグラディーヴァを登場させるのである。作家には、自分が創作した人間たちがしたがわなければならないあらゆる必然性にもかかわらず、彼らの運命を ハッピー・エンドに導いてゆく力がある。その力によって作家は、ハーノルトが面と向き合うのを避けてポンペイまで逃走してきた当の娘をほかでもないそのポンペイに連れてきて、肉体をそなえた恋人がげんに住んでいる住居からファンタジーですり替えた彼女の墓場までわざわざ出かけてゆくという、この若い男が妄想のせいで冒している愚を匡《ただ》してやるのだ。

小説の緊張の頂点をしるしづける、ツォーエ・ベルトガングのグラディーヴァとしての出現によって、私たちの関心にもやがてある転回が生じてくる。私たちはこれまで一つの妄想の展開を共体験してきたが、今度は妄想治療の証人となって、作家がこの治療のいきさつを捏造したのか、それとも実際に現存する可能性に結びつけて形成したのか、を自問してみるのもよかろう。女友だちとの会話のなかのツォーエ自身のことばによるなら、私たちには断じて、彼女にそのような治療意図があると見なす権利がある（G・一二四頁、T・一一二—一一三頁）。彼女はしかしどのようにして治療に取りかかるのか？　もう一度「あのとき」のように身を横たえて眠ってくれという無体な注文が引き金になった憤慨をなんとか抑えてから、彼女は次の日の同じ真昼刻に同じ場所にやってくる。そして前日は彼のふるまいを理解するのに足りなかった秘密の知識を洗いざらいハーノルトの口から聞き出す。彼の夢のこと、グラディーヴァの浮彫像のこと、それに自分がこの像と分け持っている歩き方の風変わりなありようを聞かせてもらう。彼女はつかのまよみがえってくる幽霊の役を引き受ける。この幽霊役こそは、彼女の見るところ、ハーノルトの妄想を自分に割りふるものなのだ。彼女は、彼が何気なく持ってきた墓場の花を彼の手から受け取って、彼が持ってきたのが薔薇の花ではないのが残念だといいながら、いろいろな意味に取れることばを操ってそれとなく彼に新しい立場に立つように指示してやる(G・九〇頁、T・八四頁)。

思慮深くかしこい娘は、ハーノルトの妄想の背後に駆動力として愛がはたらいているのを見て取ると、この幼なじみの恋人を自分の夫にしようと心ひそかに決断する。しかしそういう娘のふるまいに対する私たちの関心は、妄想そのもののほうが私たちの心に奇異の念を惹き起こしかねないので、この箇所ではどうやら押し止められてしまう。妄想形成には、西暦七九年に瓦礫の下に埋もれたグラディーヴァがいまや真昼刻の幽霊になって一時間だけ自分と会話を交わすことができるという最後の画竜点睛がなされ、妄念は彼女の現代風の靴のモードを目に留めようが、彼女が古典古代語を知らなくて当時まだありもしなかったドイツ語をぺらぺらまくしたてようが、そんなことには一向に頓着しない。こうした妄念はたしかに作家のいわゆる「あるポンペイの幻想小説」の名にはぴったりであっても、臨床医学の実際に則して測定することは受けつけないだろう。しかしいますこし立ち入って考えてみると、この妄想の非現実性はあらかた立ち消えになってしまう気がする。この非現実性の責任の一端はむろん作家にあって、ツォーエの目鼻立ちがあらゆる点で石の浮彫像とそっくりだという物語の前提は作家が持ち込んできたものだった。だから前提が非現実的だからといって、ハーノルトがこの娘をてっきりグラディーヴァのよみがえりと思う、この前提から必然的に生じてくる帰結にまで前提の非現実性を持ち込まぬように用心しなければならない。作家でさえ私たちに合理的な説明を用立ててくれなかったのだから、そのためにここで妄想じみた説明が台頭してくるのである。カンパニアの灼熱の太陽、それにヴェスヴィオ産ワインの感官を錯乱させる魔力、ときて、そのうえさらに他にも主人公をふだんにない逸脱行為に走らせそうな、麻痺的な状況の数々を作家はいろいろと招き寄せる。事態を説明し釈明してくれる要因は山ほどあるのだ。だがなかでももっとも重要なのは、はげしい情動に力点のある感情が満足を見出す場合、私たちの思考能力がともすれば不条理な内容の事柄を平然と受け入れてしまうその平気さ加減である。こうした心理学的状況に置かれると、きわめつきの知性の持ち主でさえいかにたやすく、またいかにしばしば精神薄弱の反応を部分的にもせよみせるものか、それこそ驚き入った次第なのであるが、これはその割りにあまり評価の対象になることがない。空想癖がそれほど過剰でない人なら、ご随意にときにはご自分を観察対象にしてみるがよろしい。それも観察対象にしている当の思考過程の一部が、無意識のモティーフや抑圧されたモティーフに関わるものであればなおのことよろしい。ここで私はある哲学者のことばを引いておきたい。この人は私宛のさる書簡でこう書いている。「私もみずから体験した驚くべき誤謬の例の数々、遅ればせに（きわめて無分別な仕方で）動機をこじつける無思慮な行動の数々をメモしはじめております。そうしているといかに多くの愚かしさが露呈してくることか、それは驚きでありますが、そういうものの典型を見せてもくれます。」これに付け加えておくなら、精霊信仰や幽霊信仰、それに死の世界からよみがえるたましいといった信仰は宗教ではすくなからず頼りにされており、私たちも皆すくなくとも子供時代には信じていたものだ。こうした信仰はしかしかならずしも知識階級の人びと全員にあって消滅したわけではない。だからこそ相当数の文化人が何とか心霊主義《スピリチュアリズム》と理性との折り合いをつけようとしたりもするのである。さよう、さめて信仰をなくした人でさえも、感動と困惑が一遍にわが身に重なると一瞬たやすく精霊信仰に逆戻りしてしまうのを知って恥じ入ることだろう。私はある医師を知っている。かつて彼はバセドウ病に罹った女性患者の一人を死なせてしまったことがあり、ひょっとすると自分の軽はずみな投薬のために不幸な結末に至らしめたのではないかというひそかな疑惑から逃れられなかった。それから何年も経ったある日のこと、一人の娘が彼の診察室に入ってきた。娘を一目見て、何とかその思いを打ち消そうとはしてみたものの、これはあの死んだ女性にちがいないと思った。死者が立ち戻ってくるというのは本当なのだ、医師はてっきりそう思うしかなく、女客があの同じ病気で死んだ女性の妹です、と自己紹介したのではじめて彼の恐怖は消えて羞恥に替わった。バセドウ病に罹った患者は病気のせいで、しばしばよく目立つ、かなりお互いによく似た顔つきになる。この場合には姉妹で似ている上にバセドウ病に典型的な類似が重なったのである。ところで以上の出来事の当事者たる医師とは、私自身だった。そういう私であってみれば、よみがえったグラディーヴァをめぐるノルベルト・ハーノルトのつかのまの妄想の臨床的可能性に異議があるとする反論には同じ難い。近年どの精神医にもよく知られるように、重症の慢性的妄想形成（パラノイア）の症例の極端なものは、当意即妙にこしらえ上げて巧みに申し開きをする不条理の数々に即して演じられるのである。

グラディーヴァとの最初の出遭いの後、ノルベルト・ハーノルトは他の客たちが晩餐《チェーナ》に大わらわの間に、ポンペイの有名ホテルのまず一軒のレストランで、次にまたもう一軒のホテルのレストランでワインを飲んだ。「(もしかしたら二軒の旅籠のどちらかでグラディーヴァにばったり出遭うことがあるかもしれない、などと）ばかげた仮定に思い耽ったりするつもりはむろん毛頭なかった。」ハーノルトがそうするのは、グラディーヴァがどちらの宿に滞在して夕食をとっているかを知るためである。しかしこの彼の行為に、それ以外にどんな意味があるのかはいい難い。メレアグロスの家での二度目のランデヴー後の日中、彼はいろいろと奇妙な、一見つじつまの合わない出来事を体験する。柱廊玄関《ポルティコ》の壁にグラディーヴァが姿を消したせまい裂け目をみつけたり、知人のように話しかけてきた一人のばかげた蜥蜴採集家に出遭ったり、三番目の、辺鄙な界隈にひっそり隠れている宿「太陽亭《アルベルゴ・デル・ソーレ》」をみつけると、そこの亭主が緑青まみれの金属製留めピンを持ち出してポンペイ娘の遺品のなかにあった発掘品だと吹聴したり、しまいには自分の宿で兄妹のカップルかと思った新来の若い二人組客が目にとまって、その二人組に好意を抱いたり等々、である。これらの印象がやがてみんな織り合わさって一つの「奇妙でばかげた夢」になってゆくが、それは次のような文言になっている。

「ちょっと、そのままじっとしていて——あの女の同僚のいっていた通りだわ、この装置はほんとに便利。彼女はこれを使って大成功したのよ——」

この夢に対して彼は睡眠中にはやくも、これはずいぶんばかげた話だ、と思い、その思いから逃れようと寝返りをうつ。短い笑い声を発する、見えない鳥のおかげもあってこれはまんまと成功し、鳥は嘴に蜥蜴をくわえて運び去る。

この夢も解釈してみようか？　つまり、この夢をその歪曲から生まれたのにちがいない潜在的思考に置き換えてみようか？　この夢は、見ようと思っても夢にしか見られないほどばかげている。そして夢のこの不条理こそは、夢に完全に有効な心的活動の性格を認めず、夢は心的諸要素の無計画な興奮状態から生まれてくる、とする見方が拠り所にしている最大の柱なのである。

私たちはこの夢に、夢解釈の正規の手続きともいえそうな技術を適用してみよう。夢解釈の正規の手続きとは次のようなものだ。すなわち顕在している夢の見せかけの関連にはこだわらず、内容の断片一つ一つにそれ自体として注目し、夢を見た人の印象や記憶や自由連想のなかで当人に導出させること。私たちはしかしハーノルトにそれを実際に試みることはできないので、彼の印象をいくつか引き合いに出すだけで満足しなければならず、許されるのはせいぜい、おっかなびっくり私たち自身の着想を彼のそれに代理させることでしかない。

「どこか分からないところに太陽の光を浴びたグラディーヴァがおり、草の茎で括り罠をこしらえて罠に蜥蜴を捕らえようとしている。おまけに曰く、」——夢のこの部分はどんな日中の印象を連想させるだろうか？　明らかに蜥蜴採集家の初老紳士との出遭いを連想させる。したがって夢のなかでグラディーヴァは初老紳士の代役を務めているのである。紳士もまた「熱い日ざしを浴びた」傾斜地にすわって、または腹ばいになって、ハーノルトに話しかけてきた。夢のなかのグラディーヴァのせりふもくだんの男のせりふのコピーである。くらべてみよう。「大学の同僚のアイマーの発表したやり方はまことにすばらしい。私はもう何度もあれを使って大成功した。あ、そのままじっとしていて——。」グラディーヴァも夢のなかでまるでそっくりの話をする。ただ大学の同僚のアイマーが未知の女の同僚に置き換えられているだけである。例の動物学者のせりふのなかの「何度も」ということばも夢に残存しているが、文のつながりがいくらか変えられている。だから、この日中体験が若干の変更と歪曲を経て夢に変形されたとおぼしいのだ。では、どうしてこうなったのか？　グラディーヴァが老紳士の代役をしたり、謎めいた「女の同僚」を導入したりする、これらの歪曲が意味するものは何なのか？　夢解釈の一つの規則には次のように謳われている。すなわち、夢のなかで聞いたことばは、かならず覚醒時に耳にしたか、自分で発言した話から派生する、と。さて、どうやらこの規則がこの場合にも遵守されているらしいのだ。グラディーヴァのことばは、日中耳にした老動物学者のせりふを修正《モディフィケーション》したものにほかならないのである。夢解釈のもう一つの規則が私たちに教えるところによれば、たとえば一つの状況が他の状況の性格を持つある状況のうちに示されることによって一人の人物を他の人物によって置き換えたり、二人の人物を混同したりするのは、二人の人物の同一視、両者間の一致を意味する。この規則を私たちの夢にも適用してみると次のように翻訳することができよう。グラディーヴァはあの老紳士のように蜥蜴を捕まえる、老紳士と同じように蜥蜴捕獲に長けている、と。この結論はいまのところはまだ意味が分からない。しかし私たちはもう一つの謎を目前にしている。夢のなかであの高名な動物学者アイマーの代役を務める「女の同僚」については、日中のどんな印象を引き合いに出せばいいのだろうか？　幸いにも、これにはほとんど選択の余地がない。女の同僚とされているのは、もう一人の娘、とはつまりハーノルトが兄同伴で旅行中の妹と見た、あの好感の持てる若い婦人でしかありえない。「彼女のほうは真っ赤なソレントの薔薇を服に挿しており、それを見ていると、何がそれかは思い当たらないものの、自分の部屋の一隅から見える何かが思い起こされて心を動かされた。」作家のこのコメントは、彼女こそは夢のなかの「女の同僚」だと主張してはばからぬ権利を私たちに授けてくれる。ハーノルトが思い出せないものとは、おそらくグラディーヴァとおぼしい女性《ひと》のいった、もっと幸運に恵まれている娘には春には薔薇を上げるもの、でも私はあなたからその白い墓場の花を頂戴するわ、ということばだったのだ。このことばにはしかし求愛の意図がかくされている。では、彼女より幸運な女の同僚が大成功を収めたというのは、どんな種類の蜥蜴捕りなのであろうか?

翌日ハーノルトは、兄妹どうしとおぼしい二人がやさしく抱擁し合っているのにびっくりさせられ、前日の思いちがいを匡《ただ》すことができる。じつは恋人どうしで、しかも後にご両人がハーノルトとツォーエの三度目のランデヴーにいきなり邪魔に入ってくるときに判明するように、新婚旅行の真っ最中だったのである。いまや私たちは、ご両人を意識の上では兄妹と見なしているハーノルトが、無意識では即座に、次の日にはまぎれもなく露呈される二人のほんとうの関係を見破っていたと想定したいのである。とすればむろん、夢のなかのグラディーヴァのことばにはすてきな意味が生じてくる。赤い薔薇は愛の関係の象徴になるわけだ。ハーノルトは、ご両人が自分とグラディーヴァがやがてはそれになるはずのものだとさとる。蜥蜴捕りとはマンハント(婿取り)を意味し、グラディーヴァの例のことばはほぼ次のような意味になる。さあ、私にお任せなさい、私はこのもう一人の娘と同じように、婿取り《マンハント》の術《すべ》に長けているのよ。

しかしこうしてツォーエの意図を見通すことが、夢のなかではどうして老動物学者の話という形で出現しなければならないのか? ツォーエのマンハント芸の巧みさが、どうして老紳士の蜥蜴捕りの巧みさによって表現されているのか? この問いに答えるのは簡単である。

前々からうすうすは察しがついていたのだ。蜥蜴採集家はほかでもない動物学教授のベルトガング、すなわちツォーエの父親である。彼はおそらくハーノルトのことも知っていた。ハーノルトに知己のように話しかけたわけもこれで分かる。あらためてこう考えてみよう。ハーノルトは無意識ではそれが教授なのをすぐに認めていたのだ。「蜥蜴採集者の顔はいつか、たぶん二軒のホテルのうちのどちらかで目の前をかすめたことがあるような気がしたし、男の話し方もそれをほのめかしていた。」――ツォーエが秘めていると目される下心をくるむ奇妙な変装は、そう説明される。ツォーエはあの蜥蜴採集家の娘であり、手先の巧みさは父親譲りなのである。

夢内容において蜥蜴採集家をグラディーヴァに置き換えるのは、したがって無意識において認識している両者の関係の表現なのである。大学の同僚アイマーの替わりに「女の同僚」を代入するのは、夢なら、彼女の婿取りの求愛に理解を示しても構わないからである。夢はこれまでのところ日中の二つの体験を一つの状況に溶接し、「濃縮」(捏造する、の意もある)して、私たちのことばでいえば、意識化されてはならない二つの洞察のために、一つの、申すまでもなく非常に判読し難い表現を手に入れてやった。私たちはしかしさらに先まで進んでこの夢の奇妙さを軽減せしめ、顕在的なこの夢の造形に他の日中体験の影響を指摘することもできる。

これまでの情報によるかぎりでは、蜥蜴捕りの場面がなぜ夢の中核に置かれているのか、私たちには充分に納得させられる説明ができそうにない。それに顕在夢のなかで特に「蜥蜴」が強調されているのには、もっと別の要素が影響していると見ていいだろう。思い返せば、ハーノルトはグラディーヴァが消えたと見えた場所の壁に裂け目をみつけたのだが、その裂け目には「極端に細身の人なら」通り抜けられる幅があった。これを見て、彼はたちどころに妄想に変更を余儀なくさせられる。グラディーヴァは彼の視界から消え失せはしても、地面に沈んだのではなく、この道を通って自分の墓に帰ったのだ。つまり無意識の思考ではこういいたかったのである。あの娘がふいに消えたわけがこれでようやくちゃんと説明できるぞ、と。ところで無理をしてせまい裂け目に潜り込んだり、そんな裂け目に消えてしまったりするのは、まさしく蜥蜴類のふるまいを思わせるではないか？　グラディーヴァその人がこのときすばしこい蜥蜴のようなふるまいをしてはいないか？　そこで私たちの思うには、壁の裂け目の発見は顕在夢のために「蜥蜴」という要素を選ぶように共振的にはたらきかけており、夢の蜥蜴の場面は日中のこの印象やツォーエの父親の動物学者との出遭いの代理にもなっているのである。

さて厚かましく出て、三番目の宿《アルベルゴ》の「太陽亭《デル・ソーレ》」発見という、これまでまだ利用していなかったもう一つの日中体験にも、何か夢内容の代理をみつけてやってはいかがなものか? 作家はこのエピソードをかなり立ち入って扱っており、またいろいろとこれに結びつけているものがすくなくない。だからこれが夢形成に何も関与していなければ、へんだと思わないほうがおかしい。ハーノルトはこの宿に入ってのぼせ止めに炭酸水を一壜所望する。この宿は辺鄙なところにあるのと鉄道駅から離れているのとで、世間には知られていなかった。宿の亭主は絶好の機会とばかり骨董品の売り込みにかかり、市民広場の近くで恋人としっかり抱き合ったままの姿で発掘されたポンペイ娘の持ち物、というふれこみの留めピンを彼に見せる。これまでならこの種のざらにある話は断じて真に受けたことのないハーノルトだったが、今回ばかりは見知らぬ力に気圧されて、くだんの感動的な物語をも発掘品の信憑性をも信じ込まされて、そのフィブラ(ブローチ風の留めピン)を手に入れ、収穫物を携えて宿を立ち去る。去りがてに窓の一つにふと目を留めると、タンブラーに活けた、白い花を垂らしたアスフォデロスの花があり、それを見ながらいましがた手に入れた品が本物だと感情的に信じ込む。と、妄想じみた確信が身内をつらぬき、この緑青まみれの留めピンはグラディーヴァの持ち物で、グラディーヴァこそは恋人の腕に抱かれて死んだ当の娘だったのだと思う。

そう思うと嫉妬に身を焦がされるような感情に襲われるが、明日グラディーヴァにじかに留めピンを見せればそんな邪推にも納得が行くことだから、と自分にいいきかせて嫉妬をなだめる。なんとも面妖きわまる、新たな妄想形成の一こまではないか。しかもそれが、その夜の夢にまるで痕跡をのこしていないとは！

妄想がこんなふうに増加する理由をつきとめること、新たな無意識の洞察の一こまが新たな妄想の一こまに置き換えられるのを探りあてること、これはやってみるだけの値打ちはあるだろう。上記の妄想は太陽亭の亭主の影響の下に生じた。ハーノルトは亭主に催眠暗示をかけられたように、亭主に対して妙に信じやすいふるまいを見せる。亭主は金属製の留めピンを見せて、それが本物で、しかも恋人の腕に抱かれて灰に埋もれたまま発掘された娘の持ち物だと吹聴する。ハーノルトは本来なら批評精神旺盛に、話の信憑性も、留めピンの本物というふれこみも、疑ってかかるはずなのに、たやすくまんまと罠にはまり、すこぶるいんちき臭い骨董品を手に入れる。どうしてそんなことをしなければならないのか。まったくもって不可解である。宿の亭主の人柄もこの謎を明らかにしてくれそうにはない。しかしこの出来事にはもう一つ謎があって、二つの謎はおたがいに解きつ解かれつの関係にある。宿《アルベルゴ》を去りがてに、彼はとある窓にタンブラーに活けたアスフォデロスの花を見かける。

そしてそれが、例の金属製留めピンが本物である証拠だと思い込む。どうしてそういうことになるのか？　幸いにも、この後のほうの謎には容易に答えが出せる。白い花は彼が正午《おひる》にグラディーヴァに贈った花と同じ花であった。その花がこの宿の窓辺の一つにあるのを目に留めて、いみじくもある確信が強まる。ある確信というのは、むろん留めピンが本物だという確信ではない。そのときまで見過ごしていたこの宿《アルベルゴ》を発見したときすでに明らかになっていた、別のあることを確信したのである。彼は、前日にグラディーヴァとおぼしい人物が滞在しているポンペイの二軒の宿を探っているときにも、そんなふるまいをした。そしていま、はしなくも三番目の宿にぶつかったので無意識のうちにつぶやかざるをえない。さては彼女はここに逗留していたのか。そして去り際。なるほどやっぱりアスフォデロスの花があった。あれは私が彼女に贈った花だものな。するとあそこが彼女の部屋の窓だ。以上が、妄想に置き換えられた、すなわち意識化され得なかった新たな洞察であろう。それが意識化され得なかったのは、グラディーヴァが生きている女であり、旧知の人間だという、新たな洞察の前提が意識化され得なかったからである。

さて、新たな洞察を妄想によって置き換えるといっても、それはどのようにしておこなわれたのだろうか？　私の考えでは、意識に上ることのない洞察そのものの代わりに、思考のつながりによってこの洞察と結びついた別の表象内容が入り込んでくるのであるが、それでいてこの洞察にこびりついている確信感情は自己主張することができ、また維持され続けてもいる。かくしてこの確信感情が本来は自分と無縁の内容と結びつき、本来は無縁のこの内容が妄想として彼自身の与り知らない認知を受けるにいたる。ハーノルトは、グラディーヴァがこの家に逗留しているにちがいないという確信を、この家で感じ取ったいくつかの別の印象に翻訳し、こうして亭主の話だの、金属製留めピンの本物性だの、抱き合って発掘された恋人どうしの逸話の信憑性だのをやすやすと信じてしまうのだが、しかしそれもこの家で聞いた話をグラディーヴァに関係づけようとするかぎりにおいてであって、すでに胸内《むなうち》に巣くっている嫉妬がこの材料を捕らえるのである。そして彼の最初の夢とは矛盾しつつも、グラディーヴァが恋人の腕に抱かれて死んだあの娘であり、彼が手に入れた留めピンは彼女の持ち物だという妄想が生じてくる。

さて私たちは、グラディーヴァとの会話と「花による」彼女のひそかな求愛とが、ハーノルトの心に重大な変化を惹き起こしたことに気がついている。リビドーの構成要素たる男性的欲望の諸特徴が彼にめざめる。しかしいうまでもなくこれは、意識的な口実を設けて隠蔽しなければならない。しかし一日中彼を悩ませ続けている、グラディーヴァの「肉体的性質」という問題は、グラディーヴァが死と生との間《あわい》を奇妙に浮遊していることをいくら意識的に強調して学問の領域に引き込もうとしても、女の肉体に対する若い男のエロティックな好奇心に由来している素姓を隠すことはできない。嫉妬は愛におけるハーノルトのめざめた能動性のさらなる徴候である。彼は次の日の談話のとば口でそうした嫉妬の感情を口に出し、次いで新たな口実を設けてついに娘の身体に手をふれ、あまつさえずっと昔にそうしたように彼女をぶってしまうのである。

しかしそろそろ自問する潮時である。一体作家の表現から私たちが推測してきた妄想形成の筋道は、ほかにも知られているものなのか、あるいは一般的にあり得るものなのか。私たち医師の知識からすれば、それは、一般に妄想に妄想のいくつかの臨床的性格があるとたしかに認められるにいたる正しい道であり、おそらく唯一の道だとお答えするほかない。患者が自分の妄想を固く信じるのは、患者の判断力が誤っているからではなく、妄想にともなうつじつまの合わなさに起因するのでもない。そうではなくてどんな妄想にも一片の真理が隠されており、それこそが妄想にあって真に信じるに値するものなのだ。それこそが患者がこれほどまでに正当化している確信の源泉なのである。けれどもこの真なるものは久しく抑圧されている。この真なるものがいまや歪曲された形においてにもせよようやく意識に到達すると、これに付着している確信感情は補償作用のためのように極度に強大になり、いまや抑圧された真なるものの歪曲された代理物に付着して、どんな批判的論駁に対してもこれを擁護するのである。確信はいわば無意識の真なるものからそれと結びついた意識的誤謬へとずらされ、まさにこのずらしのせいでそこに固着し続ける。ハーノルトの第一の夢から生じた妄想形成の場合は、この種のずらしの、同一のではないにせよ類似の例にほかならない。さよう、妄想における上記の確信の発生のあり方は、抑圧が介入しないノーマルな諸例においてて確信が形成される仕方と根本的にはまったく変わりがないのである。私たちはだれしも、真《まこと》と偽りとが一体化している思考内容に確信を寄せており、真から偽りにまで確信の範囲をひろげているのだ。確信は真から観念連合的に想起された偽りにまでいわば拡散していて、妄想におけるほど変更不可能ではないにしても、当然の批判に対して偽りを擁護する。正常《ノーマル》の心理でも、縁故、つまり依怙《えこ》贔屓《ひいき》が、固有の価値の代わりをすることがある。

ここで先の夢に戻って、夢の二つの誘因をつなげている、ささやかながら重要な特徴を強調しておこう。グラディーヴァは白いアスフォデロスの花と赤い薔薇とを鮮明に対比させた。太陽亭《アルベルゴ・デル・ソーレ》の窓辺にまたアスフォデロスをみつけたことは、新たな妄想のなかで表現されるハーノルトの無意識の洞察のための重要な証拠物件となった。これと並んで、あの好感の持てる若い娘の服に飾られていた赤い薔薇は、ハーノルトの無意識のなかでこの娘と彼女の同伴者との仲を正しく認めさせる役に立つ。その結果、夢のなかで彼女を「女の同僚」として登場させるまでになるのである。

　ところでしかし、私たちが新たな妄想に置き換えられるのを見たあのハーノルトの発見、すなわちグラディーヴァが父親と一緒にポンペイ三番目の隠れ家めいた宿、太陽亭《アルベルゴ・デル・ソーレ》に逗留しているという発見の痕跡や代替物は、顕在夢のどこに見出せるのであろうか？　それはまさに文字通りに、いささかの歪曲さえもなく当の夢そのもののなかに書き込まれている。ただ私にはそれを指摘するのがはばかられるのである。というのも私などより忍耐強い読者各位も、さすがに私の夢解釈にはそろそろ強い反発をおぼえておいでだろうと思うからだ。ハーノルトの発見は、くり返し申し上げるが、すっかり告白されているのである。しかしきわめて巧妙に隠蔽されているので、どうしても見過ごされてしまうだろう。ハーノルトのくだんの発見は、両義性ということば遊びの背後に隠されている。「どこか分からないところに太陽の光を浴びたグラディーヴァがおり」とあって、私たちはこれを当然、ハーノルトが彼女の父の動物学者に遭った場所と関連させる。しかしこうもいえないだろうか？　「太陽」、つまり太陽《ソーレ》の宿《アルベルゴ》である太陽亭《アルベルゴ・デル・ソーレ》にグラディーヴァは逗留している、と。父親との遭遇には無関係の「どこか分からないところ」は、だからわざとぼかしていっているわけではないのではないか？　グラディーヴァ逗留の確かな情報を手引きしているのだから。私は現実の夢を解釈した別の体験からしてこの種の両義性の理解に確信を持ってはいるけれども、ここでは作家が強力な後楯になってくれたおかげで、安んじてこの解釈作業を読者各位のお目にかけることができる。次の日ハーノルトは金属製留めピンを目にした娘の口から同じようなことば遊びをいわせている。夢内容のくだんの箇所を解釈していると目《もく》されることば遊びである。「きっと太陽でみつけたのね、あそこはご当地でこういう骨董品をいろいろと作ってるの。」ハーノルトにはこのことばの意味が分からないので彼女は説明してやる。太陽といったのは太陽亭の意味で、当地では「ソーレ」といい、そこから自称発掘物が出るのは自分もよく承知している、と。

　さて私たちはハーノルトの「奇妙にばかげた」夢を、その背後に隠された、夢とは似ても似つかない無意識の思考に置き換えてみようと思う。たとえばこんなふうだ。「彼女は父親と一緒に太陽（亭）に住んでいるのだとも。どうして彼女はそんな遊びを私と一緒にしてはくれないのか？　彼女は私をあざ笑う気なのか？　それともどうだろう、彼女は私を愛していて、私を夫にするつもりがあるのだろうか？」――この最後の可能性に対しては眠っているうちにもう否定的な答えが出ている。それはまるで気ちがいじみた話で、顕在夢と真っ向から対立するではないか、と。

批判的な読者なら当然、これまでは不問に付されてきたこの挿話、グラディーヴァにあざ笑われることに関連する挿話が、どこからきているのかと疑問を抱くにちがいない。これに対して『夢解釈』の提出する答えはこうだ。夢思考に嘲笑、あざけり、辛辣なちぐはぐが立ち現われる場合、それは顕在夢のナンセンスな造形を通じ、夢のなかの不条理を通じて表現される、と。だから夢のなかのこの不条理は精神活動の麻痺を意味するのではなく、夢の作業が使ういくつかの表現手段の一つなのである。これまでにもとりわけ難しいいくつかの箇所でそうだったように、ここでも作家が助け舟を出してくれる。このナンセンスな夢にはさらに一つの短い後奏曲がついている。一羽の鳥が笑うような叫び声を上げて、蜥蜴を嘴にくわえて運び去ってゆく。その笑い声をハーノルトが耳にするのはしかし、グラディーヴァが消えた後のことである。笑い声はじつはツォーエの口から出てきたのだ。ツォーエは彼女の暗い冥府のお役目の厳粛さをこの笑いでふり落とした。ほんとうはグラディーヴァが彼を笑いとばしたのだ。鳥が蜥蜴を運び去る夢像はしかし、ベルヴェデーレのアポロがカピトリーノのウェヌスを運び去る、以前の夢のなかのもう一つの夢像を思い起こさせるかもしれない。

蜥蜴捕りの場面を求愛の表象で翻訳するのはこじつけくさくはないか。そういう感じを持たれた読者もきっとまだおいでだろうと思う。それでも蜥蜴捕りの場面が求愛の表象の翻訳だというこの指摘は、ツォーエが例の女の同僚との会話のなかで、ポンペイでは何かおもしろいものを「発掘」しそうな気がすると、彼女をめぐるハーノルトの思いが想像しているのと同じことを告白するのをサポートするだろう。以上のようにいうことで彼女は考古学の表象圏に入り、また彼のほうは蜥蜴捕りの比喩で動物学の表象圏に入り込んでいて、二人はまるでおたがいに相手の身になり、それぞれが相手の特性を身に着けようとし合っているかのようだ。

以上でこの第二の夢の解釈も片付いたことになろう。第一の夢も第二の夢も、夢を見ている人間は意識的思考のなかで忘れたすべてのことを無意識の思考のなかでは弁えており、意識では妄想じみて誤認をしていることに無意識では正しい判断を下している、という前提の下に理解できるようになった。同時に私たちは、耳なれず奇妙にさえ聞こえるために私たちの考えにすぎないものを作家の考えと称しているのではないかという嫌疑を、ややもすれば読者に起こさせかねないような主張をいろいろとしないわけにはいかなかった。私たちはこうしたぬれぎぬをことごとく晴らす用意がある。そこできわめてデリケートな点の一つに

――たとえば、どこか分からないところに太陽の光を浴びてグラディーヴァがすわっている、といった、両義的なことば遣いや発言の仕方をすることがそれだ――すこしく立ち入って見ようと思う。

『グラディーヴァ』を読まれた方ならどなたも、作家が二人の主要人物にしきりに二重の意味に取れる発言をさせているのにお気づきになったにちがいない。ハーノルトの場合、この発言はそれだけの意味で口にされているが、彼のパートナーのグラディーヴァのほうはあのもう一つの意味にも捕らえられている。たとえば、彼が彼女の最初の応答《いらえ》の後で、私はあなたの声がこんなだと知っていたと叫ぶときがそれであり、するとまだ事情が呑み込めていないツォーエは、私が話すのを聞いたこともないくせにどうしてそんなことが分かるの、と反問しないわけにはいかない。二回目のおしゃべりでは、娘は一瞬相手が妄想しているのかどうかが分からなくなってくる。相手は、あなたがだれなのかすぐに分かったと大真面目にのたまうからである。彼女のほうはこのことばを、当然彼の無意識に対して子供時代にさかのぼる幼なじみの間柄を承認したものという意味で理解するほかはない。一方彼のほうはむろんこの発言の射程がいかほどのものかはご存じなく、もっぱら彼を支配している妄想との関連によって説明しているにすぎない。その人格においてきわめて明るい精神の明晰が妄想に対比されている娘のほうの発言は、これに対して意図的に二重の意味を保っている。彼女のことばは、一方ではハーノルトの意識的理解に突入できるように相手の妄想におもねり、他方では妄想を立ち越えて、そのことばが代表している無意識の真実につねにそれを翻訳してみせる。これは、妄想と真実を同一の表現形式で提示することのできる機知《ヴィッツ》の勝利である。

ツォーエのことばは終始一貫このような二重の意味につらぬかれている。女友だちに事情を説明しながら同時にわずらわしい社交界から解放されるときにもそんな発言をする。もともと小説でそういうことばを発言するのは、幸運をつかんだ女の同僚に対してというよりは、むしろ私たち読者を念頭に置いているのである。ハーノルトとの会話ではこの二重の意味は、ツォーエが概して私たちがハーノルトの第一の夢で生じているのを見た象徴表現、すなわち埋没と抑圧、ポンペイと幼児期の同一視を用いているところからくる。こうして彼女は、そのことばによって、一方ではハーノルトが自分に指示する役にとどまり続け、他方では現実の諸関係に即しつつ、ハーノルトの無意識に現実の諸関係に対する理解をめざめさせる。

「私はもうずっと前から、死んでいることに慣れています。」（G・九〇頁、T・八四頁）――「あんたの手からこの忘却の花を頂くのが分相応。」（G・九〇頁、T・八四頁）このことばにはひそかに非難の訴えが込められており、それはやがて彼を始祖鳥に見立てる彼女の最後の懲罰演説にまごうかたなく爆発してくるだろう。「人はよみがえるためにはまず死ななければならないのね。でも、考古学者にとってはきっとそれが必要なのだわ。」(G・一四一頁、T・一二七頁)、妄想解除の後で彼女は遅ればせに、自分の二重の意味のことばの鍵を与えるようにそういう。彼女の象徴表現の使い方がもっともみごとに成功を収めるのは次の問いかけにおいてである(G・一一八頁、T・一〇八頁)。「(私たちは)二千年前にも一度、こんなふうに二人でパンを分け合って食べたことがあるような気がするわ。あんたはどう、そんな気はしない?」このことばには、幼年期を歴史的な大昔に置き換えながら幼年期の記憶をめざめさせるふるまいが歴然としている。

『グラディーヴァ』において殊更この二重の意味の発言が好まれるのはなぜなのか?それは偶然とは思われない。むしろ小説の前提から出てくる必然的な帰結のような気がする。発言そのものが症候であって、また意識と無意識との間の妥協から産み出されてくるものであるからには、この二重の意味のある発言は症候を二重に決定するための対応物にほかならない。ただこの二重の起因は行動について見るよりは発言について見るほうが目につきやすい。談話という材料はどうにでも融通がきくので、いくつかの語をそっくり同じに組み立てて二つの発言意図のそれぞれにうまい表現を作りだしてやることができれば、そこに出来上がるのが私たちが「両義性（二重の意味性）」と称しているものなのである。

妄想もしくは妄想類似の障害に心の治療をほどこす場合、よく一過性の新しい症状としてこのような二重の意味の発言を患者側に発生させることがある。それを利用して、患者の意識には明確に規定されている意味で、無意識で通用している意味を理解させる場合もめずらしくない。私が体験上知るところでは、両義性のこの役割は往々にして専門外の人びとに大きな反発や粗野な誤解を惹き起こす原因になっている。いずれにせよしかしこの作家は、夢形成や妄想形成における諸過程のこうした特徴的な性格をも誤ることなく創作し表現しおおせたのであった。

ツォーエが医者となって登場する段になると、すでにいったが、私たちに新しい関心がめざめる。ツォーエの手でハーノルトに施されるような治療は理に適っているのか、そもそもそんな治療があり得るのか、作家は妄想消滅のための諸条件を妄想発生のそれと同じように正しく見てとっているのか、そこが知りたいものだと私たちは耳目を凝らすことになろう。

ここで間違いなくある見解が私たちの面前に立ちはだかるだろう。それは、小説家が記述した症例などにそんな原理的関心を寄せることはないし、解明が必要な問題などまったくあるとは思えない、とする見解である。妄想の対象である「グラディーヴァ」と目される女性がハーノルトに、あなたの妄念はことごとく間違いだったのだと認めさせ、たとえばどうして自分が彼の名前を知っているかといった謎の一切に無理のない説明をしてやった後では、ハーノルトにのこされているのはもはや自分の妄想を解消することでしかない。これでこの出来事は論理的にはつじつまが合うだろう。この娘は結局のところハーノルトに愛の告白をしたのだから、作家はどうやら女性読者におもねるために、ほかの点では結構おもしろい小説に結婚というハッピー・エンドをおまけにして大団円にしたのである。そうでない結末のほうが論理的には首尾一貫したし、またそのほうがいかにもありそうな結末だったかもしれない。つまり若い考古学者は自分の間違いを啓発されると丁重に礼を述べて当の若い女性に別れを告げ、自分は、かりに手が届くものならブロンズや石でこしらえた古代女性やその原像には熱い関心を寄せられても、血肉をそなえた現代娘なんぞはお歯に合わないのですといって、彼女の愛を謝絶する結末もあり得ただろう。ということは、作家は考古学的幻想物語をじつにいい加減に恋愛小説にくっつけてしまったというわけだ。

そんな解釈があるものかとつっぱねて、その上で気づかされることがある。ハーノルトに起こったこの変化の原因は、なにも彼が妄想を断念したためだけではないのではないか。妄想の断念と同時に、いや妄想解消の以前から、明らかにハーノルトには愛の欲求のめざめが見られて、それは自分を妄想から解放してくれた娘に求愛する結末に自明のように終わる。私たちはすでに、抑圧された恋愛が彼に第一の夢を見させてから、彼女の肉体的状態に対する好奇心や嫉妬や残忍な男性的征服欲が、どんな口実を設け、どんな衣裳をよそおいながら彼に妄想の只中で露呈してきたかを強調してきた。さらなる証拠としてつけ加えよう。グラディーヴァとの二回目の対話の後の夜、新婚旅行客に対する以前の反感に義理立てをしてあの好感の持てる女性を新婚ほやほやの花嫁とは認めなかったにもせよ、生きている一人の女性がはじめて好感が持てる存在として彼の目に映るのである。次の日の午前中にはしかし、ふとした偶然からこの娘とその兄と思った男との間の愛情交換を目撃し、神聖な行為の邪魔立てをしたとでもいうようにおずおずと退散する。「アウグストとグレーテ」に対する嘲笑はすっかり忘れ、彼の心には愛情生活に対する畏敬の念が打ち立てられる。

ことほどさように作家は妄想の解消と愛の欲求の突発とを相互に密接に結びつけ、用意周到にも、必然的に愛の告白に突破口を探らせる。作家は妄想の本質を彼の批判者以上に知悉している。熱烈な恋愛という要因が、妄想成立への抵抗という要因とつかず離れずであることをわきまえている。そして治療を企てる娘に、ハーノルトの妄想のなかの彼女に都合のよい要因を感じ取らせる。この洞察があってはじめて、彼女は断固治療に専心することができる。彼に愛されているという確信があってはじめて、彼女はあえて自分の愛を彼に告白する気になるのである。施療は、ハーノルトが自分の内部から解き放せない抑圧された記憶を外部から彼に再現してやることにある。この施療はしかし、治療医の女性が施療しながらいろいろと感情を顧慮しなければ功を奏さないだろう。ということは妄想を翻訳すると、結局、こんなことばになるしかないということだ。分かったわね、これはみんな、あんたが私を愛してるってことなのよ。

作家は彼のツォーエに、幼なじみの友の妄想治療にまっしぐらにおもむかせる。だがその治療法には、J・ブロイヤー博士と著者《わたし》が一八九五年に医学に導入し、以後その完成に著者が専念してきた治療方法とかなり似通っている面がある。というよりは本質的に完全に一致している。ブロイヤーはこの治療法を当初「カタルシス」療法と呼んでいたが、著者としてはむしろ「精神分析」療法と名づけたい。ハーノルトの妄想と類似の精神障害を病んでいる患者たちの場合には、この治療法の眼目は、グラディーヴァが幼なじみ関係への抑圧された記憶を相手どってしたのとまったく同様に、抑圧のもとに患者たちが病んでいる無意識をいわば無理やり意識させてやることにある。いうまでもなくグラディーヴァは、この課題を医者よりはるかにたやすく実現してみせる。さまざまな面において彼女はこうした課題にうってつけのポジションにいるのだ。医者は自分の患者の心底を前もって見抜いてはいないし、患者のうちに無意識にはたらいているものを意識的記憶として自分の心に抱いてはいない。そこでこの短所を穴埋めするために複雑な技術の助けを借りなければならない。患者の意識的な思いつきや言述から相手のなかの抑圧されたものを的確に推理したり、当の患者の意識的な発言や行動の裏でふと洩らしてしまう無意識を推測したりするすべを学ばなくてはならない。そのようにしてようやく医者は、ノルベルト・ハーノルトが小説の終わりで「グラディーヴァ」の名を「ベルトガング」に翻訳し直しておのずと納得するのと似たような了解が果たせるのである。このとき精神障害はその起源に還元されて消滅する。分析が同時に治療をもたらすのである。

グラディーヴァの治療法と精神療法の分析方法との似ている点はしかし、抑圧されたものを意識させることと、啓発と治療を一致させることという、以上の二点にかぎられるものではない。両者の類似点は、変化全体のなかでもそれこそが本質的なものであると分かっているもの、すなわち感情のめざめにまで及んでいる。私たちが学問（科学）においてふつう心的神経症と呼んでいるハーノルトの妄想に類似した精神障害は、いずれも欲動生活の一部の抑圧、忌憚なくいえば性欲動の抑圧を前提にしており、無意識の抑圧された病因を意識に導入しようとすると、その度にかならず当該の欲動という要素とそれを抑圧する諸力との戦いがあらためてはじまり、しばしば激しい反応を呈しながらついには抑圧する諸力と等化されてゆく結末に終わるのである。性欲動のさまざまな要素を一口に「愛」と要約するなら、回復過程で愛の再発が起こってくるのだ。この再発は避け難い。というのも再発防止のために施療している病気が、以前の抑圧への戦い、あるいは愛の再発への戦いの沈澱物にほかならないからである。この沈澱物を解消したり、きれいに排除したりするには、以前と同じ情熱が新たに昂揚してこなければならない。精神分析治療はいかなるものにまれ、病気の症状にわずかな妥協の突破口をみつけた、抑圧された愛を解放してやる試みなのである。さよう、『グラディーヴァ』において作家が記述している治癒過程との一致点は、分析的精神療法でも、愛なり憎悪なり、ふたたびめざめた情熱がその度に医者個人の人格を対象に選ぶ、ということをつけ加えるなら完璧なものになる。

グラディーヴァの場合を医者の技術が及びもつかない理想例に仕立てている相違点は、むろん一つや二つではない。グラディーヴァは無意識から意識に押し入ってくる愛に応《こた》えることができる。しかし医者にはそれができない。グラディーヴァは彼女自身が以前の抑圧された愛の対象であって、彼女の人格は解放された愛の努力にただちに欲求に見合うだけの目的を提供してやれる。対するに医者は、本来が赤の他人であった。治療が終わればまた他人行儀にふるまわなければならない。医者は治療を終えた患者に、ふたたび手にした愛の能力を人生のなかでどう使えるかを指南してやれない。作家が描いてくれた愛の治療の範例に多少ともうまく接近して、それを遠回しにいってのけるのに医者がどんな逃げ道や方便を用いているかを述べるとなると、私たちは目下の問題からかなり遠いところに連れて行かれてしまうだろう。

さてしかし私たちがこれまでに何度も答えるのを避けてきた、最後の問題がある。抑圧に関する私たちの見方、妄想やこれに類似の精神障害の発生、夢の形成と解消、愛の生活の役割とこのような精神障害における治療のあり方は、むろんかならずしも科学の公認の共通財産とはいえない。ましてや知識階級の快適な独占物とは申し難い。私たちがまるで生《なま》の病歴を相手にして分析するのとそっくりに、その「幻想小説」を創作する能力を作家に授けている洞察がある種の知識の賜物であるとすれば、私たちはこの知識の源泉をぜひとも知りたいと思う。冒頭に述べた、『グラディーヴァ』に出てくる夢とそのあり得べき解釈に興味を抱いた例の学派のなかの一人（C・G・ユングという）が、作家宛に直接《じか》に手紙を出して、あなたは科学の分野に似たような理論があるのをご存じでしたか、と問い合わせたことがあった。予期にたがわず、作家の答えは否定的だった。あまつさえつっけんどんですらあった。作家はこう回答した。あれは全部ファンタジーの産物だ。自分では『グラディーヴァ』は大変おもしろいと思っている。あれが気に入らないと思う人は、いじくり回さないで放っておいてほしい。

作家は、精神科医の読者が『グラディーヴァ』をおもしろがるとは予想もしていなかったのである。

作家の否認が以上で終わらないことが大いにありそうである。おそらく作家は、私たちが彼の作品中にいくつかの規則が遵守されていると証明しても、そんな規則など知ったことかとそっぽを向くだろう。また私たちが彼の創作の裏にさまざまな意図を認めても、そんなのはてんでありはしないと頭から否定するだろう。私はいかにもそういうことがありそうに思う。しかしそうなったとしても、考えられるケースは二つしかない。べつに他意のない一つの芸術作品に、それを作った当事者が思いも寄らない傾向をこじつけて作品解釈の戯画を産みだし、そうしてまたしても自分のもとめているもの、それによって心が満たされるものが、いかに簡単に見つかるかを証明してみせること。そんなことが起こりかねないという珍妙きわまる例が、文学史にはいくらも記録されている。そういう手品の種明かしめいた話を真に受けられるかどうかは、読者のご一存にお任せするとしよう。しかし私たちとしてはいうまでもなく、残されているもう一つのケースのほうに固執したい。作家はそんな規則も意図も何一つ知る必要がなく、だからそういうものは安んじて否定して構わないというのが私たちの考えなのである。しかしまた私たちは、作家の作品にあらかじめ内蔵されていないものはやはりそこに何一つ見つけだせなかったと思うのだ。私たちはおそらく共通の源泉から汲み、同じものを素材にしていながらそれぞれ別の方法を使用しているのである。そして結果において一致したことが、両者が共にまっとうな仕事をした証《あかし》になったと思う。私たち医者の治療処置は他者のアブノーマルな心的過程を意識的に観察し、当の心的過程の法則を推量してことばにいい表わすことにある。作家の行き方はこれとはちがう。作家は自分自身のうちなる無意識に注意を向け、その展開の可能性にじっと耳を傾け、それを意識的批判によって抑制する代わりにそれに芸術的表現を許容してやるのだ。こうして作家は、この無意識の確認がどんな法則に従わなければならないかを、私たちなら他者を観察して習得するところを身をもって体験する。しかもこの法則は口外する必要がなく、明確に認識する必要さえなくて、知性を抑えたおかげで創作に含まれて血肉化される。私たちのほうは、この法則を分析を通じて現実の疾患の諸症状から見つけ出すように、作家の文学作品から展開させる。作家も医者も、両者ともに無意識の解釈を間違っていたのか、それとも両者ともに正解だったのか、結論はどうやら否応なしに出たらしい。この結論は私たちにとってまことに貴重である。この結論のためにこそ、イェンゼンの『グラディーヴァ』における妄想形成や妄想治癒の描出、それにいくつかの夢を医学的精神分析の方法によって研究してみるだけの価値はあったのだ。

結末にきたようだ。注意深い読者はしかしおとがめになるかもしれない。私たちは本書の初めに、夢は願望の充足された表現である、といっておいた。それを証明する責任が残っていはしまいか、というおとがめである。では、お答えしよう。夢について解明する場合、夢は願望充足であるという公式ですべてを割り切るのがいかに適切を欠くかを明らかにするつもりなら、いくらでも論じ立てることはできよう。しかしそれでも夢は願望充足であるという主張はビクともしないし、それは『グラディーヴァ』のなかのいくつかの夢についても立証できる。夢の潜在的思考――私たちはいまや、それがどういうことを意味するかを知っている――は、じつに多種多様な性質のものであり得る。『グラディーヴァ』ではそれが「日中の残留物」、つまり覚醒時の心的活動から聞きとどけられずに未決のまま取り残されてしまった思考である。しかしこうした思考から夢が出来上がるためには――概して無意識の――ある願望の参加が必要である。この願望が夢形成の駆動力となり、日中の残留物はそのための材料を提供してくれるのである。ノルベルト・ハーノルトの第一の夢では、二つの願望が互いに争い合って夢を創出しようとしている。一つはみずからそれと意識することができる願望であり、もう一つはいうまでもなく無意識に属して、抑圧が原因で活動している。

最初の願望は考古学者ならだれしも大いに身に覚えのある、西暦七九年にあのポンペイ滅亡のカタストロフの現場に居合わせたかったという願望である。考古学者なら、この願望があの夢の通りに実現されなかったら、どんなに手ひどい打撃をこうむったことか！　もう一つの願望と夢の作り主はエロティックな自然である。こちらのほうは、大ざっぱな、または不完全ないい方でいえば、恋人が横になって眠ろうとするとき傍らに居合わせたいという願望である。この願望は、拒絶すれば夢が悪夢に裏返ってしまう。二番目に見た夢の駆動力となる願望はあまり目立たないが、この夢の翻訳を思い起こしてみると、こちらもやはり、一も二もなくエロティックな願望であるといっておきたい。蜥蜴捕りのシチュエーションの裏にめぐらされていそうな、恋人に捕まえられ、恋人の意のままにあやつられ、唯々諾々と彼女の命に服したいという願望には、本来、受動的マゾヒズム的性格がひそんでいる。翌日、その夢を見た当人は、まるで正反対のエロティックな流れに支配されているかのように恋人をぶってしまう。しかし、ここらでいい加減に止めておかなければなるまい。さもないと私たちは本当に、ハーノルトとグラディーヴァが作家の創作した人物であることを忘れてしまいそうである。

原注

＊1――フロイト『夢解釈』一九〇〇年〔全集第二／第三巻〕。

＊2――N・H（ノルベルト・ハーノルト）の症例は、実際にはパラノイア性の妄想ではなく、ヒステリー性の妄想といわなくてはなるまい。パラノイアの徴候はここには見られない。

＊3――E・ブロイラーの重要な著作『情動性、被暗示性、パラノイア』ならびにC・G・ユング『診断学的観念連合研究』を見よ。いずれもチューリヒ刊、一九〇六年。（著者は――一九一二年の――今日となっては右の発言を時代後れとして取り消さざるを得ない。著者による刺激を受けた「精神分析運動」はそれ以後大いに普及し、いまなおもっぱら勢いを得つつあるところなのだ。）

＊4――フロイト『神経症学小論文集』一八九三―一九〇六年、を見よ〔全集第一巻〕。

＊5――『あるヒステリー研究の断片』一九〇五年、を見よ〔全集第五巻〕。

＊6――ブロイヤーならびにフロイト『ヒステリーの研究』一八九五年、を見よ〔全集第一巻〕。

＊7――サンテ・デ・サンクティス『夢』一九〇一年。

＊8――『グラディーヴァ』のテクスト（本邦訳書二一頁）を見よ。

＊9――フロイト『「不安神経症」としての一定の複合体を神経衰弱から区別することの正当性について』一八九五年〔全集第一巻〕。『夢解釈』初版五四四頁（八版五九八頁）を見よ。

＊10――『グラディーヴァ』（本邦訳書六七頁）、「そう、お話ししたことはない――でも、あなたが眠ろうとして横になったとき、あなたに呼びかけました。それからあなたのおそばに行くと――あなたのお顔は大理石でできているようにひっそりと美しかった。お願いできますか――もう一度お顔をその階《きざはし》にのせて下さい――」

第二版のためのあとがき

この研究を仕上げてから五年が過ぎた。この五年間に精神分析的研究は、勇を鼓して別の企図においても作家たちの創作にアプローチしてきた。精神分析的研究は作家たちの創作に、もはや文学とは縁もゆかりもない患者にみつけた症状の裏付けをもとめるだけでなく、作家がさまざまの印象や記憶のどんな材料から作品を形作るのか、またどのような筋道で、どのようなプロセスを通じて、これらの材料が文学作品に導入されるのか、を知ることさえも要求している。

わがW・イェンゼン（一九一一年没）のように、つねにナイーヴな創作欲のままにファンタジー衝動に身をゆだねているような作家たちにあっては、とうのむかしにこの問題の解答が出されているのかもしれないとの消息が分かってきた。私は『グラディーヴァ』を分析的に評価した自著の刊行直後、老齢の作家にこの精神分析的研究の新しい課題に関心を抱いてもらおうと持ちかけてみた。しかし作家は共同作業を拒絶した。

その後、ある友人がこの作家の他の二篇の小説に目を向けさせてくれた。それらの小説は、恋愛生活という同じ問題を詩的に納得の行く仕方で解決しようという下敷きスケッチもしくは初期習作として、『グラディーヴァ』に対して遺伝学的先行関係にあるといっていい。二篇の小説の最初のものは『赤い日傘』と題され、白い死の花、忘れ物（『グラディーヴァ』のスケッチブック）、意味深い小動物（『グラディーヴァ』の蝶や蜥蜴）、とりわけしかし主要な状況の反覆による、夏の正午の灼熱のさなかに死んだ、もしくは死んだと思われている娘の亡霊の出現といった、無数の小さなモティーフが立ち返ってきて『グラディーヴァ』を思い起こさせる。亡霊出現の舞台は、『赤い日傘』という小説では『グラディーヴァ』の発掘されたポンペイの瓦礫もかくやとばかりの、ぼろぼろに崩れ落ちた古城の廃墟である。

もう一つの小説『ゴシックの家』は表立った内容の上では、『グラディーヴァ』とも『赤い日傘』とも、その種の符合する点は示していない。ただ『ゴシックの家』は『赤い日傘』と共通のタイトルで、体裁上は一巻の合本にまとめられている。これはまぎれもなく両者の潜在的センスが親しい関係にあることを示唆している（『おそろしい力』ヴィルヘルム・イェンゼンの二篇の小説、(ベルリン、エーミール・フェルバー社、一八九二年)。以上三つの小説が同一テーマを扱っていることは容易に見てとれる。同一テーマとは、すなわち幼児期のインティメイトな、兄妹を思わせる関係の後遺作用からする愛の発展(『赤い日傘』では愛の阻害)である。なお私は、エーファ・グレーフィン・バウディッシンのある研究報告(ウィーンの日刊紙「ツァイト」一九一二年二月十一日付)から、イェンゼンの最後の長篇小説(『人びとのなかのよそ者』)が作家自身の青春時代のあれこれをかなり含んでいる小説で、「恋人のうちに妹を見る」男の運命を書いていることを知った。

『グラディーヴァ』の主要モティーフである、垂直に切り立った足の奇妙に美しい歩行については、以前の二篇の小説にはまったく痕跡が見られない。

イェンゼンが「グラディーヴァ」と名づけた、右のような歩き方をする娘の(イェンゼンが)ローマ風と称している浮彫像は、実際にはギリシア芸術開花期の作品である。ヴァティカンのキアーラモンティ博物館所蔵番号644であり、これにはF・ハウザーによる補足ならびに解釈が付されている(オーストリア考古学研究所年報第六巻第一分冊「新アッティカ様式浮彫の壊れた断片」)。それによるとフィレンツェとミュンヘンにある他の断片と「グラディーヴァ」像とをつなぎ合わせると、三体ずつの像を描いた二枚の浮彫板が出来上がるが、そこには植物の女神たちであるホーライと、ホーライに親しい関係のある、生殖の神タウスの神々の姿が認められるという。

フロイトと文芸批評

種村季弘

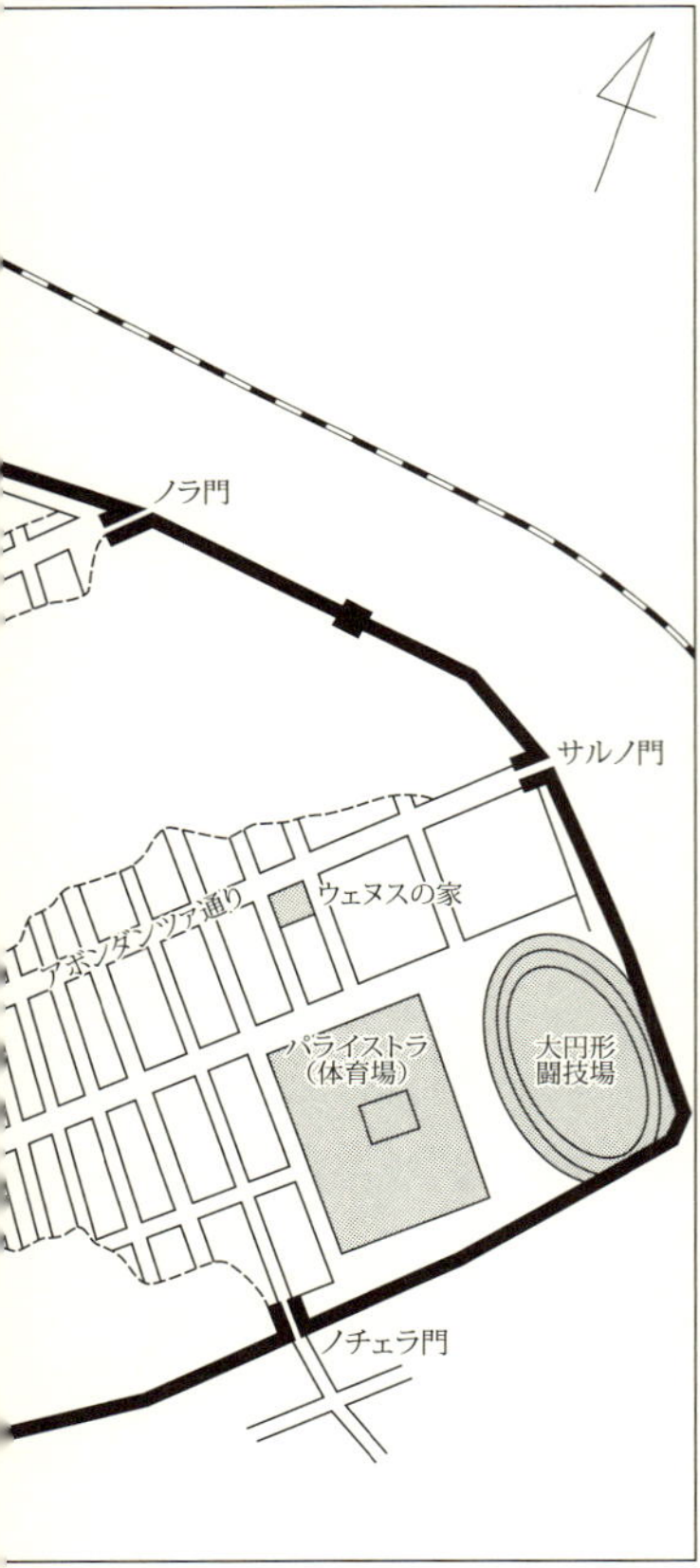

ノラ門
サルノ門
ウェヌスの家
アボンダンツァ通り
パライストラ
（体育場）
大円形
闘技場
ノチェラ門

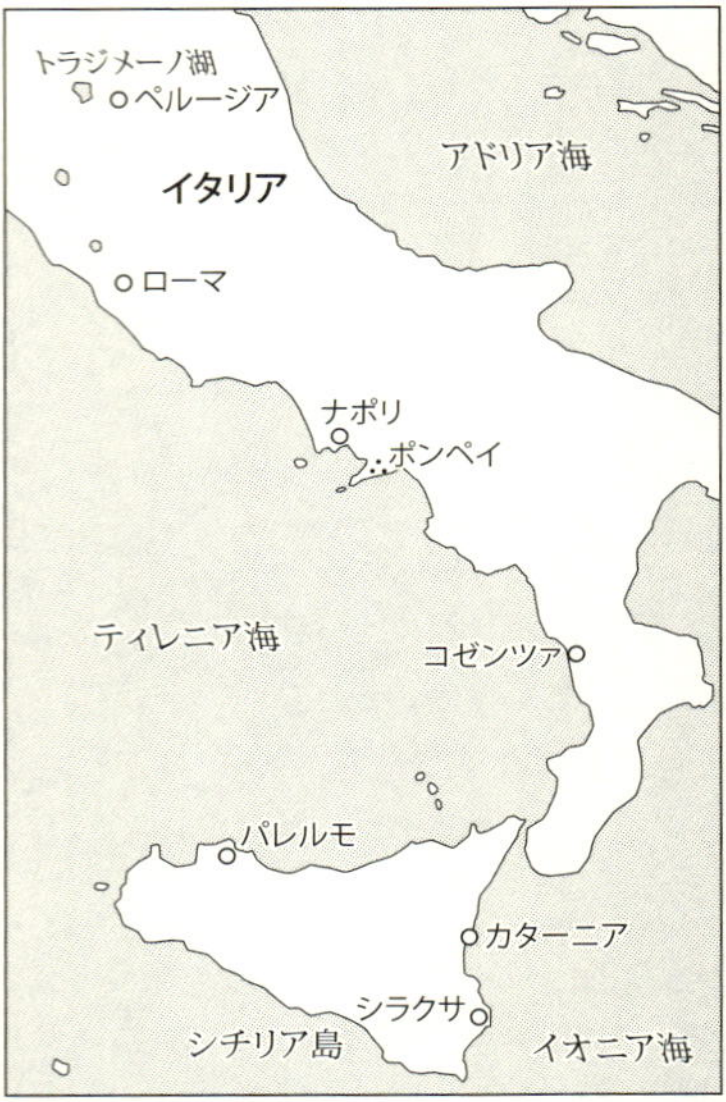

トラジメーノ湖
ペルージア
イタリア
アドリア海
ローマ
ナポリ
ポンペイ
ティレニア海
コゼンツァ
パレルモ
カターニア
シラクサ
シチリア島
イオニア海

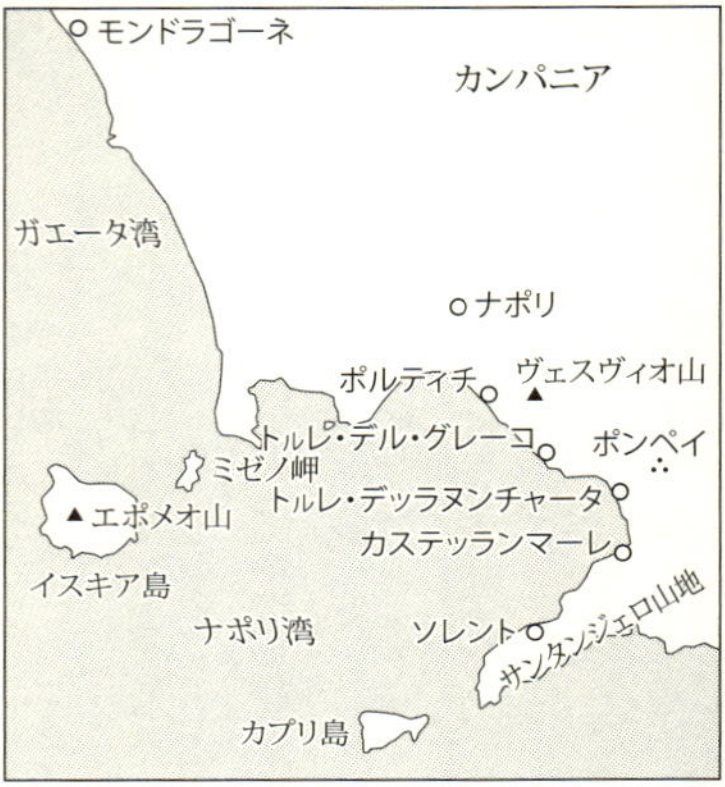

モンドラゴーネ
カンパニア
ガエータ湾
ナポリ
ポルティチ
ヴェスヴィオ山
トルレ・デル・グレーコ
ポンペイ
ミゼノ岬
トルレ・デッラヌンチャータ
エポメオ山
カステッランマーレ
イスキア島
ナポリ湾
ソレント
サンタンジェロ山地
カプリ島

秘儀荘
ディオメデ別荘
墓の道
ヘルクラネウム
(エルコラーノ)門
ヴェスヴィオ門
カプア門
メレアグロスの家
ケンタウロスの家
アポロの家
執政官通り
メルクリオ通り
ファウヌスの家
ノラ通り
サルスティウスの家
牧神の家
フォルトゥナ通り
中央浴場
悲劇詩人の家
浴場通り
フォルトゥナ神殿
広場浴場
スタビア通り
ユピテル神殿
市場
アポロ神殿
市民
広場
メナンドロスの家
マリナ門
マリナ通り
イシス神殿
ウェヌス神殿
大劇場
ドリス式神殿
スタビア門

ポンペイ市街図

ヴィルヘルム・イェンゼンの小説『グラディーヴァ』が書かれたのは世紀転換期前後の一九〇三年、かれこれ百年前のことである。フロイトがこれを読んだのはやや遅く、一九〇六年頃にはじまるC・G・ユングとの書簡往復のなかでユングに教えられてこの小説の存在を知った。そして同年夏から本格的に『グラディーヴァ』分析に取りかかって成立したのが、ここに『グラディーヴァ』と併訳したエッセイ『W・イェンゼンの『グラディーヴァ』における妄想と夢』（以下『妄想と夢』と略記）である。

『グラディーヴァ』の作家ヴィルヘルム・イェンゼン（一八三七—一九一一）について知られているところはそれほど多くない。ヴィルヘルム・イェンゼンという名の小説家はもう一人いて（一八七三—一九五〇）、こちらは二十世紀の半ばまで活躍し、戦中にノーベル文学賞を受賞したりもしたデンマーク作家である。わがヴィルヘルム・イェンゼンはこれより一昔前に活躍した十九世紀作家のほうで、フロイトが『グラディーヴァ』に注目した二十世紀初頭にはすでに老境に入っていた。

作家事典などによれば、イェンゼンははじめ医者を志したがやがて文学に転じ、ヘッベルに心酔して接触を試みたが応答は得られず、そこでガイベル率いるミュンヘン詩派に連なり、後にシュトゥットガルトに出てジャーナリストとして活動する一方、詩的リアリズムの巨匠ヴィルヘルム・ラーベ（一八三一—一九一〇）に師事。晩年は故郷（キール）に帰って小説の執筆に専念した。作品の数は百を超えるという。ここから浮かび上がってくるのは、小体《こてい》ながらこまやかな作風の小説を多作する世紀末のマイナー・ポエットの顔である。それだけに、今日おそらくわざわざイェンゼンの小説を読む人はすくないだろう。

ただし例外がある。それが、ここに訳した『グラディーヴァ——あるポンペイの幻想小説』である。一九〇六年（発表は翌一九〇七年）にフロイトが分析対象に取り上げて以来、この小説のみは出版社も版も替えて今日にいたるまで断続的に何度となく出版され、またマリー・ボナパルトのフロイト訳（一九三一年）と共に出たジョルジュ・サドゥールによる『グラディーヴァ』仏訳（一九三一年）をはじめ、多くの外国語にも翻訳された。わが国でもフロイト論文のほうの初訳は昭和四年（一九二九年）の安田徳太郎訳であるから、ボナパルトの仏訳より早い。（その後、安田一郎＋安田洋治訳による『グラディーヴァ』と『W・イェンゼンの『グラディーヴァ』における妄想と夢』の合本〔『文学と精神分析』角川文庫〕が昭和三十五年〔一九六〇年〕に出版され、人文書院版フロイト全集の『妄想と夢』のみの池田紘一訳は一九六九年。）いずれにせよイェンゼンは、『グラディーヴァ』一作のみにかぎっては、幸運にも埋没を免れた作家といえそうである。といって、それも文学史家には葬り去られて精神分析医の手で掘り起こされるという皮肉な経過をたどった。

小説テクスト『グラディーヴァ』も、これを分析したフロイトのエッセイも、それ自体がすこぶる明快であって、これ以上あながちに解説をつけ加える余地はほとんどない。ただイェンゼンのテクストが、埋没した古代ポンペイという地《じ》の上に古代の植物誌（アスフォデロス、薔薇、罌粟《けし》）や動物誌（蜥蜴、蝶、笑う鳥）、それに都市設計と建築構造（メレアグロスの家、ディオメデ別荘、また各邸の建築部分）といった、要するに百科全書的古代博物誌の寓意像をアラベスクのように精細にちりばめ、それらを読み解くことによって「血を通わせ」ているうえに、古代通のフロイト（彼のアマチュアとしての考古学趣味は有名）がこれを自明の知識として分析を進めて行くので、ポンペイの歴史やその基層にあるヘレニズムの文化や神話にうとい私たちとしては、ときに置いてきぼりを食わされるような憾《うら》みがないでもない。そこで以下、小説の舞台となったポンペイに作品以前の層位学的・文化史的アプローチを若干試みておこうと思うのである。

『グラディーヴァ』にも再三にわたって報告されているように、南部イタリアのナポリにほど近い、当時人口一万の(古代世界では中規模都市)この都市は、西暦七九年八月二十四日のヴェスヴィオ大噴火の灰に一瞬にして埋もれた。噴火は突発的で、人びとは逃げるいともなく、ディオメデ別荘の由来を語る『グラディーヴァ』のくだりにも述べられているように、着の身着のままで地下室や庭園、広場や路上に倒れ、そのまま降り積もる灰に埋もれて、それからほぼ二千年後に発掘されたとき、六メートルに及ぶ火山灰の層に時間を凍結された彼らは、たったいま絶命したばかりのように見えた、とはいわぬまでも、いちじるしく壊滅した瞬間の痕跡をとどめていた。これが七九年のポンペイ滅亡である。

ポンペイはしかし七九年に一度だけ滅亡したわけではない。相次ぐ地震や戦争によって何度も破壊され、むしろそのつど変形しながら都市を形成してきた。げんに七九年のカタストロフをさかのぼること十数年前の西暦六三年にも大地震が突発し、ポンペイ市街の大部分は致命的に破壊された。七九年のヴェスヴィオ噴火はこれに、いわばとどめを刺したのである。

ポンペイの歴史はこの時を去ること約六百余年前にさかのぼる。ポンペイにはもともと、古代先住民のオスク人が住んでいたが、やがてエトルリア人やサムニウム人が侵入し、ギリシア人の植民移住も早くからはじまった。最古のドリス式神殿遺構（前六世紀）の建築様式は、南部イタリアのギリシア人植民者文化（マグナ・グラエキア）の影響いちじるしく、ハーノルトがグラディーヴァの「ギリシア系」もしくは「ヘレニズム系」移民の末裔を云々するくだりは、右の歴史的重層の痕跡を踏まえている。

ポンペイは、次に前五世紀頃、古代イタリアの山岳民族サムニウム人（平野部ではカンパニア人と称される）に征服される。小高い丘の上に建てられていた旧ポンペイ市街は東と北の方向に市道が碁盤目状に拡張され、さらに前三二五年にはサムニウム人の対ローマ人戦争に際して、市のぐるりに黒凝灰岩の市壁がめぐらされる。サムニウム人支配のポンペイはしかし前二世紀後半ローマに敗北してローマと同盟関係を結び、後にはローマの植民市となって、おもむろにローマ文化を受容しながら爛熟して行く。

しかし軍事力や政治力はともかく、古代オスク－ギリシア文化の系譜を継ぐ建築技術やあの名高い「ポンペイの壁画」の絵画表現の文化的洗練度は、つとにローマ人をしのぐ高度の水準に達していた。とりわけ四期の様式に別れるフレスコ壁画・壁面装飾美術にすぐれた作品が見られる。壊滅当日のポンペイは西暦四〇年頃にはじまる第四期に相当しており、この時期の壁画装飾は、「幻覚遠近法的《イリユージヨニステイツク》なモメントが洗練された空間透視によって幻想的世界にまで高まって行く一方で、極彩色の壁画の枠内で日常生活の諸場面や豊かな風景画、それにギリシアのお手本を自由に改作した神話の表現を描いている。」（ブロックハウス百科事典）市民広場東側の市場《マルセールム》建築、織物業者のツンフト集会所、「メナンドロスの家」のような個人の豪邸などの壁画が、この時期のポンペイ壁画の作例を代表している。

『グラディーヴァ』の舞台となる建物や大通り、各種施設や路地、小路は、当然のことながらほとんど実在する。ポンペイが西南には拡張されず、もっぱら東北の方向に開発されたことは先にも述べたが、市の東側の新開地には小劇場や、現存するローマ時代最古といわれる大円形闘技場も建てられた。ハーノルトが迷い込む「太陽亭」に程近い大円形闘技場がこれである。

「太陽亭」以外にイェンゼンが作中に起用している家々はしかし、概して現在の鉄道駅に近い市の中心の市民広場近くに集中しており、ほとんどがサムニウム人のポンペイ時代にさかのぼる建造物である。ついでながらにいえば、これらの家々をはじめ、丘の傾斜地の大劇場、温泉浴場施設、旧パライストラ（体育場）、「ファウヌスの家」などの建物、さらに墓地から隣市ヘルクラネウム方面への街道沿いに立ち並ぶ「ディオメデ別荘」やディオニュソス神話の壁画で有名な「秘儀荘」のような古い建築様式の住宅群は、市民広場を中心部に抱える町並みの西北側にひろがっている。

これらの古ポンペイの住宅は、ほぼ「ファウヌスの家」の構造描写にイェンゼンが再現している通り、厳格にシンメトリカルな古イタリア式の住宅タイプが多い。丈の高い、天井の抜けたアトリウム（玄関ホール）が、小部屋をいくつも脇にしたがえながら、タブリーヌム（主人の書斎兼接客室）を通じてペリュスティリウム（中庭の回廊）を囲む住宅構造を端的に示している。ペリュスティリウム中心の基本構図はすでに前二世紀頃にギリシア本土から導入され、それをイタリア風に拡張したのがこれらの住宅であった。

溶岩と火山灰に埋もれたポンペイがふとした偶然から「発見」されたのは、ようやく十八世紀中葉の一七四八年のこと。初期の発掘の様子はヴィンケルマンやゲーテの報告で知られているが、本格的な発掘は一八六九年以降にはじまる。今世紀初頭までにはあらかた主要な発掘を終え、一九一一年以後は、発掘よりはむしろ壊滅直前までのポンペイの原状復元作業にかかった。ちなみに現在までに、かつての市街は五分の三まで復元が終了しているという。

フロイト宛の手紙でイェンゼンは、一九〇三年の『グラディーヴァ』執筆までにたびたびポンペイを訪れていたと打ち明けている。フロイトもたまたま同時期に近い一九〇二年の夏期旅行ではじめてポンペイを訪れた。したがってイェンゼンはいうまでもなく、一九〇六年夏にエッセイ『妄想と夢』を書き上げたフロイトもまた、一九一一年にはじまる市街復元計画以前の、発掘と復元と未発掘が雑然と入り混じったポンペイに立ち会い、その光景を記憶によみがえらせながら、それぞれの労作を書いたのである。それにしても『グラディーヴァ』に描かれているアングロ＝アメリカ観光団がいい例で、いずれにせよポンペイはすでに廃墟が売り物の観光都市と化していた。

ついでにいえば、ポンペイが舞台の文学作品もすでに書き尽くされていた。『イタリア紀行』（一八一六―一七年）のゲーテとヴィンケルマン（『書簡集』）。それにスタンダールの『ローマ、ナポリ、フィレンツェ』（一八一七年）。それはいうまでもない。ここで特筆しておかなくてはならないのは、それ以上にわずか数年前に出たマーク・トウェインの『世界周遊記』（一八九七年）で、そこには『グラディーヴァ』ではディオメデ別荘の壊滅場面にあらかた集約されている市民たちの死のエピソードや、公共水道の石の縁が水を飲む人の手ですり減っている光景の精密描写を読むことができる。不安夢に出てくるヴェスヴィオ噴火当日のポンペイ描写は、ブルワー＝リットン卿の『ポンペイ最後の日』（一八三四年）から拝借している部分がすくなくない。その種の拝借のことをいうならディオメデ別荘で発見された十八体の女子供や娘の遺体からロマンスを発想した、『アッリア・マルチェッラ――ポンペイの思い出』（一八五二年、田辺貞之助訳『ポンペイ夜話』岩波文庫）のテオフィル・ゴーティエの名も影響源として逸することはできない。ということは『グラディーヴァ』は、要するにこれら先行するポンペイ小説のチェント（寄せ集め詩）、というよりはコラージュにほかならないということだ。むろん、それは作家の名誉だろう。世紀末作家たるイェンゼンは、すべての本がすでに書かれてしまった時代に遭遇して、作家として何ができ、また何をなすべきかを知っていたのである。

さて、『グラディーヴァ』に描かれているポンペイの都市細部はほとんど実在する、と先に書いたが、小説である以上、架空の人物や建物・場所がまぎれ込むのはやむを得ない。たとえば「太陽亭」などは、明らかに分析中の真昼の太陽にまつわる表象との語呂合わせ上からの作り物であろう。

ノルベルト・ハーノルトがグラディーヴァにはじめて出遭う、重要な象徴をしこたま詰め込んだ「メレアグロスの家」もどことなく幻影の建物じみている。「（彼は）ナポリの国立博物館でメレアグロスとそのアルカディアの狩人仲間アタランテの壁画の真ん前に立ち止まっただけだった。この壁画はメルクリオ通りのあの家で発見され、それにちなんでこの家はメレアグロスの家と名づけられたのである。」イェンゼンは「メレアグロスの家」をまずそう紹介している。事実、この家の由来はその通りである。しかしその家の持ち主が誰だったかとなると話は別だ。だから作家はすぐに懐疑的になって、書いたばかりの記述を打ち消すように、ただちにメレアグロスという名のもう一人の人物を思い浮かべる。

「すると、この家がほんとうにカリュドンの雄猪を仕留めたあの狩人にちなんで名をつけられたのかどうかが疑わしい気がしてきた。ふと、ギリシアの詩人メレアグロスのことが思い浮かんだ。」

応じてフロイトも、「この家にメレアグロスの家という名前をつけたのも彼（ノルベルト・ハーノルト）なのかもしれない」と注して、この家の所有者の名の根拠はいよいよあいまいになってくる。それは、妄想家の主人公ノルベルト・ハーノルトが勝手気ままな思いつきでそう命名しただけなのかもしれなくて、さしたる根拠はないとまでいうのだ。しかしまさにフロイトが指摘するように、「勝手気まま」や「自由」はそうそう持ちこたえられるものではなく、いずれは一連の必然的過程に還元されるのである。それにしてもなぜ、実在することの確実な、たとえば一九三〇年の発掘で高価な銀の宝飾品が発見されたという「メナンドロスの家」ではなくて、実在はしてもどこかあやしげな命名の根拠からしてあやふやな「メレアグロスの家」が、彼らの最初のランデヴーの舞台に選ばれたのであろう。

先の引用文に、メレアグロスが「アルカディアの狩人仲間アタランテ」と一緒に描かれている壁画のことが言及されていた。壁画の場面はアルカディアの都市カリュドンにまつわる伝説を語っている。狩猟の女神アルテミス（ラテン語名ディアナ）は、収穫祭に彼女一人だけに初穂が贈られなかったのに激怒して、カリュドン（ギリシア西部の古代都市国家）に雄猪を送り込んで人畜に危害を加え、葡萄園を荒廃させた。そこでギリシア中の狩猟名手を集めて雄猪退治がおこなわれた。最初に矢を射かけて雄猪に傷を負わせたのはアマゾネスの処女アタランテであったが、槍を投げて仕留めたのはカリュドンの王オイネウスの息子メレアグロスであった。

アタランテに一目惚れしたメレアグロスはしかし、雄猪狩りの功をアタランテに譲った。ところが女性が功名を上げたのをおもしろからず思った彼の二人の伯父が戦利品を横取りしようとする。と、メレアグロスは「それと意図せずに」、過って二人を殺してしまう。メレアグロスの母アルタイアは二人の兄の殺害者がわが息子と知るや、無惨や、運命の女神モイラに授かった薪（それを火中に投じると息子は死ぬ）を火中に投じて、実の息子メレアグロスに向かって兄たちの復讐を遂げる。しかし息子の死とともにアルタイアも自裁して果て、のみならずメレアグロスの新妻のクレオパトラも夫の後追い自殺を遂げる。クレオパトラという名の蝶について述べたくだりで、「カリュドンのメレアグロスの新妻もクレオパトラの名で呼ばれていて、その女《ひと》はメレアグロスの死を悼むあまり、みずからわが身を冥府のいけにえに捧げた」云々とあるのは、このことを指している。

以上が、ギリシア神話のメレアグロスにまつわる一家絶滅の凄惨な物語である。ハーノルトの妄想のなかでグラディーヴァがいかに冥府からやってきた女であるにもせよ、以上のような悲劇の主人公メレアグロスの名にちなむ家が、彼らの出遭いの場となるのはいささか穏当を欠くきらいがある。そこでハーノルトはいち早く、神話のメレアグロスではなくて、実在した同名のギリシア詩人メレアグロスに中身をすり替えたのである。

同名のギリシア詩人のほうのメレアグロスは、ガデラ（東ヨルダンの都市）出身の、詞華集『花冠《ステパノス》』を編んだ詩人である。『花冠』は、さまざまの詩人のエピグラム詩を花になぞらえて集めて、花束のように編んだ詞華集。編撰者のメレアグロスはその生涯にみずからも百三十篇のエピグラム詩や諷刺詩を作った。西暦前一四〇年から七〇年にかけて生存した詩人であるから、まさに「ポンペイ破壊に先んずることおよそ一世紀前に生きていた」のである。

ちなみに古代におけるメレアグロス編『花冠』の画期的な意義は、呉茂一訳『ギリシア・ローマ抒情詩選──花冠』（岩波文庫）の久保正彰氏による巻末解説に簡潔に要約されているので、以下に引かせて頂く。

「黎明期から前七〇年頃まで約六世紀に及ぶギリシァ諸地の秀歌を集めたメレアグロスの『花冠《ステパノス》』は、その後約一千四百年の世までも色あせることなく、次々と新しい花を咲き添わせる温床となり、その間に古えの『花冠』は、ピリッポス（前九〇年）、アガティアース（古代末期）らの新しい冠に編み変えられて中世ビザンチン世界に伝えられる。そこでも花冠の生命は衰えず、ケパラースの『詞華集』（西暦九〇〇年）、通称『パラティーナ詞華集』（九八〇年）、プラヌーデースの『詞華集』（一二九九年）という形で、古えの花冠を新しい花で飾る試みが繰り返されている。」

古代地中海世界にばらばらに散らばったギリシア詩の花々を一つの花冠にまとめる作業。それは、もう一人のメレアグロスのように動物たちを引き裂く猟師の、解剖＝分析し、また解剖＝分析される身ぶりとは逆に、まさに「ギリシャ諸地」に散らばった花々を総合し構成して生にもたらす、愛の身ぶりをひそかに物語ってはいはしないか。

いずれにしても作家はここで、百八十度身ぶりの異なるまぎらわしくも同名異人のメレアグロスを二人登場させたわけである。しかしイェンゼンのこうしたまぎらわしい語り口は、これが最初でもなければ最後でもない。

そもそもイェンゼンの『グラディーヴァ』では、はじめからおしまいまで一切がまぎらわしく、いかがわしく、あいまい（両義的）であるとさえいえそうだ。「メレアグロスの家」が二人のメレアグロスのどちらのものとも決めかねるというのは、応じてその末裔のグラディーヴァが何者とも決めかねるということである。彼女は冥府から飛んできた蝶のクレオパトラと同名の、アルテミスやアタランテのような狩猟名手の女神や女の罠にかかって冥府に囚われてしまった夫メレアグロスの新妻の化身であるかもしれないのと同時に、ことばの花冠を編む優雅にも植物的な詩人の末裔なのかもしれず、あるいはそれとはまったく無関係に、現代に生きているゲルマン系の動物学者の娘なのかもしれない。彼女が生きている時代も、いつとは知れぬ神話時代とも、二千年前の歴史的ローマ時代とも、現代ともつかず、生きている場所も、北方の大学都市とも、イタリア南部の観光都市とも、あるいはギリシアの古代都市カリュドンとも決定し難いようだ。

それに何よりもグラディーヴァは、小説では、はじめは石像だったのが生身の女性として現前してきたのである。非生命体であって、同時に家蠅がとまった手をバシッと叩けば、ちゃんと生体反応をする生命体。したがってそのどちらともつかない、見かけだけは歴然としていながら実体があるのかないのか判然としない、亡霊のような存在。

何もかもがあいまいで、あいまいなままつじつまが合わない。過去と現在、子供時代といま、冥府とここ、ということは廃墟のポンペイのげんにある死と沈黙と七九年の降灰直前まで現存したかつての市民たちの生のにぎわい、北と南、考古学と動物学、つまるところ死と生——すべての概念や形象が相互に交換されたり浸透しあったりして、ここからここまでという境界が決定不能のままに投げ出されている。

実際、ハーノルトはしばしば管理当局の定めた観光ルートを逸脱してポンペイの家々の間に立ち迷ったり、古代の専門家のはずが観光客相手の明らかにガセネタとおぼしい安手の話を真に受けたりと、しきりに事物の、あるいは場所や時代の、概念や範疇の境界を見間違え捉えそこなって混乱する。ここでのハーノルトは古代世界に精通した学者であるよりは、熟知のはずの事物や場所をたえず取り違える神経症患者に近い。フロイトの分析も要所要所でそれを指摘している。

「その日はそれからハーノルトがいろいろと奇妙な発見や確認をするはめになり、それを一つの全体にまとめようとするが、うまくいかない。」

「メレアグロスの家での二度目のランデヴー後の日中、彼はいろいろと奇妙な、一見つじつまの合わない出来事を体験する。」

一つ一つの出来事はそれとして受け入れられても、「一つの全体」にまとめようとするとうまく行かず、「つじつまが合わなく」なる。つまり私たちの主人公ハーノルトの認識は、神話ならまるで女神に八つ裂きにされた英雄の肉体のように細切れである。一つの全体のなかに整然と位置づけられない。それが「つじつまが合わず」、見間違え取り違えて、たえず失錯行為に陥っては混乱する原因である。

何もかもがばらばらにしか捉えられない。都市としての全体性をうしなって壊れているポンペイでの出来事なら、それも当然かもしれない。しかしハーノルトがいま体験しているポンペイは、彼が考古学者として研究対象にしているポンペイではなくて、生のかけがえのない場としての、あるいは――無意識のうちにもせよ――生を回復せんとする試みの場としてのポンペイである。すべてがばらばらになり、何もかもが見間違えと取り違えの失錯行為の舞台になってしまうような場所はしかし、気まぐれな観光用の迷路や、あるいはフロイトがげんにそういうものとして分析しているような神経症患者の病理空間にはなっても、生活空間にはなり得ない。

ここでメレアグロスの運命にふりかかった、女神アルテミスの怒りまたは呪いの物語にもう一度立ち戻ってみよう。エフェソスにあるアルテミス像にはおびただしい数の乳房が垂れ下がっている。ことほどさようにアルテミスは、あらゆる生き物を養育する、慈しみ深い「動物の母親」である。げんにアルテミスは、女の子が生まれたのに失望した父親のイアソスに捨てられたあのアマゾネスのアタランテの幼時、牝熊に変身したみずからの乳房で授乳して捨て子の彼女を育てた。同時にこの狩猟の女神は、みずからが産んだ生き物を狩猟しては殺戮する残酷な神格である。一方、この女神の養い子であったアタランテはすぐれた運動競技者として知られ、彼女の速歩には何人《なんぴと》も追いつくことができないばかりか、アタランテに求婚して徒競走で（徒競走で彼女に勝つことが結婚の条件）負けた男は八つ裂きにされた。

神話はグラディーヴァとハーノルトの関係をあらかじめ先取りしている。すなわち「悠揚たる＝急ぎ足」であゆむグラディーヴァはカリュドン（そこには糧食徴発者アルテミス・ラフリアの神殿がある）のアタランテの再来であり、メレアグロスのように彼女に勝利を譲ってさえ「自分が産んだ生物を殺戮する」母アルタイア（明らかにアルテミスの仮装だろう）に八つ裂きにされなければならないのだから、グラディーヴァと張り合おうとするハーノルトは、当然、肉体を、ではないまでも、いかにも近代人らしく心をずたずたに引き裂かれて、冥府に落ちて行くのでなければなるまい。

いずれにせよグラディーヴァがすくなくともアタランテと同一視されていることは、作者イェンゼンがオウィディウスの『変身物語』の次の一節を引いていることからしても明らかだろう。

「むろん彼の表象には、オウィディウスが『変身物語』のなかで述べているアタランテのイメージが混じっていた。／彼女の衣裳は上のほうでよく磨いた留めピンでとめてあり、／髪は無造作に一つに束ねられていた。」

いうまでもなくこれは、太陽亭で売りつけられるインチキ留めピンとの関連から言及されている。つまり、市民広場で心中死した娘＝グラディーヴァは、、、、アタランテの持ち物、、、、、のような、、、留めピンを身につけていたのである。あるいはむしろ、当の留めピンを身につけた娘にアタランテが宿ったのだと、要するに神話世界からの仮装したメッセージがこの近代小説には込められているのだと、作家はいいたいのである。

情容赦なく生命を剝奪する女猟師アルテミスの無慈悲な顔とは別に、小説では食を与えて生命を養う慈悲深い女神アルテミスの面影も、昼食のパンを分けてくれるグラディーヴァの、アルカイック期にまでさかのぼる記憶に浮上してくる。「もう二千年前にも一度、こんなふうに二人でパンを分け合って食べたことがあるような気がするわ。あんたはどう、そんな気はしない？」

たしかに、あらゆる生き物の養い親であるアルテミスであれば、二千年の昔はいうまでもなくそれ以前の太古からも、いやこうしてパンを分け合っているいまも、なけなしの食糧を子にも分け与えながら生きてきたし、またげんに生きているのが道理である。グラディーヴァはここでは慈悲深い、とりわけ食を分け与える母なるアルテミスとしてふるまっている。しかし蜥蜴捕獲の技術を自慢するときや、とりわけ最後のディオメデ別荘の、マンハンター、女裁判官、女教師、いやいっそ精神分析の女医としてふるまうときには、情容赦のない女猟師としての恐ろしい顔をむき出しにする。かと思えば、アタランテ風の世間知らずの純潔な処女のような顔ものぞかせる。

ここまでくればもう、グラディーヴァが三相一体の女神の人格化であることはまぎれもない。アルテミスはラテン名の同一神格ディアナでは、月の処女、被造物（生物）の母親、最後に産んだすべてのものを破壊する女猟師、の三つの相を一身にかねる、三相一体の女神である。グラディーヴァもまたこれら三つの顔を——それを見る側、というよりそれの獲物になる側から見れば——まぎらわしくもあいまいに、蜥蜴の変幻する保護色のようにきらめかせながらハーノルトを追いつめ、括り罠で狙いを定め、捕獲される身ぶりでじつは捕獲してしまうマンハントの名手なのだ。ハーノルトはむろんそれを承知で捕獲される。フロイトはいみじくもそうしたハーノルトの側にマゾヒズムの逆説を見ている。

「蜥蜴捕りのシチュエーションの裏にめぐらされていそうな、恋人に捕まえられ、恋人の意のままにあやつられ、唯々諾々と彼女の命に服したいという願望には、本来、受動的マゾヒズム的性格がひそんでいる。」

ハーノルトはメレアグロスの運命を、あるいはそのさらに古型のアルテミスの猟犬に八つ裂きにされるアクタイオンの神話的運命を、グラディーヴァの教育ないし強制を通じて「受動的マゾヒズム的」にあえて引き受け、神話の神々と英雄たちの運命と同化することによって現存する混乱をのり越えようとする。ということはみずから八つ裂きになり、ばらばらに細切れにされる運命を甘受して、その分裂のかなたなる一つの全体性に向かうのである。

とすれば彼の側のマゾヒズム、彼女の側の調教師的教育者的サディズムもしくは「男根のある女」ぶりは、ドラマのこの局面でどうしても欠くことのできない契機になる。小説のクライマックスのディオメデ別荘の廃墟における、彼を破壊し冥府に呑み込む女猟師＝懲罰者としてのグラディーヴァの演技は、ハーノルトの妄想空間を一挙に情容赦もなく廃墟化し、つまりは周囲のポンペイの廃墟と等質化したうえで、雨上がりの一変して緑なす光景のうちにさらけ出す。ハーノルトを一旦、墓＝子宮である冥府の闇に引き取ってから、ふたたびさんさんたる陽光の下に象徴的に出産するのである。懲罰が救済になるマゾヒズムの逆説において。

ついでにいえば、ここでツォーエの名もこの象徴的出産に荷担していそうである。英語読みなら「ゾウイ」の Zoe は、グノーシス派の神話ではイヴをあらわす女神の名で、「グノーシス派の福音書によれば、土をこねて造った最初の男に生命を吹き込もうとして、神々が次々に失敗した後で、ゾウイだけが（このただの土であるアダムに生命を吹き込むことに）成功した」（バーバラ・ウォーカー『神話・伝承事典』）という。とすれば生に背を向けた考古学者ハーノルトを生に連れ戻す、ツォーエ＝グラディーヴァの「治療」（フロイト）の全過程が、アダムを生かすゾウイの原神話を踏まえているのである。

それにしても右のカタストロフ的クライマックスでは、グラディーヴァは「男根のある女」の正体をもはや隠さない。彼女の名が軍神マルスの戦場におもむく際の輝かしい歩みをいう添え名「マルス・グラディーヴス」の女性形であったことが思い起こされる。しかしマルスとの隔世遺伝関係をいうなら、ハーノルトの後楯であるカリュドンの王の息子メレアグロスその人が、マルスの末裔であるという説もある英雄であることを忘れてはなるまい。
してみればグラディーヴァ＝アルテミスないしアタランテは、二重にハーノルト＝アクタイオンないしメレアグロスの戦利品を奪取していることになる。まず軍神マルスの添え名を女性形に転じてわがものにした。次に獲物＝分析対象を八つ裂きにする、つまりは分析し解釈する、その解剖学的というよりは精神分析的身ぶりを、メレアグロスのような（フロイトもその一人かもしれない）狩猟仲間からちゃっかり頂いた。

だが、もっぱら「男性的」とばかり思われかねないこうした身ぶりは、いまそう書いたように、女であるグラディーヴァがハーノルトやその祖型のメレアグロスやマルスのような「男」から借りてきたものなのだろうか。それともそれは、アマゾネスである超男性的な彼女たちの本来の持ち前であって、むしろ後からきたマルスをはじめアクタイオンやメレアグロスらが、彼女たちのこのアマゾネス的戦士的身ぶりを模倣しコピーしたのではないのかどうか。そう、『グラディーヴァ』という小説を分析したフロイトのエッセイが暗に、といってても部分的にはかなりあからさまに語っているのは、世紀転換期前後の知識人社交界の話であってしかもそれとパラレルに進行している、蒼古たる神話的深部の物語なのである。

その物語はたぶん次のようなつぶやきをもらしている。「グラディーヴァ」という名は軍神マルスの添え名「グラディーヴス」の女性形ではなくて、逆に「グラディーヴス」が「グラディーヴァ」の男性形なのではあるまいか。戦場に赴く軍神マルスの輝かしいあゆみは、じつは狩猟の女神アルテミスのあゆみの模倣であり、その優雅と美のコピーによる簒奪の所産ではなかったか。それならばグラディーヴァは、二千年来封じ込められていた墓から往古の輝かしいあゆみとともによみがえって（redidiva）、失われたものの権利返還請求をしにやってきたのではあるまいか。一口にいえば、母権制文化の父権制による略取収奪の産物の返還請求をしに、彼女は足取りもたけだけしく、また美しく、起き上がって（redidiva）帰ってきたのではないか。

ロンドン亡命後のフロイトの家は、現在、記念資料館として保存されている。ジャック・J・スペクター（『フロイトの美学』邦訳、法政大学出版局）の報告によれば、その家の一階の長方形の大きな部屋は待合室と診察室に分かれ、待合室の入口近くの引き戸の横には「グラディーヴァ」の浮彫像《レリーフ》（の贈り物のコピー）がかかっているという。そして引き戸の反対側の書架の上にはもう一つ別の大理石の浮彫が置いてあり、それは古代の石棺の蓋に似ているが、その折衷様式からおそらく十九世紀頃までの模造品と考えられる、とスペクターはいう。娘のアンナ・フロイトの語ったところでは、フロイト家の人びとは久しく、この浮彫がパトロクロスの死の場面とばかり思い込んでいた。そしてフロイトの死後ようやく、どうやらそれがメレアグロスの死の場面を描いたものらしいと判明したのである。

晩年のロンドンのフロイトの部屋には三人の女、もしくは三相一体の女神が巣くっていたのである。そのうち二人は、自分の産んだ息子を殺す、産む者と殺戮者を一人二役で演じるメレアグロスの生母アルタイア、あるいはアルテミス。彼女の姿はどこかよそで致命的な薪を火中に投じているので見えない。見えないけれどもどこかにいる。そして反対側から処女のグラディーヴァが、あのいかなる求婚者＝競技者もかなわなかったアタランテの速歩もさながらに、「悠揚たる＝急ぎ足」でいましもこちらをさしてやってくる。

一方には、三人の女に囲まれて死の衰弱のうちに横たわるメレアグロス。いや、メレアグロスの仮装をしたフロイトの自画像。彼は、「人はよみがえるためには一度死ななければならないのね。」という声を聞いたかもしれない。『妄想と夢』を書いた一九〇六年から数えて、二つの大戦をはさんで三十年あまりが経過したが、晩年のフロイトはいまだにグラディーヴァのかたわらにいた。というよりグラディーヴァにたえずかたわらにつき添われて、ときにはパンを分けあったり、髪の毛をかき回されたり、小突きあったりもしたのかもしれなかった。つまりフロイトもまた、たえず現代と神話的古代との時間を自在に往復する「妄想と夢」を生きていたのではあるまいか。

ここでもう一度、小説『グラディーヴァ』が世に出た、世紀転換期前後に目を転じてみよう。世紀転換期――終末が発端と重なり合い、オメガであって同時にアルファであるような、あらゆるものが二重の意味を持ち、まぎらわしく、あいまいに見える、両義性の時代。もしかすると『グラディーヴァ』という小説そのものが時代の両義性の産物だったのかもしれない。

『グラディーヴァ』が成立した一九〇三年は、コンラッドの『闇の奥』（一九〇二年）とジャック・ロンドンの『荒野の呼び声』（一九〇三年）が世に出たのとほぼ同じ年である。衰弱と無気力の物語と冒険と行動の物語が、同時に成立した。前世紀の冒険小説は、R・L・スティーヴンソンの『宝島』（一八八三年）にはじまり、ライダー・ハガード『洞窟の女王』（一八八六年）とキプリング『ジャングル・ブック』（一八九四年）を経て、ようやく『闇の奥』のような結論的な作品に到達していた。冒険者たちは、男性的攻撃力、または帝国主義的拡張衝動のままに世界の果てまで突入したはずが、ありようは自分自身の暗い内部を堂々めぐりしていただけだったことを、いわば思い知った。冒険小説的夢想はありあまる生命力の所産ではなく、むしろ無為と無気力と役立たずの意識を母体にしていたのである。行動へのあこがれと行動不能、冒険と衰弱意識が表裏一体をなしていた。

それかあらぬか通俗冒険小説（または恐怖小説）と純文学的デカダンス小説との双方で、書割も登場人物もほぼ似たようなキッチュ趣味ずくめになってしまう。没落文明の夜の廃市、月光に濡れた古城や廃園――そこをよみがえった石像やミイラが徘徊する。アルカディアの森を恋しがる機械再生人間フランケンシュタインの怪物、エジソン博士特製の人造美女である未来のイヴ、夜な夜な石棺から身を起こす吸血鬼ドラキュラ。機械製とも肉製ともつかず、石やブロンズでできているとも血肉が通っているともつかない、あいまいな混成物。世紀転換期までに、無機物と生命体の合体としての怪物や、死と生の混血児である亡霊がほぼ勢ぞろいした。

ライダー・ハガードの『洞窟の女王』に、四千年の死都《ネクロポリス》コーアにおけるミイラ保存技術を報告していることばがある。「ほとんどすべての死体は……完璧に何千年前かの死の日そのままであった。」これは、ポンペイ滅亡の日の死者たちの二千年後の発掘＝復活を書いた『グラディーヴァ』に、一字一句違わずに出てきてふしぎのないフレーズではあるまいか。

ちなみに『グラディーヴァ』のほうではこうだ。――「ナポリの国立博物館《ムセオ・ナツイオナーレ》には、ここ（ポンペイ）で発掘された、花のようにあでやかな服を着た少女の頸《うなじ》や肩や美しい胸の石膏模型が一体、ガラスケースに保管されていたものだ。」

ハガードの完全保存されたミイラが示唆しているのは、世紀末文学研究家ロータル・ヘーニヒハウゼンによれば、「クリスティーナ・ロセッティが『死の恐怖』において、またジェイムズ・トムソン・B・Vが『都市の死』においてそれぞれの登場人物を石像へと凝固させ変容させることによって目指したのと同じ象徴的意味だった。」（「冒険小説とデカダンス」）その象徴的意味とは何か。「硬直した凝固を意味する芸術作品の不滅性における時間の揚棄」にほかならない。

世紀転換期のデカダンス小説と冒険小説には、そのどちらにも、硬い、非肉質の、石像の女、ミイラ、死体である女が、「芸術作品の不滅性における時間の揚棄」の象徴として登場してくる。廃市ポンペイの真昼の光のなかに出現する、はじめは名前も正体も不明の石像の女、グラディーヴァもまた「芸術作品の不滅性における時間の揚棄」の象徴以外の何ものでもない。

産業社会のリニアーな時間から不動の無時間的アルカディアに退行せんとする逃走衝動は、しかし世紀転換期も二十世紀に近い『グラディーヴァ』にはじめて発生したわけではなかった。この種の彫像・人形崇拝小説にはつとにメリメの『イルのヴィーナス』があり、ホフマンの『砂男』がある。意外なことに、いや当然のことながらというべきか、ザッヘル＝マゾッホのやや早すぎた世紀末的マゾヒズム＝デカダンス小説『毛皮を着たヴィーナス』（一八七一年）もまた、つとに同じトポスを踏んでいるのである。

『毛皮を着たヴィーナス』でも、後期ロマン主義的趣向の書割がめぐらされて女神像が祀られる。月光に濡れた庭園の石像、暖炉の火にほの明るく照らされた室内のティツィアーノのヴィーナス像。彫像や絵のなかの女性（女神）崇拝から、徐々に神話的な「残酷な美女」が生身で出現してくる。それは概して遠い昔に死んだ女、一度死んで石のように凝固しているがゆえに慢性的な無為と無時間性のカプセルに包み込まれた女、あるいはむしろ芸術作品のような硬い不滅性を帯びた石像の女神、のよみがえりとして起こる奇蹟である。

冷たく硬い石像の女への宗教的礼拝と見まごうばかりの崇拝・奉仕。おそらくそれは傍目には退屈きわまりない、千篇一律のかしずきである。しかし退屈とは擬似無時間性にほかならないから、当事者にとってはそれらの日々が胎内回帰的擬似無時間性の経験として、かけがえのない「獣の眠り」（ボードレール）を叶えてくれる。ロセッティ風の死体愛《ネクロフィリア》も、マゾッホの女神崇拝も、そういうものとしての冷たく硬い呪物と共在・同化しつつ、終末意識に達した時代の不安を鎮撫する麻酔薬の役を果たしてくれるのだ。

ヴィルヘルム・イェンゼンのフロイト宛書簡によると、『グラディーヴァ』の作家には、若くして死んだ恋人と同じく若くして死んだ妹がいたらしい。死んで時間から逃れ石化した女と死都ポンペイでランデヴーすることの至福、死んでいる女と死都で相遭うことの僥倖、つまりはロセッティ風の世紀末的気分の麻酔的効果をイェンゼンはつとに熟知していたのである。そしてその麻酔薬を読者に投与して、逆療法的に神経症という世紀末病を治療する作家的特権をも心得ていた。それはフロイトも、アイロニーと羨望まじりに確認している通りである。

そういうフロイト自身も、「死の本能」、タナトス衝動の強烈な牽引力を熟知している。『妄想と夢』の、死んだと思っていた女性のバセドウ病患者の幽霊《レディディーヴァ》が出てくるエピソードがいい例である。死者、それもとりわけ死女の記憶が、フロイトの身辺にはたえずアウラのようにたちこめているかのようだ。雨の降る日、冷たく硬くなった女の死体と共にいて、歌の文句ではないが、「このまま死んでしまいたい」という陶酔性デカダンス。世紀転換期に遭遇した人間の一人として、イェンゼンもフロイトも、その腐爛性の恍惚を知らないはずはない。

イェンゼンについては何ともいえないとしても、フロイトは生涯にわたって周期的に何度か知的麻痺＝化石状態に陥っている。一種の知の仮死状態。そしてその間に、たとえばコカインの麻酔効果についての実験を理由もなく引き延ばして同僚のカール・コラーにお株を奪われてしまう。不活発、無為の外見をともなう知的麻痺が、この知的巨人のいわば持病だったのである。

そう、硬い甲冑を着こんだような肉体と頭脳の麻痺と怠惰に、フロイトは周期的に襲われた。好みの天才たちの精神分析においても、無為と無活動、行為の遅延、のんべんだらりとした「自堕落」に、フロイトは妙に目ざとい。たとえばハムレット——なすべきか、なさざるべきかと、いつまでもどっちつかずにぐずついている男。あるいはレオナルド・ダ・ヴィンチ。作品完成をいたずらに先へ先へと延ばしていっかな完成させないレオナルドの悪癖——それが神経症患者の「無為」に似ていると、自画像を描くようにフロイトは分析する（「レオナルド・ダ・ヴィンチの幼年期のある思い出」）。

無為、運動不能という世紀末病症候群。病はいかにもそれらしく徹底してくると、ひとりでに医者を動かす。とりわけ当の病人が医者であればそうならざるを得ない。死に至るまでのデカダンス体験に浸りきる自堕落を芸術家や恋人——心中死をも辞さない恋人たちはうらやむべきかな――の特権として羨望しながらも、かつて医者を志したり（イェンゼン）、げんに医者である（フロイト）人間としては、その病める心を分析し再構成する作業に携わらないわけにはいかないのである。

前にも述べたフロイト晩年のロンドンの診療室には、グラディーヴァの浮彫コピーとメレアグロスの死を描いた石棺の絵のほかに、現存した何人かの女性の肖像写真が掛かっていた。ルー・アンドレアス＝ザロメ、マリー・ボナパルト、イヴェット・ギルベールの三人である。いずれも現代人の仮装をしたグラディーヴァとして世紀末の危険な深淵を先導しつつ、庇護し、案内してくれた、フロイトにとってはかけがえのない女性たちである。明らかにフロイト自身がこれらの世紀転換期の大女神を、必要ともすれば、崇拝もしていた。しかし衰弱し病んだ男が必要とする女神は、別に世紀転換期にかぎって出現するとはかぎらない。それが『グラディーヴァ』という小説とそれを分析したフロイトの『妄想と夢』が、その場かぎりで忘れられることなく、その後も版を重ねている理由であろう。

それかあらぬかイェンゼンの『グラディーヴァ』も、フロイトの『W・イェンゼンの『グラディーヴァ』における妄想と夢』も、発表当時よりはむしろ発表後四半世紀を経た三〇年代に熱狂的な読者を獲得した。フロイトの主要著作は（フランスでは）二〇年代までにほぼ翻訳されていたが、特異なマイナー・ポエットの小説を論じたこの道楽臭いエッセイのみは、大戦を間にはさんで、ようやく三〇年代初頭に翻訳されたからである。

一九三一年にマリー・ボナパルトによるフロイト『W・イェンゼンの『グラディーヴァ』における妄想と夢』のフランス語訳が出た。ただちにパリのシュルレアリストたちが反応した。ブルトンは翌一九三二年に出た、一種の夢研究書である『通底器』のエピグラムに『グラディーヴァ』の結末の一節を掲げた。シュルレアリストと『グラディーヴァ』との蜜月はその後も続き、一九三七年にブルトンは『グラディーヴァ』へのオマージュ（『野を開く鍵』所収）を書くばかりか、同年パリのセーヌ街に「グラディーヴァ画廊」を開設する。ちなみに、この画廊の入口正面ドアのデザインはマルセル・デュシャンによる「デクパージュ」、つまり切抜き絵で、透明な霊体を思わせるような男女二人の立姿が切抜き絵で表わされている。「グラディーヴァ画廊」は、ブルトンによれば「いかなる時代にも属さぬ場所」、「どこでもよい理性の世界の外にあるような場所」であり、そこには「人間が作った事物のなかで、その実利的な意味を失ったものや、まだ見出してないものや、はっきりとそれから遠ざかったものが」、「選ばれたかたちでたえず現われ出る」――「きわめてせまいが限りない場所」として夢見られる、そのような場所であるはずであった。（「スーラは、あそこに彼の描く気取った女たちのひとりを立たせておいたのかも知れぬ、アンリ・ルソーはここに腰を降ろすのを好んだのかも知れぬ。」）

同画廊の壁には『グラディーヴァ』をテーマとすると否とにかかわらず、ヴォルフガング・パーレン、アンドレ・マッソン、オンスロウ＝フォード、フランセ、クルト・セリグマン等のシュルレアリスム的絵画が掛けられ、またオスカー・ドミンゲスのオブジェ『ジャメ』が展示された。さらに一九三九年にはアンドレ・マッソンが『グラディーヴァの変貌』を描いた。仏訳刊行の一九三一年からマッソン作品成立の一九三九年まで、シュルレアリストたちの三〇年代はほぼ『グラディーヴァ』をめぐって明け暮れたといって差し支えなかろう。

「前進する女」＝グラディーヴァを旗印に掲げた、シュルレアリスム画廊の活動のほうは、しかしながら一九三八年のブルトンのメキシコ旅行とともに終わりを告げ、同時にこれを境にグラディーヴァのイメージはパリから世界の複数の都市に拡散してゆく。一例が、戦後二つの都市で次々に発行された、「グラディーヴァ」のタイトルの二つのシュルレアリスム機関誌である。その一つはしかも南米で発行された。デュシャンの切抜き絵そのままに、グラディーヴァは霊体のように空間を透明に抜けて、旧大陸から新大陸へ移送されたのだともいえそうである。

ちなみに南米で発行された「グラディーヴァ」誌は、ブラウリオ・アレナスがすでに発行していたシュルレアリスム機関誌「マンドラゴラ」と「ライトモティーフ」に次ぐ第三の雑誌として、チリの首都サンチャゴから発行された。一九五二年のことである。内容は、「デ・キリコとジゼール・プラシノスのテクスト」ならびに「彼（ブラウリオ・アレナス）自身の詩」である、と『シュルレアリスムとその周辺 総合事典』には紹介されているが詳細は不明である。なおこの雑誌は第一号のみが出て、二号以下は発行されなかったらしい。

もう一つの「グラディーヴァ」誌は、同じく戦後の一九七一年にベルギーのブリュッセルで発行された。第九―十合併号は一九七八年十月三十日の日付けであり、ほぼ七〇年代を通じて活動した雑誌と知れる。ただし、やはり上記『シュルレアリスムとその周辺 総合事典』を参照すると、執筆陣にジャン・ルイ・ベドゥーアン、クラフェク、ジョゼ・ピエールなどのシュルレアリスト系の作家・芸術家の名を見受けはするものの、もともと詩人‐画家のジャクリーヌ・オンダーマークなる人物の主宰するこの雑誌は「サンボリスム、シュルレアリスム、ポエジー」を旗印にしていて、「錬金術やシュルレアリスム以外の詩的協力をも」得ているといった、かなり折衷主義的な性格の編集方針で運営されていたらしい。

ということは七〇年代後半に及んでは、すでにブルトン等の三〇年代の「グラディーヴァ」をめぐる活動の記憶はなかば失われていたということだろう。ことほどさように、近来の「グラディーヴァ」をめぐる記憶はもはや三〇年代のブルトン＝シュルレアリスト経由のそれではなく、ふたたび世紀転換期前後のイェンゼンの小説そのもの、とりわけそのフロイトによる精神分析的解釈（『妄想と夢』）に直結しつつある。しかしそれについては、後程述べるとしよう。

『グラディーヴァ』に霊感源を見出したのが、とりわけシュルレアリストの画家であることは前にもいったが、なかでもサルバドール・ダリは仏訳が世に出た直後の一九三一年頃から彼の「グラディーヴァ」連作を描きはじめる。ちなみに、このダリの「グラディーヴァ」熱は画家のその後の全生涯をまで巻き添えにしてしまう。ダリが一九三一年以来持続的に取り組んでいた「グラディーヴァ」連作は、徐々にガラの肖像制作に移行してゆく。ガラはエリュアール前夫人であり、当時はマックス・エルンストの愛人だったが、ダリは「グラディーヴァ」連作を契機ににわかにガラに接近し崇拝し、のみならず彼女と結婚した。明らかにダリはグラディーヴァとガラとを同一視したのである。

グラディーヴァ＝ガラ同一視の典型的な例として挙げられるダリ作品に、『ガラ－時鐘ガラの肖像』(一九三五年)がある。後ろ向きのガラとこちらを向いたガラとの、同一人物の二重像が、鏡像と実像のように組み合わされている。そのどちらにもグラディーヴァが隠されている。まず後ろ向きのガラは、故郷の大学都市の街頭でふと目に留めた後ろ向きの女性としてのグラディーヴァであろう。これに対してこちらを向いたガラは、ハーノルトがポンペイへきてから正体を明らかにした、とりわけディオメデ別荘の譴責席でハーノルトを容赦なく譴責する女教師＝精神分析医としてのグラディーヴァであろう。その消息を訳者《わたし》は前にも別のところに書いたことがあるので、以下に引く。

「両者の中間を占めるのが『ガラ‐時鐘　ガラの肖像』である。ミレーの『時鐘』をもじったガラの肖像のなかで、後向きのガラは依然として抑圧された不安なエロティック・オブジェではあるが、同時にこちら向きのガラがその神経症的オブジェの強迫からダリを解放し治癒する女精神医＝マドンナとして救済象徴的な役割をも担っている。彼女はダリが真正面から描いた女性の数少ない例外だった。」(『魔術的リアリズム』)

ガラに出遭うまでのダリは、カダケスの家の窓辺に立つ妹を描いた『窓辺の若い女』(一九二五年)のように、女性を後ろ姿でしか描いていない。その後もガラ以外の女性の場合は、近親相姦を暗示する『角《つの》によって処女性を鶏姦される若い処女』(一九五四年)のように後ろ向きで描かれる場合が多い。だがガラのみは決まって、ディオメデ別荘のグラディーヴァのように、もしくは診療室の女精神分析医のように、真正面からこちらを叱責し、裁き、譴責し、八つ裂きにするように容赦なく心を分析する、男根のある女（母親）として描かれている。

したがって画面は、かりに掩蓋物としての彼女がいなくなったらその場でダリ自身がバラバラに分解してしまうのではないか、と思わせるほど画家の側の幼児的不安をむき出しにしてもおり、またそれだけにガラの女呪医的女神的包容力をも示唆している。それを裏づけるような事件が二十世紀も終わろうとする半世紀後に起こったのを、私たちは知っている。一九八九年、ガラに先立たれたダリは全身火だるまの焼身自殺を試み、これに失敗してまもなく死んだ。女精神医役のガラ＝グラディーヴァの、監視し、分析し、包括するまなざしの不在の場では、ダリのような人はバラバラに空中分解してしまうほかなかったのであろうか。

ダリによるガラの肖像は、フロイトの『妄想と夢』分析以後の擬似グラディーヴァ像だが、ついでにここでフロイト以前のグラディーヴァ像ともいうべき美術作品に一つだけ触れておきたい。マックス・クリンガーの連作版画『ある手袋拾得に関するパラフレーズ』（一八八一年）がそれである。

ローラースケート場で後ろ向きの、顔も名前も知らない貴婦人の落とした手袋を青年がたまたま拾得し、彼はその手袋をめぐるファンタジーというより妄想にふける。全部で十葉からなる連作版画の、貴婦人がローラースケート場で手袋を落とす瞬間をとらえた後ろ姿のショットは、ローラースケートをはいてやや爪先立った彼女の足のたたずまいがどこかイェンゼンの描写になるグラディーヴァの「切り立った足裏」を思わせる。またクリンガー『ある手袋拾得に関するパラフレーズ』の第七葉「不安」の洪水に襲われたベッドの悪夢描写は、『グラディーヴァ』のヴェスヴィオ噴火の日のポンペイの阿鼻叫喚の夢を思わせるばかりか、第九葉「誘拐」には蜥蜴のような怪物を嘴にくわえて窓から飛び立つ（笑う？）鳥の図が描かれてもいる。憧憬と旅のモティーフもある（第三葉「願望」、第四葉「救助」）。ナポリ街道を凱旋将軍のように馬車で行くハーノルトの描写も、クリンガーの「凱旋」の構図に酷似している。

一八八一年成立の連作版画とそれから二十年後の一九〇三年に書かれた小説との間に、偶然の一致以上の関係を見るのはいささか強引すぎるかもしれない。しかしフロイトはともかく、新聞記者として文化情報に目ざとかったイェンゼンがこの版画連作を知らなかったと考えるのは、かなり不自然だろう。ポンペイを場所にして夢を書こうと思い立ったとき、作家は壮年期に評判を呼んだ、この夢の連作版画を思い浮かべたのではないか。

マックス・クリンガーは夢の絵を描いたばかりではなく、フロイト以前の夢の心理学者の著作やショーペンハウアーに精通している、学者はだしの夢研究家だった。彼のとりわけ『ある手袋拾得に関するパラフレーズ』は、フロイトの『夢解釈』のイメージによる先取り、というよりヘルマン・ジーベックやシェルナーのようなフロイト以前の夢研究家たちという共通の源泉から汲んだ、フロイトの『夢解釈』とならぶ、やや早過ぎた世紀転換期の夢研究だったのである。イェンゼンもフロイトも特に言及していないとはいえ、クリンガーが両者の霊感源だった可能性は否定できない。ちなみにクリンガーが霊感源になって出発した、夢を描く二十世紀画家のほうははっきり名を挙げることができる。ジョルジョ・デ・キリコとマックス・エルンストである。

さて、先にも述べたように、二つの雑誌のタイトルとなって戦後シュルレアリスム運動の旗印として再度表舞台に登場したグラディーヴァは、しかし続く数十年間またしても忘却の灰に埋もれた。しかるに近年またしても再発掘されつつあるようだ。なかでも先にも引いたスペクターの『フロイトの美学』をはじめ、先年自殺したサラ・コフマンの『芸術の幼年期』（邦訳、水声社）など、精神分析プロパーのフロイト研究よりは、芸術批評・文芸批評におけるフロイト再評価とのかねあいのなかでイェンゼン／フロイトが言及される傾向が目立つ。ややオーバーに申し上げれば、いまや精神分析理論家フロイトではなく、文芸批評家フロイトであり、芸術批評家フロイトなのである。しかしそもそもがフロイトにとって精神分析とは言語の問題であり、要するに言語批評にほかならなかったのではあるまいか。

『妄想と夢』のフロイトも精神分析医としての現場を逸脱することなく、しかも重要な言語分析を試みている。

「『グラディーヴァ』を読まれた方ならどなたも、作家が二人の主要人物にしきりに二重の意味に取れる発言をさせているのにお気づきになったにちがいない。」――「彼女のことばは、一方ではハーノルトの意識的理解に突入できるように相手の妄想におもねり、他方では妄想を立ち越えて、そのことばが代表している無意識の真実につねにそれを翻訳してみせる。これは、妄想と真実を同一の表現形式で提示することのできる機知《ヴィッツ》の勝利である。／ツォーエのことばは終始一貫このような二重の意味につらぬかれている。」

先に私たちは『グラディーヴァ』の人物たちがあいまいで確定せず、あれでもこれでもあるような認識の混乱のさなかに投げこまれている消息を見た。石の破片の気ままな集積にほかならないような瓦礫の都市ポンペイに、メレアグロスの末裔のような、たましいを八つ裂きにされた男を放り込んだのだから、それも当然である。結果は、たとえば冥府の花と愛の花の取り違え、家蠅とえくぼの取り違え、とやることなすことに間違い続きの悲喜劇が続発して、事物がことごとく二重の意味を持っていることが明らかにされる。ディオスクロイの双子兄弟カストルとポリュデウケスの一人が現われるともう一人が消えるように、この一つの意味が現われるともう一つの意味が隠される隠れん坊遊びの究極に、右のような言語遊戯が出現してくるのである。

フロイトの『妄想と夢』では、このことばの両義性（としての病《やまい》）の指摘は、エッセイの末尾近くまできて、ふとついでに思いついたように言及されている。病としてのことばの両義性、それをあからさまに提示しながら瞬時に笑って治療してしまう――つまり「妄想と真実を同一の表現形式で提示することのできる機知《ヴィッツ》の勝利」、それこそが真の治療だということ。しかし、ことばの両義＝二重性の提示と機知によるその解決という命題は、『妄想と夢』発表直前の『機知とその無意識への関係』（一九〇五年）につとにくわしく論じられており、しかも第一次大戦でいったん中断してから、戦後の『砂男』を論じた『無気味なもの』（一九二〇年）にふたたび浮上してくる、フロイトにとってとりわけ重要なモティーフであり、ついでの思いつきなどではあり得ない。フロイトはおそらく故意に、問題の核心がことば（の両義性）にあることを、ついでのようにさりげなくはぐらかしながら明言したのである。

ここではそれができた。というのも『無気味なもの』の『砂男』の言語分析では、それほどさりげなくではなく、いたってあからさまに、冒頭から各国語の辞書まで持ち出して言語分析をまず開始する。せざるを得ない。両者の間に何が起こったのか。世界大戦によるオーストリア＝ハンガリー二重帝国の崩壊である。

フロイトが市民化したユダヤ人として、市民社会の公用語たるドイツ語をあやつりながら、しかもユダヤ・ジョークを駆使して相手のコードを逆なでし、切り返すすべをも心得ていた、とりあえずは抑圧された人間として、しかし抑圧や排除の手段（言語）そのものが運んでくる解放の契機をそのたびごとに待ち望んでいた、というより待ち望んでいられた国家装置がまるごと消滅してしまったのである。ああいえばこういうの、ユダヤ人なりに気心の知れたウィーンという——たえずそれを裏切り、切り返すべき、堅固なコードはもはやない。今後は身一つの、ここにいながらにしての亡命者として、まさに家なし un-heimlich（＝無気味）でやっていくほかない。

『妄想と夢』はおそらく『機知』に続く言語分析として書かれたが、ここでフロイトは二重帝国の内部にいる。帝国に寄生する少数者（ユダヤ人）として、一方で二重帝国の言語という「相手の妄想におもねり」ながら、「他方では妄想を立ち越えて、そのことばが代表している無意識の真実につねにそれを翻訳して」やるのである。それこそが機知の役割であり、古びに古びた二重帝国も機知の運用次第で何とかやっていけるだろうという大方の了解があったかのようだ。しかし二重帝国が壊滅した大戦後ではすべてがポンペイのように廃墟化して、もはや言語が無意識を隠蔽しているために成り立っていた言語遊戯が不可能になる。『グラディーヴァ』の「死から生へ」は、逆転して、『砂男』の「生から死へ」に裏返るのである。それを分析する『無気味なもの』には精神分析運動初期の若々しさはもはやない。しかしそれだけに十九世紀的ウィーンという環境を去って、あるいはそこに居ながらにして、身一つの亡命者の普遍的な認識に到達していた、のではあるまいか。

フロイトの言語分析の右のような系譜を第二次大戦後に継いだのはおそらく、訳者のせまい見聞のかぎりでは、ユニークなフロイトの伝記『精神分析革命』の著者でカフカの翻訳者でもあるマルト・ロベール女史である。目下の対象の『グラディーヴァ』とも、『妄想と夢』とも、直接関わることはないとはいえ、セゲルス版「今日の作劇術叢書」中の『劇作家ハインリヒ・フォン・クライスト』（一九五五年）の卓抜な言語分析は明らかにフロイトの言語分析の衣鉢を継いで、病としての言語の二重性が必然的に対話者相互間に猜疑と不信を生みながら悲劇的葛藤に通じて行くか、それともまぎらわしい両義＝二重の意味ゆえの誤解が間違い続きの悲喜劇を構成するかを精細に分析している。言語の病としての二重性は『無気味なもの』の恐怖の根拠にもなるが、裏を返せば、ネストロイの『引き裂かれた男』について『無気味なもの』のなかでフロイト自身が分析しているように、ユダヤ・ジョーク的な「機知」の根拠にもなり得るのである。

最後に翻訳について二、三。

訳者がヴィルヘルム・イェンゼン『グラディーヴァ』をテーマに、ニンフェットの足フェティシズムについてささやかなエッセイ（「シンデレラの靴」）を書いたのはいまを去ること三十年前、「血と薔薇」（一九六九年第二号）誌上のことであった。この小エッセイは幸いにも安田一郎氏のお目に留まり、イェンゼン／フロイト合本の誠信書房版『妄想と夢』（一九七五年）の同氏の「訳者あとがき」にも触れられて、訳者としては大いに面目を施したものである。

しかし安田一郎＋安田洋治氏の定評ある翻訳が先行しているにもかかわらず、同一訳者によるイェンゼン／フロイトの一貫した訳、せめてイェンゼン『グラディーヴァ』だけでも自前の翻訳をしてみたいというのが、訳者長年の夢であった。三十年前の当時も当の「血と薔薇」関係の出版社で実際に翻訳企画が進められていたところ、肝腎の出版元の倒産があって、夢は妄想と化した。ところへ三十年後、たまたま作品社の増子信一氏が新たに同書のフロイト『妄想と夢』との併訳の提案を携えてやってこられた。灰に埋もれていた昔の夢は再燃し、ついに長年の抑圧をかいくぐって翻訳出版にこぎ着けた次第である。

『グラディーヴァ』のテクストは戦後ドイツでも、出版元を変えて何点か出ているが、一九〇三年版の初版は入手できず、とりあえず本訳書では次の戦前版を底本にした。

Wilhelm Jensen, Gradiva: Ein pompejanisches Phantasiestück, Dresden und Leipzig Verlag von Carl Reißner 1913.

フロイトのテクストは以下に拠った。

Sigmund Freud, Der Wahn und die Träume in W. Jensens »Gradiva«. in Sigm. Freud Gesammelte Werke chronologisch geordnet VII. Werke aus den Jahren 1906-1909.

最後に私事にわたるが、翻訳作業中体調を崩して後半の一部は旅先の病院で仕上げるというめぐり合わせになった。その際、増子信一氏をはじめとする作品社のスタッフのはげましと助力を頂いたことを記して、感謝のことばに代えたい。

一九九六年四月二四日

種村季弘

巻末論考——白昼夢、あるいは活路

森元庸介

精神分析の創始者による鋭利な読解と、稀代の文学者による自在な逍遥のあとでいったい何を……と記してみて、出発点となった作家のことを早くも置き去りにしかけている。なるほど、小説家としてのヴィルヘルム・イェンゼンは今日ほとんど省みられず、ひとえにフロイトによる読解を介して作品『グラディーヴァ』、いや、そのヒロインの名前ばかりが生き延びた、というのは本書解説の冒頭で種村季弘も踏まえる通り文句だ。

通り文句を覆そうと思わないし、仮に思ったとして力がない。それでも作家の言葉を少し紹介してみたい。小説の出版は一九〇三年、フロイトによる論考『『グラディーヴァ』における妄想と夢』の公刊はその四年後、一九〇七年のことである。直後にふたりは手紙を交わしており、作家が分析家へ宛てたものとしては少なくとも三通が知られている。そのうち、二通目が相対的に長く詳《つまび》らかだ。[*1]

冒頭の挨拶につづけ、「あの小さな「幻想小説」は、わたくしに格別の詩的感銘を与えた古代の浮彫像に想を汲みました」とある。もちろん、いまではむしろ《グラディーヴァ》の名で知られるあの彫像のことだ。自分はその複製図版を持っていた、と断ったうえでイェンゼンは言う。「ナポリ国立〔考古学〕博物館で何年もオリジナルを探したのですが見つけられず、ローマのさるコレクションに所蔵されていることだけがわかりました」。小説の劈頭《へきとう》を読み返すと、主人公ノルベルト・ハーノルトが彫像に出会ったのは、「ローマのさる大古美術館を見物中」の折である。作家が彫像を小説に取り込んだのは所蔵先を知って以降だったのであり、それに先立つ数年、かれはナポリにそれを求め、しかし叶わなかった。なぜナポリだったのか。答えはない、あるいはむしろひとりイェンゼンにとって瞭然としている。

わたくしの根拠のない思い込みのうちに、この浮彫像がナポリにあるはずだ、さらにそれはポンペイの女を描いたものであるのだという「固定観念」――よろしければそうお呼びください――らしきものがあったかもしれません。そうして、わたくしは彼女がポンペイの踏み石を歩んでいるのを心のうちで見たのです。ポンペイの廃墟には頻繁に逗留することがありましたから、よく知っていました。静かな真昼のうちに時を過ごすのをこよなく愛しました。食卓についたほかの観光客すべてから離れ、太陽に誘われた孤独のなか、徐々に明白に境界状態へ陥り、眼は覚醒時のヴィジョンからまったく夢想的なヴィジョンへ移ろった。自分が経験しえたそんな状態から、やがてノルベルト・ハーノルトが飛び出してきたのです。

はたと膝を打つ向きもあろうか。小説『グラディーヴァ』を読んで躓《つまず》かされるのは、なによりポンペイがその舞台となる理由が見つけにくいからで、これについては、フロイトも作品の展開と「現実の合法則性」が乖離《かいり》した点のひとつだと指摘する（一九三頁）。ドイツに住む若い考古学者はローマで見た浮彫像をポンペイに結びつけた。それはさしあたり、かれ自身が「古い瓦礫の研究のため」にその街をよく訪れたからであり、いってしまえば気紛《ファンタジー》れ、必然のない観念連鎖の結果にすぎない。さてしかし、この観念連鎖はその恣意的な側面を含めて作家自身のものにほかならなかったというわけだ。となれば、主人公ノルベルトがグラディーヴァを追いかけながら本当に追いかけたのは、やはりポンペイで作家みずからが滑り込んだ白昼夢にほかならなかった、ということにもなるだろう。「わたくしは彼女がポンペイの踏み石（Trittsteinen）を歩んでいるのを心のうちで見たのです」――「［ノルベルトは］

ある日突然、浮彫像に象《かたど》られた娘はポンペイのどこかで発掘された風変わりな踏み石(Trittsteinen)の上を歩いていたのだと気がついた」(一一頁)。

だとすると一篇は仮構の体裁のもとで作家が自身の妄想を開陳《かいちん》した、いわば私小説、というわけだろうか。いや、ことはそれほど単純でない。フロイトは、論考第二版(一九一二年)に付した「あとがき」の末尾、考古学の専門研究[*2]を引きつつ、イェンゼンが件《くだん》の彫像を「ローマ風」と評するのに反し、それは実際のところ新アッティカ様式の作品だったのだと述べる(二七三頁)。だが、小説を読めば、様式に関する記述はぎりぎりのところでぼかされているようにも感じられる(一一頁)。それ以上に、ノルベルトはしばらくしてから、少女は「ギリシア人系」なのではないかと想像を膨らませてゆく(だからこそ、やがて対面するツォーエにギリシア語で話しかけたりするのだ)。結果として正鵠を射たこの想像には――小説中で明記されるとおり――「ギリシア本土から南イタリア全土への往古の植民移住が裏付けの充分な根拠を提供してくれた」(一四頁)。種村が指摘するように、脈絡を欠くかに映る連想の背景には、かのマグナ・グラエキア――ポンペイはそのほぼ北西端に位置づけられる――が控えているのだ[*3](二八二頁)。右に触れた専門論文の発表は一九〇三年、小説の公刊と同年だから、作家自身がそれを読んで作品の来歴を知った可能性は低い。だからこそ、妄想を展開させるホリゾント幕として地中海文明史上の重大事を配したことの操作性が際立つ。主人公の妄想は作家自身の夢想に根を持っていた。だが、作家は夢想を作品化するにあたって、しかるべく媒介を設けていた。妄想が妄想として読まれるのは、それとわかって書かれた結果だ。

そもそも、イェンゼンは自作に向けられた読解をどのように受け止めたか。「右に述べたことのほかは、文学創作上の動機によって得られたものです」と宣言したのち、作家は主人公についての心理分析的な解説をみずから手がけてゆく。フロイトに読まれたあとだから、その読解の内容が反応それ自体に織り込まれた可能性はなるほど考慮すべきだろうが、分析家に対する微妙な困惑、留保が顔をのぞかせている。*4 とりわけ興味深いのは、彫像グラディーヴァと現実の女ツォーエに、さまざまの明白な差異があることが強調される点だ。顔もちがう、シルエットだってちがう。ツォーエがまとうのは夏向きの軽装で、「たっぷり襞のある」グラディーヴァの衣とはやはりちがう、と。たまさかのことではもちろんなくて、作品の存立それ自体を脅かすかもしれないフロイトの指摘が念頭に置かれている。分析家は、先述した舞台設定の問題に加え、「現実的な合法則性」との乖離、つまりは小説を荒唐無稽なものに近づけたもうひとつの要素として、彫像とヒロインのあいだに設けられた類似を挙げているのだから。古代の浮彫像が「顔の造作や身体の姿勢もはるか後世に生きている一人の人物に瓜ふたつ」であることなど、端的にありそうもないではないか（一九三頁）。しかし、遠回しな言い方に込められた作家の意図を推し量りつつ言えば、主人公ノルベルトが両者を混同したのは両者が似ているからではない。そもそも両者は必ずしも似ていないのであり、むしろ似ていないものを結びつけてしまったことに妄想の妄想たるゆえんがあり、さらにいえば、そのような妄想を抱えた男を主人公としたからこそ、小説は「合法則性」を離れたところで成立したのではないのか。繰り返せば、それらすべては「文学創作上の動機」によってもたらされたものではないのか。

むろんその動機が純粋なものであるかはわからない。「この短い物語は不意の衝動とともに生まれましたから、それについては欲求（Trieb）がわたくしのうちで無意識に働いていたにちがいありません」。ほとんど推敲なしに一気呵成に作品を仕上げたことは、その証左だろう。とはいえ、主人公の妄想がそのままわたくしの妄想だということにはならない。「全体は、よくいわれる意味での自身の経験とは何の関係もないのです。そう名づけたとおり、これはまったくの幻想小説なのですから」。それでさえなお、批判をかわすのはむずかしいのかもしれません——作家は少し諦めた様子で、手紙の実質的な締め括りにこう記している。「あの作品について、まるで子供じみた戯言《たわごと》だと考えているひとがいます。わたくしが書いたもののなかで最良の部類だというひとともいます。しかし、自己理解について完全であるひとなどいません」。

「つねにナイーヴな創作欲のままにファンタジー衝動に身をゆだねているような作家」のひとりである――フロイトは論考第二版「あとがき」で、没してほどないイェンゼンをそう断じた（二七一頁）。（あとで見るように）言葉の含意に留保の余地はあるが、ひとまず酷な評価という印象は否めない。浮彫像から自身が得た印象を語りつつ、お望みなら「固定観念」と呼んでかまわないと突き放す精神に、衝動とは別の苦いアイロニーを認めてしかるべきであろう。同じ「あとがき」は、フロイトが「老齢の作家にこの精神分析的研究の新しい課題に関心を抱いてもらおうと持ちかけ」、しかし「作家は共同作業を拒絶した」ことを伝えもするが（二七一―二七二頁）、作品があくまで自分の手になる仮構であるという意識と、その仮構にけれど自身が巻き込まれてあるという意識のあいだを揺れた――それもまた「ナイーヴ」なことなのか？――作家の側からすれば、無理からぬ対応ではなかったか。

*

作家に無理に肩入れしようとするのではない。ただ、書翰《しょかん》がうかがわせる屈曲に添うとき、分析家による読解がひるがえってずいぶん明朗、いってしまえばあっけらかんとした印象を与えるようにも思う。[*5] フロイトは自身が小説を読むというについて相応の釈明をしているけれども、それはいわゆる応用分析の妥当性をめぐって張られた予防線であり、最終的には自身の企てを正当化することに帰着している。小説を症例記述のように読むことへの疑念はあろうが、しかし現にそう読めたのであるし、作家に否定されたってかまわない、別々の方法をたどりながら「結果において一致したこと〔は〕両者が共にまっとうな仕事をした証《あかし》」だろう、と（二六四—二六六頁）。

だが、それだけであろうか。ふと問いが浮かぶ。もしも一篇がハッピー・エンドで終わっていなかったとしたら？ ノルベルトがツォーエに出会い、ツォーエに出会うことでみずから求めて得られずにいたものと出会うことがなかったとしたなら？ つまり、もし小説が出会い損ねで終わっていたとしたら、それでもなおフロイトは後年に「たいして価値ある短編小説ではない」[*6] と断じたものを、ほぼ同量の紙幅を費やして読解したであろうか。いや、小説が症例記述のように読めるものであったというだけではおそらく不十分だったのであり、（論考が折々に仄《ほの》めかす評価にしたがうなら）通俗的な小説ならではのご都合主義、なにより「調和的な結末」(二八八頁)こそが分析的読解にとってもまた好個の条件、あるいはさらに必要条件だったであろう。たとえきっかけにすぎないものであっても、それなしには何も起こらないのであってみれば、きっかけは結局いつでも不可欠である。そのような意味で、イェンゼンの小説がフロイトによる読解のきっかけとなりえたのは、なにより成功した治療の記述に似ていたればこそのことであったはずだ。

よく知られるように、フロイトはことがらのほぼ始まりから、自身の症例記述が期せずして小説と似ることに「奇妙な印象を抱いて」いた[*7]。似ていることが奇妙に感じられるのは、どこかで似るはずがないと思うからであり、それは「科学性の刻印」のあるなしといったことの手前、分析が——しかしまた、あらゆる現実がそうだけれども——小説のように進み、また終わることなど本来的に望むべくもないという単純な事実によるのではないか。実践としての分析をめぐるこの困難は、周知のようにやがて「終わりのない分析」の問題へと集約されつつ、晩年の分析家に重くのしかかった。アナクロニズムの無理をあえて押すなら、『グラディーヴァ』がフロイトにもたらしたのは、終わりのなさをめぐる不安をつかのま逃れ、仮構のうちで首尾よく「終えられた分析」を自由になぞる、遊戯的でさえある模擬の機会であったと言ってみたくなる。

そうした模擬の機会と捉えるなら、『グラディーヴァ』の真の主役がツォーエ・ベルトガングだということになるのは理の当然だ。フロイトがヒロインに魅入られたといった捉え方をまちがいだとは思わないが、そう捉える手前で、分析家にとって彼女が患者として追究する対象ではなく、まずもって治療者という立場において自身を重ねるべき形象だったことを忘れるべきでない。追いかけてくるのは男であり、その男はけれども自分の追いかけるものを見損なっているから、医師は――女が（医師がするように）そうするように――みずからを模擬餌として曝し、地に足のつかぬ男を引き捕らえるのにふさわしい時機を忍耐強く、また巧妙に待たねばならない。そうなってみれば、どこまでもかわいそうなのは、そう、ノルベルトであり、またしかるべく変更を加えるなら《ムタティス・ムタンディス》イェンゼンである。解釈するフロイトも、フロイトの解釈の解釈を追う者も――しかしまたシュルレアリストの轍《わだち》をなぞって女の優美な足取りを追う者も――男たちのことなど、めったに顧みはしない。

*

これではしかし、作品と分析はやはりただすれちがっていた、と述べるだけのことになってしまいそうだ。男を救わねばならぬ義理もないが、かれらの側に何が起きているのかをしばし考えてみたい。そうすることで、もしかしたら作家と分析家が別のところで出会ったりするかもしれない。

稿の初めのほうでは作家の夢想と主人公の妄想をそれなりに区別したけれども、改めて考えれば、両者をまるで切り離してしまうこともない。ふたりはやはり似かよっているのであり、何よりその起動の状況を一にしている。いうまでもなく、白昼夢（Tagtraum）のことが念頭にある。主人公が作家の真昼の夢を揺り籠としたことはやはり印象深い。「静かな真昼のうちに時を過ごすのをこよなく愛しました。食卓についたほかの観光客すべてから離れ、太陽に誘われた孤独のなか、徐々に明白に境界状態へ陥り〔……〕」。繰り返すなら、これは作中にあってノルベルトが頻繁に身を置く状況そのものだ。いや、それ以上に、ノルベルトは——夜は夜で夢のあれこれに苛《さいな》まれることをのぞけば——ほぼ全篇にわたってただ白昼夢に耽《ふけ》り、自身の作り出した幻像を追いかけ、思い違いを重ねるばかりではないか。

だが、追いかけるひとの姿は、背後から見れば逃げるひとの姿と変わらない。そうしてヨーロッパ思想の歴史にあって、白昼夢とはたしかにある特別な逃避の換称なのだった。初期中世以来のキリスト教世界はそれに「アケディア（acedia / accedia）」の名を与え、いわゆる七大罪のひとつ、日本語でいう「怠惰の罪」と位置づけた。しかしもとをたどるなら、これは、とりわけ修道士たちに絶望的なまでの〈自己〉嫌悪をもたらすダイモンの謂であった。その訪れとともに、修道士にとっては己が現にしている営為——祈禱や冥想、読書、執筆——の一切が無意味のうちへ沈む。そして、この底無しの無為の到来にうってつけの刻限は、まさしく真昼時なのだとされた。この経緯を近年改めて人口に膾炙《かいしゃ》させたのは、エロスとファンタズムの関係を縦横に論じたジョルジョ・アガンベンの『スタンツェ』と覚《おぼ》しいけれども、その冒頭に四—五世紀の教父たちの記述が範例として引かれている。

〔アケディアに冒された者の視線〕は、とり憑かれたかのように窓に釘づけになっている。空想の中で彼は、何者かが彼を訪ねにきたのだと想像する。〔……〕が、道に下りていこうとはしない。〔……〕目の前にある文字や美しいミニアチュールが、彼には憎らしく思われてくる。ついには本を閉じて、枕にしてしまう。そうして浅くて短い眠りに落ちていくのである。その眠りから彼を醒ますのは、満たされるべき空腹か欠乏の感覚である。

不幸にもこのダイモンが人の心にとり憑きはじめると、彼のいる場所は恐怖の坩堝《るつぼ》と化す。自分の僧室に嫌気がさし、仲間の修道士たちを嫌悪するようになる。〔……〕僧室の中で行なわれるあらゆることに対して、無気力になる。〔……〕あたかも日没を遅らせることができるかのように、太陽にじっと目を凝らす。*8

こうして白昼の光を背景に現れるアケディアは何の化身であるのか――エウアグリオスは「空腹」と並べつつ「欠乏の感覚」と婉曲に呼んでいるが、それが修道生活にあって何より満たしがたいもの、つまりは愛の願望であることは言を俟たない。ロジェ・カイヨワはある論文で言う。「その背後にはセクシュアルな誘惑がある。アケディアに冒された者たちは修道院を出て、誰ひとり支持する者なき女のもとへ赴こうとする」。*9 だとすれば、修道院という歴史的形成物と密接に結びついたとはいえ、「この現象がわれわれに縁遠い過去の出来事である〔どころか〕、われわれに親しい」ものであることも断る必要はあるまい。*10 そうしてまた、考古学者であるのに考古学を手がけることだけは頑としてしない我らがノルベルト・ハーノルトは、『モーパン嬢』のアルベール、『さかしま』のデ・ゼッサントらと並んで、*11 近代文学におけるその紛う方なき後裔である。*12 男の惑いが歴史をつうじていかほど変化に乏しいものか、テクストの水準で確めておこう。冒頭近く、近所のとある窓辺――それが誰の家の窓辺であるか、小説を通読された読者はご存じのとおりだ――、鳥籠のなかでカナリアが鳴くのがノルベルトの耳に聞こえる。

若い考古学者はいくらかあのカナリアに似ていないこともなかったのである。自然児として生まれ育ったのではなかった。生まれ落ちたときからもう格子部屋に囲われていた。家門の伝統が教育や将来の見込みによって囲っている格子部屋である。〔……〕カナリアは〔……〕自分が閉じ込められている狭い鳥籠しか知らない。それでいて自分には何かが欠けているという感情を抱いている。この未知のものをもとめて喉も裂けよとばかり声を張り上げる。ノルベルト・ハーノルトにはそれが分かり、だから部屋に戻ってまた窓辺にもたれると、あらためてカナリアを気の毒に思った。同時に今日は、それがどんなものかはいえないが、いずれにせよ自分には何かが欠けているという感情に襲われた。（二四、二六―二七頁）

フロイトにしてもこうした近代におけるアケディアの危険を、しかしまたその魅惑を逃れていたのではない。世紀転換期の精神風景とともに、そのように注意を喚起してもらえるのだから、日本語読者が種村季弘の博覧強記に負うところはやはり大きい（＝不活発、無為の外見をともなう知的麻痺が、この知的巨人〔フロイト〕のいわば持病だったのである」〔三〇七頁〕）。けれどここでは、さらに少し先で差し挟まれた短い指摘に目を向けよう。もちろんまずフロイトを、しかしまた一度は医師をめざしたイェンゼンをも念頭に置いて、種村はこう言っている。「無為、運動不能という世紀末病症候群。病はいかにもそれらしく徹底してくると、ひとりでに医者を動かす。とりわけ当の病人が医者であればそうならざるを得ない」。何気ないようであるけど、不活性の極限が運動の動機そのものに転じる可能性が示唆された。導きにしたがい、白昼夢をめぐる議論の方向を転換できないか、少し試してみよう。

そもそも、白昼夢をひたすら無為の徴《しるし》とみなすことは正しいのか。先に触れたアガンベン『スタンツェ』は、アケディアとも密に結びついたメランコリーの概念的系脈をたどり直した末に、それが、しばしば忘れられてはいるが、創造的性格の核心とみなされることがあったのだと指摘している。[*13] そこで有力な証左に挙げられるのは、ほかならぬフロイトの論考「詩人〔＝文学者（Dichter）〕と空想」（一九〇八年）だ。[*14] 原形となった講演は一九〇七年におこなわれたものだから、同年に発表された『グラディーヴァ』論と併せ考えたくなるのは自然である。

一読すると、フロイトの主張は素朴なものとさえ感じられる。文学者がしていること、それは突き詰めるなら空想する《ファンタジエーレン》ことであり、つまり想像のうちに非現実的な世界を作り出すことだ。空想は子供の遊びの延長線上にあると言ってもよい。とはいえ、大人にはもはや無垢に遊ぶことは許されず、遊びと軌を一にする空想も隠微な性格をまとい、恥の感情を付随させる。なぜそうなるのか。解答は、単純なようで省みるほどに深い洞察を含んでいる。空想は願望の充足を目的としているのだ、と。だからこそ「幸福な人は空想しない、空想するのは満たされない人にかぎる」のであり、空想は「満足をもたらしてくれない現実を修正せん」としているのである。[*15] 空想はつまるところ（分析的に理解された）夢と似ている。実際、空想家が紡ぐ「作り話（Schöpfung）」は「白昼夢（Tagtraum）」と呼ばれることがしばしばではないか。だとすれば、文学者こそはすぐれて「白昼夢を見るひと」、文学的創作こそはすぐれて「白昼夢」なのだと言い切って差し支えないはずだ。

コンパクトに畳み込まれる議論のなかで、フロイトはイェンゼンの名も作品も挙げていない。だが、冒頭に引いた作家の書翰を思い起こせば、分析家は文学創造の発端あるいは核心に白昼夢を据える自身の理路を裏打ちする証言を入手したばかりであったことがわかる。結果として得られたものは、こと分析の側から文学に関して与えられた知見として、『グラディーヴァ』論に読まれるよりも、はるかに積極的な示唆に富んでいる。文学を真昼の夢になぞらえることは、それが虚ろであることを意味するのではない。ひるがえって、真昼の夢はただ夢見る主体の無為を意味しているわけでもない。それは叶えられぬ願いを叶えようとする修正の試みであり、否定を介してのことにもあれ現実と関わるかぎりにおいて、(良くも悪くも)たしかに創造的な営みである。フロイトとイェンゼンが出会うとすれば出会うべきであった場所、それはこの白昼夢に宿った創造性の契機だったのではなかろうか。

そう記してみて、いつしかノルベルトを置き去りにしかけている。フロイトによる読解は、この若い考古学者をほぼ徹底して受動的な、さらにいえばマゾヒスト的な存在として扱っている。だが、かれの無為もまたそれ自体のうちに積極性の萌芽を宿していたかもしれない。ことの終わりに、物語のまさしく転回点、ツォーエをグラディーヴァと見誤りながらも初めて現し身として追いかけるその直前、ノルベルトがわたくしたちに強いる、あの痺れるように退屈な彷徨の跡をたどり直してみよう。

ポンペイに到着した翌朝、ノルベルトはあてもなく遺跡へ足を向ける。むろん学問的感興など湧くべくもない。「なかばうとうとしてきた。といって夢幻的な気配を感じたのではない。まわりを取り囲んでいるのは、雑然とした古い市門のアーチや列柱や市壁の破片でしかなかった」(四七頁)。索漠たる倦怠もそのまま歩きつづけるうち、時刻はいつしか正午にさしかかる。「静まり返った真昼の幽霊の刻《とき》、生命は押し黙りおのれを殺さなければならない。なぜならこの幽霊の刻には死者がめざめ、無音の幽霊のことばで語りはじめるからだ」(五一頁)。条件は徐々に整いつつあるようだ。「彼には何かをしたいという意志はなく、そもそもこんな目的のない旅に出るよりは、望みといえば学殖のある書物を手に静かに書斎にいることだけだったのである」(五一—五二頁)。本心はそうであるまいと誰もが思うその直後、反転へ向けた動きが始まる。市街の西側を走るメルクリオ通りに至ったところで、ふいに「第六感」が目覚めるのだ。いや、「いまいったいい方は当たらなくて、むしろ第六感によってさめた意識と意識喪失とのほぼ中間に位置するあるふしぎな夢幻状態(traumhaut Zustand)に入っていた」(五二頁——露骨すぎるという配慮なのだろう、イェンゼンは記していないけど、通りがその名を冠するメルクリウスはもちろん夢を司る神でもある)。それでもなお、よく親しんだはずのグラッフィーティをわずらわしいと思い(五三頁)、自分の学問など「老いてカラカラに干からびた退屈な叔母さん」のようだと呪い、彼女の口から出る言葉は「たましいや情緒や心による理解の役には立たなかった」(五四頁)のだと痛感する。無為のトポスとしてのアケディアがなお力をふるっている。しかしまた、否定に否定を重ねながら、ノルベルトはようやく自分の求めるものが何であるかを知ろうとしているのでもある。「たましいや情緒や心による理解」、つまりは愛。「そういうものへの欲求を抱えている人間はこの熱い真昼の静寂の只中に、この過去の残骸のなかにただ一人の生きている者として肉眼で見ることも肉の耳で聞くこともなく、ただ棒立ちになっているほかなかった」（五四頁［強調引用者］）。あらゆるものが静止し、己自身も倦怠の果てに不動状態の極点へと立ち至って、けれども同じ極点はそのまま不意に運動の開始点へと転じる。「——すると太陽が太古の石の墓のこわばりを溶かし、赤光の驟雨《しゅうう》がそれを貫いてはしり、死者たちがめざめて、ポンペイはふたたび生きはじめた」（五四頁）。

なるほど、死中に活がある。生の始まりのためには、いわば仮死を経ることが必要であった。誰に導かれるのでもなく、ひとつのイニシエーションが起きていたのだ。あるいは次なるイニシエーションに——今度こそは手ほどかれて——浴するそなえが整えられたかもしれない。イニシエーション（initiatio）とは、そもそも始まり（initium）の謂である。ただ、始められたものを明かす直後の一節は、明かすべきものをむしろ隠そうとするかのように謎めいている。

ノルベルト・ハーノルトの想念にあるのは、じつのところそんな神を冒瀆するような思想ではなかった。それはまだ漠然とはしているが、神を冒瀆するというあの形容詞にいわばそっくり当てはまる感情でしかなかった。(五五頁)

謎めいていても、確かなことはある。もはや学問――あるいは神――を思想のうちで冒瀆することなど問題ではない。目覚めたのはひとつの感情であり、その感情はただそれがあるというだけでおのずと冒瀆的な、あの感情だ。知っていたことにもはや用はない。知らなかったことを知りたい。学問から逃げ出す道が、そのまま愛を追いかける道へと反転した。男の視線は、だから必然のように、追い求める女の姿をもうすぐにも把捉する。イェンゼンにとってと同じくノルベルトにとってもまた、白昼夢は無為と不能への滑落の道でありながら、欲望の現実化に必須の回路なのだった。

そんなことは先刻承知だ、むろん分析家はそう言うだろう。抑圧されたものが回帰するとき、抑圧はその回帰にとっての経路そのものとなる。自家薬籠中のものとしたそのメカニズムを絵解きするのに、フロイトはことさらフェリシアン・ロプスの瀆聖的なイメジャリーを引き合いに出していた（一八三—一八四頁）。十字架に向けてこけつまろびつしながら、その実、「豊満な裸女」のもとへひた走る禁欲僧の姿。ノルベルトが、しかしまたイェンゼンが誰の末裔であるかをもちろん見抜いてのことであったろう。とはいえ、いくらか度を過ぎて意地が悪いようにも思われる。願望充足がいま目前であまりに都合よく果たされようとしていることへのやっかみめいたものが働いてのことでなかったか。それはまた、分析には決して許されない小説の都合のよさへのやっかみめいたものでなかったか。

（もりもと・ようすけ／思想史）

注

＊1——一九〇七年五月二五日付フロイト宛書翰。*Die psychoanalytische Bewegung*, Bd. I (1929), p. 208-210. なお、筆者から見てさえ問題は多いと感じられるが、以下のフランス語訳を参照した。http://www.psychanalyse-paris.com/Lettre-a-Sigmund-Freud-a-propos-de.html (traduction par Christophe Bormans).

＊2——Friedrich Hauser, « Disiecta membra neuattischer Reliefs », *Jahreshefte des österreichischen archäologischen Institutes in Wien*, Bd. VI (1903), p. 79-107.

*3――断るまでもなく、種村には次の名高い訳業がある。グスタフ・ルネ・ホッケ『マグナ・グラエキア――ギリシア的南部イタリア遍歴』（種村季弘訳〔一九九六年〕、平凡社ライブラリー、二〇一三年）。

*4――一九〇七年五月一三日付フロイト宛書翰も参照。*Die psychoanalytische Bewegung, op. cit.*, p. 207-208. そもそもこれ以前に、（ユングではなく）ヴィルヘルム・シュテーケルからの問い合わせへの「つっけんどん」な反応がある（本書二六四―二六五頁）。

*5――より幅広い視野からであるが、フロイトによる読解の「楽天主義」について、たとえば以下に指摘がある。赤間啓之『デッサンする身体』（春秋社、二〇〇三年）、とくに二五八頁。

*6――『みずからを語る』（『フロイト全集』第一八巻、岩波書店、二〇〇七年）、一二七頁。

*7――『ヒステリー研究』「病歴D　エリザベート・フォン・R嬢（総括）」（『フロイト全集』第二巻、岩波書店、二〇〇八年）、二〇六頁。

*8――以下による（強調は引用者）。ジョルジョ・アガンベン『スタンツェ――西洋文化における言葉とイメージ』（岡田温司訳〔一九九八年〕、ちくま学芸文庫、二〇〇八年）、二五一―二六頁。引用元はそれぞれ、エウアグリオス・ポンティコス『八つの悪霊』、ヨハネス・カッシアヌス『修道規則』。

*9――Roger Caillois, « Le complexe de midi », *Minotaure*, n° 9 (1936), p. 10.

*10――アガンベン、前掲、二八頁。

＊11——同、三一九頁。
＊12——カイヨワは「アケディア」に取り憑かれた近代精神の系譜（シェリング、ブールジェ、ニーチェ……）を論じるなかで、イェンゼンの『グラディーヴァ』をそこに含めている（Roger Caillois, *Les Démons de midi*, Fontfroide le haut, Fata morgana, 1991）。
＊13——アガンベン、前掲、五九―六一頁。
＊14——「詩人と空想」（『フロイト全集』第九巻、岩波書店、二〇〇七年）、二二七―二四〇頁。
＊15——同、二三一頁。

平凡社ライブラリー　807

グラディーヴァ／妄想《もうそう》と夢《ゆめ》

発行日…………2014年３月10日　初版第１刷

著者……………ヴィルヘルム・イェンゼン
ジークムント・フロイト

訳者……………種村季弘

発行者…………石川順一

発行所…………株式会社平凡社
〒101-0051　東京都千代田区神田神保町3-29
電話　東京(03)3230-6579［編集］
東京(03)3230-6572［営業］
振替　00180-0-29639

印刷・製本 ……中央精版印刷株式会社

ＤＴＰ…………大連拓思科技有限公司＋平凡社制作

装幀……………中垣信夫

ISBN978-4-582-76807-7
NDC 分類番号146.13
B 6 変型判（16.0cm）　総ページ350

平凡社ホームページ http://www.heibonsha.co.jp/

平凡社ライブラリー　既刊より

J＝K・ユイスマンス……………大伽藍——神秘と崇厳の聖堂讃歌
カルデロン・デ・ラ・バルカ …………驚異の魔術師 ほか一篇
ピエール・ルイス ……………………アフロディテ——古代風俗
レーモン・ルーセル …………………ロクス・ソルス
レーモン・ルーセル …………………アフリカの印象
W・ゴンブローヴィッチ ………………フェルディドゥルケ
ブルーノ・シュルツ ……………………シュルツ全小説
ホルヘ・ルイス・ボルヘス……………エル・アレフ
フェルナンド・ペソア …………………新編 不穏の書、断章
利根川真紀 編訳 ………………………女たちの時間——レズビアン短編小説集
O・ワイルド ほか ………………………ゲイ短編小説集
J・クリーランド …………………………ファニー・ヒル——快楽の女の回想
アーサー・シモンズ ……………………エスター・カーン——アーサー・シモンズ短篇集『心の冒険』より
C・S・ルイス………………………………悪魔の手紙
C・S・ルイス………………………………顔を持つまで——王女プシケーと姉オリュアルの愛の神話
サン＝テグジュペリ………………………星の王子さま
E・デ・アミーチス…………………………クオーレ

D・P・シュレーバー……………………シュレーバー回想録——ある神経病者の手記
E・パノフスキー……………………イデア——美と芸術の理論のために
ジョルジュ・バタイユ……………………内的体験——無神学大全
ジョルジュ・バタイユ……………………新訂増補 非-知——閉じざる思考
ピエール・クロソフスキー……………………古代ローマの女たち——ある種の行動の祭祀的にして神話的な起源
ポール・ヴァレリー……………………ヴァレリー・セレクション 上・下
種村季弘……………………ザッヘル＝マゾッホの世界
岡田温司……………………もうひとつのルネサンス
岡田温司・池上英洋……………………レオナルド・ダ・ヴィンチと受胎告知
グスタフ・ルネ・ホッケ……………………文学におけるマニエリスム——言語錬金術ならびに秘教的組み合わせ術
ウンベルト・エーコ……………………完全言語の探求
K・リーゼンフーバー……………………西洋古代・中世哲学史
K・リーゼンフーバー……………………中世思想史
マルカム・ブラドベリ……………………超哲学者マンソンジュ氏
【フィクション】
パウル・シェーアバルト……………………小遊星物語——付・宇宙の輝き
ウィリアム・モリス……………………サンダリング・フラッド——若き戦士のロマンス